CONVERSACIONES SOBRE LA III REPÚBLICA

Julio Anguita y Carmen Reina

CONVERSACIONES SOBRE LA III REPÚBLICA

Julio Anguita y Carmen Reina

el páramo

Tercera edición. Mayo 2013
Segunda edición. Abril 2013
Primera edición. Abril 2013

C/ Moriscos, 1. 14001 Córdoba
Tlfno. 957498604
www.editorialelparamo.com
editorial@editorialelparamo.com

Dirección ejecutiva: Ricardo y Manuel González Mestre
Dirección editorial: Antonio de Egipto Suárez Chacón
Dirección de arte: José Vicente Romero Molina

ISBN 978-84-92904-45-7

Depósito legal: CO-561-2013

Diseño, maquetación e impresión: puntoreklamo

Impreso en España

PRÓLOGO
Por Alberto Garzón Espinosa

El alcance de la presente crisis económica, similar en sus características fundamentales a la que dio origen a la Gran Depresión de los años treinta del siglo pasado, ha derivado en una mayor profundización de la crisis política e ideológica en la que ya estábamos sumidos en Europa occidental. La consecuencia lógica, y perceptible en las calles pero también en todas las encuestas sociológicas, ha sido el incremento de la frustración de la gente ante la realidad política y económica. Un proceso que encuentra equivalentes en países como Grecia, Italia y Portugal y que por lo tanto no está circunscrito únicamente a España.

En todo caso, la cristalización más evidente de este proceso en nuestro país ha sido la emergencia de un nuevo movimiento social en mayo de 2011, el del 15-M, cuyos eslóganes reflejan duras críticas hacia el sistema económico y el sistema político. Consignas como "no nos representan" (en referencia a la llamada clase política) y "no somos mercancía en manos de políticos y banqueros" han recibido desde entonces un importante número de adeptos por parte de los españoles, circunstancia ésta que constatan los diferentes estudios del Centro de Investigaciones Sociológicas.

Como hemos señalado, esta frustración creciente se dirige, bien sea explícita o implícitamente, ante el sistema económico capitalista, al que se responsabiliza de no ser capaz de satisfacer necesidades básicas tales como la vivienda, el trabajo o la comida, y ante el sistema político actual, al que asimismo se acusa de falta de representatividad y de tener enquistada en su seno la corrupción y los comportamientos mafiosos. Cabe destacar que no hablamos de la extensión de una actitud *antipolítica* sino, más bien, de la generalización de una sensación que afirma la necesidad de otra política muy distinta y al servicio de intereses bien diferentes a los que han pilotado hasta ahora las decisiones de gobierno.

En este contexto, parte de la izquierda institucional se encuentra sin duda ideológicamente despistada. No en vano lo que se está poniendo en cuestión son las instituciones políticas constituidas durante la *transición española*, tiempo aquél en el que tomaron forma gran parte de las izquierdas de hoy en día. Y así como es fácil adoptar el discurso de crítica al sistema económico, en tanto que uno no se siente responsable de su vigencia, no resulta igual de cómodo disparar contra la matriz de la que uno es parte y herencia. En cierto sentido podríamos decir que una parte de la izquierda institucional está hoy luchando contra ella misma en el seno de unas instituciones fuertemente cuestionadas por la ciudadanía.

No podremos comprender nada de esto, ni tampoco estaremos capacitados para poder ver y seguir aquellas pistas que nos guíen hacia un nuevo escenario político, si no atendemos a los procesos descritos en este libro por Julio Anguita y Carmen Reina. El propósito explícito de esta obra, esto es, el vislumbrar una propuesta republicana como alternativa democrática a la realidad existente, no podrá cuajar sin iniciar antes la crítica a las instituciones políticas actuales. Además, y esto es especialmente importante, de todas ellas sin excepción.

La Constitución del 78 y el proceso deconstituyente

Una constitución es siempre el resultado de la pugna entre distintos sistemas de ideas en un momento histórico dado. Dicho de otro modo, es la materialización concreta de la correlación de fuerzas entre distintas ideologías o formas de comprender la articulación jurídica que ha de tener un modelo de sociedad. Así, la ruptura con la dictadura realizada por el pueblo portugués dio lugar en 1976 a una constitución cuyo preámbulo llamaba a la construcción de un Estado Socialista. Por el contrario, y a pesar de que distaban sólo dos años de diferencia, el contexto histórico español, muy distinto al de nuestro país vecino, explica perfectamente que nuestra constitución quedara muy lejos de tales aspiraciones.

Esto significa que debemos comenzar aceptando que la Constitución de 1978 es el resultado de un franquismo que no muere en los brazos de una revolución social sino que más bien logra readaptar sus formas políticas. La transición fue un proceso progresivo consistente en instaurar la forma de una democracia liberal, con sus elecciones competitivas y el formalismo de la separación de poderes entre otros rasgos descriptivos. Sin embargo, el poso del franquismo pervivió en las formas culturales de entender la política y también en el mantenimiento de las actitudes caciquistas y corruptas por parte de las oligarquías que no vieron afectado su poder ni su influencia durante todo el proceso. No obstante, lo más destacable fue, de cara a entender la situación actual, que la forma concreta que tomó el sistema político español se caracterizó por tener marcados rasgos antidemocráticos.

Con la Constitución de 1978 llegaron nuevas formas de participar en política, pero todas ellas muy deficientes. Al margen de los partidos políticos y los sindicatos, sólo instrumentos como los referéndums y las iniciativas legislativas populares parecían tener lugar en la constitución. Sin embargo estas herramientas estaban ampliamente limitadas en tanto que los primeros no eran vinculantes y las segundas tenían un importante campo de restricciones que las hacían inviables o ineficaces. Esto es lo que ha llevado a muchos autores a hablar de una "democracia de baja intensidad" o "democracia de mínimos".

De ese modo, la participación política de los trabajadores quedó relegada a la simple militancia en los partidos políticos y en los sindicatos. Éstos se convirtieron en los mediadores entre la voluntad del pueblo y las decisiones de gobierno, pero su propia configuración marcó la eficacia de dicha tarea. Y se trató de una configuración del todo ineficaz para ese propósito.

La propia estructura interna de los partidos políticos se configuró con el formato dominante en la Europa del siglo XIX y XX, y eso permitió que en su seno se conformasen oligarquías internas que podían ser cooptadas por las oligarquías económicas. Los rasgos antidemocráticos del funcionamiento interno de los partidos llevaron a una desconexión entre la voluntad de las bases sociales con respecto a sus dirigentes. De hecho, es sólo así como puede comprenderse el proceso de la transición, con una elite dirigente, como el caso del PCE y Santiago Carrillo, que pudo sacrificar no sólo su ideario sino también a gran parte de su militancia.

El resultado final es la existencia de sujetos políticos, los partidos, que crecen cuantitativamente gracias a las relaciones clientelares que va tejiendo, interna y externamente, su propia oligarquía interna. Esta oligarquía se perpetúa con facilidad en tanto adquiere poder institucional y puede desarrollar las redes clientelares a lo largo de toda la administración pública. Y en la medida que en última instancia es dinero lo que está en juego, la oligarquía económica coopta a esa oligarquía política para poner en marcha procesos oscuros que en España han tenido especialmente la forma de "pelotazos".

Efectivamente, la burbuja inmobiliaria ha sido uno de esos procesos que mejor ilustran el tipo de sistema político que tenemos. Una burbuja que ha sido funcional al desarrollo del capitalismo español, es decir, que era condición necesaria para que España pudiera insertarse en el mercado europeo, pero que ha necesitado de una configuración institucional muy determinada. Así, la financiación de la burbuja ha dependido de la estrecha vinculación entre el poder económico (constructoras, inmobiliarias, promotoras...) y el poder político (partidos políticos y sus representantes en las entidades financieras). Esas relaciones estaban tejidas al margen de la voluntad del pueblo y sólo dependían de la "hermandad" entre las oligarquías económicas y políticas.

A este fenómeno de desconexión entre la voluntad del pueblo (bien sea en su totalidad o en la forma de bases sociales o militancia) y las decisiones tomadas en los partidos políticos hay que sumar un proceso de desideologización y mercantilización de la política que en España ha sido muy intenso. La extensión del relato oficial de la transición fue parejo a la interiorización de la tesis del "fin de la historia", de F. Fukuyama, según la cual las ideologías habrían dejado de tener sentido y ahora ya sólo era necesario disponer de buenos gestores del capitalismo. La aceptación de esta tesis, junto con el sentimiento de haber alcanzado la democracia, llevó a los partidos a un proceso de institucionalización muy fuerte. Partidos como el PCE, con una organización sectorial muy eficaz durante el franquismo, se reorganizó con arreglo a las circunscripciones electorales. Así, las energías de los partidos se volcaron en los procesos electorales y se dejó de lado el tejido social y lo que comúnmente llamamos "la calle".

Paralelamente a esta realidad, la mercantilización de la política ha convertido al proceso electoral en un espectáculo de consumo y no en un debate entre ideologías contrapuestas. Ha triunfado una política de consumo inmediato que, dada la profusión de discursos vacíos y promesas incumplidas, ha contribuido a la deslegitimación de la política. Todo ello ha desembocado en la creación de enormes maquinarias electorales que buscan la perpetuación del poder institucional por encima de la transformación de la realidad a partir de principios ideológicos. Los partidos mayoritarios, siguiendo esa dinámica, se han convertido en "partidos atrapalotodo", es decir, partidos que ya no centran sus objetivos en conseguir la aceptación de una clase social sino en buscar todos los votos posibles en la totalidad de la sociedad.

Con estos ingredientes, las oligarquías económicas y políticas han conformado una elite social que explica fenómenos como el de las conocidas "puertas giratorias" (exministros que pasan a formar parte de las grandes empresas a las que incluso han ayudado mientras legislaban) y también fenómenos como la pérdida de confianza en la representación política. Y es que este esquema dejaba a esa elite social depender del propio ciclo económico del capitalismo español, de tal forma que cuando éste estaba en alza los españoles disfrutábamos de condiciones materiales de vida (empleo, vivienda...) que compensaban en cierta medida la falta de participación política, pero cuando ha devenido una crisis sucede que emerge la verdadera esencia de nuestro sistema.

Pero si bien las instituciones del 78 han marcado el terreno de juego de lo político en el ámbito nacional, aún cabe añadir nuevos elementos que explican la actual ausencia de una verdadera democracia. El más importante de ellos es lo que se ha convenido en llamar el "proceso deconstituyente" ejercido por las instituciones supranacionales europeas.

La Unión Europea, aún presentándose como una unión de los pueblos de Europa, no deja de ser una articulación jurídica de distintas economías con intereses muchas veces contrapuestos y que compiten en el mercado capitalista mundial. Así, la arquitectura europea se ha ido construyendo al servicio de los intereses de las principales potencias económicas, especialmente Alemania, y de sus grandes empresas financieras. Es lo que el propio Julio Anguita denominó en su momento "la Europa de los mercaderes". Y esta construcción se ha ido realizando por las elites europeas, las cuales han tenido siempre enormes recelos de los mecanismos de participación democrática. Así fue el caso de los referéndums sobre la Constitución Europea tanto en Francia como en Países Bajos donde, a pesar de vencer la posición del "No", no se pudo impedir que se aprobara finalmente en los parlamentos nacionales por parte de los partidos políticos. O en los casos recientes de la imposición de gobiernos tecnocráticos como sustitución de gobiernos elegidos en las urnas.

Toda la normativa jurídica europea ha ido desplazando el poder real, la capacidad efectiva de tomar decisiones, desde las constituciones nacionales hacia el espacio europeo supranacional. La adaptación normativa ha contado con la complacencia de los gobiernos, ciertamente, y en algunos casos como el de Portugal han implicado hasta seis cambios constitucionales. Todo ello ha disociado aún más a los ciudadanos de los espacios de poder, quedando entonces sólo una apariencia formal de democracia. Los parlamentos se han convertido en teatros de sombras en los que no se puede votar sobre los aspectos fundamentales que rigen la economía y la sociedad, mientras que siguen rodeados del aura de soberanía nacional que en su momento tuvieron. En este sentido es relevante dejar de preguntar por "¿quién vota?" y comenzar a preguntar por "¿sobre qué se puede votar?" para describir a las democracias.

El caso más claro de esta realidad es el Banco Central Europeo, el cual está definido como una entidad pública pero independiente y gestionada por un presidente que se autodefine como ideológicamente neutral. Sin embargo, y en la medida que la economía es una ciencia social y está lógicamente influenciada por los principios y valores de aquel que formula las proposiciones, el Banco Central Europeo aplica políticas económicas que están insertas en el ideario neoliberal de cambio de modelo de sociedad. Pero además del aspecto ideológico, esta visión tecnocrática de la política y la economía nos lleva a un escenario político que desde luego no puede considerarse democrático.

El proceso constituyente republicano y el capitalismo

Frente a todo esto la alternativa que plantea Julio Anguita es, a mi juicio, la más pertinente: el proceso constituyente. Es decir, frente a una visión de la organización social construida por unas elites, desde arriba, hace falta un proceso de construcción social dirigido desde abajo, por la ciudadanía.

Y para conseguirlo es necesario entender las deficiencias y limitaciones de todas esas instituciones heredadas del 78, lo que incluye no sólo al sistema electoral, el modelo de Estado, los partidos políticos y los sindicatos sino también a la Casa Real. Y es ahí donde se ancla la primera defensa clara del republicanismo como modelo político de sociedad y no como un simple cambio en la forma de determinar quién es el Jefe del Estado. Por esa razón es absolutamente necesario no entender la III República como una simple reivindicación del importante evento histórico que fue la II República sino que más bien debemos entenderla como un verdadero proceso constituyente que transforme radicalmente las instituciones y la relación entre representantes y representados. De la misma forma, la crítica al proceso de la transición sólo tiene sentido si nos permite imaginar un futuro mejor.

Una verdadera democracia debe disponer de numerosos instrumentos de participación política, que sean efectivos y que motiven la implicación ciudadana en los asuntos públicos. De ahí que el papel de los partidos políticos tenga que ser menor en relación a su lugar en la actualidad, amén de las necesarias modificaciones internas que deben acometerse para poder ser herramientas eficaces de transmisión de la voluntad del pueblo. Los partidos políticos deben entenderse como medios y no como fines, lo que conlleva la necesidad de aceptar que la participación en un sistema político *deconstituido* es absolutamente insuficiente para modificar las bases de la sociedad.

Sólo aceptando esto podemos entender el papel primordial que han tenido recientemente los movimientos sociales. Mientras los Gobiernos han actuado como vasallos de intereses externos al pueblo, y mientras el Congreso y las instituciones políticas perdían margen de maniobra en favor de las grandes empresas y las grandes fortunas (lo que comúnmente llamamos "los mercados"), una reacción natural ha surgido en el corazón de la calle. Estas nuevas formas de resistencia y organización política han sido las verdaderas poseedoras de la legitimidad actual, en tanto que han sido las únicas que han funcionado como un mecanismo de emergencia ante las devastadoras consecuencias de la crisis capitalista. Así, los instrumentos que deberían responder ante ese drama (las instituciones políticas) no han sabido, podido ni querido hacerlo. Y naturalmente la sociedad se ha organizado al margen.

Esta organización ha roto los esquemas clásicos de coordinación y negociación entre sujetos políticos. Así, mientras la crisis económica ha roto el pacto social y ha empujado a los sindicatos mayoritarios a una posición absolutamente defensiva y prácticamente derrotista, también las formas de lucha preferidas por la sociedad se han desplazado hacia los movimientos sociales. Gran parte de la población, especialmente los sectores más jóvenes (con tasas de paro más altas y con mayor nivel de precariedad laboral) se referencian ya no en las fórmulas de lucha clásicas, como son los sindicatos o los partidos, sino en nuevas formas de lucha que se adaptan a una distinta configuración económica. No se trata de que exista un enfrentamiento entre estos múltiples espacios de lucha, pero sí de aceptar que hay nuevas formas de lucha que son, además, las que están marcando el verdadero ritmo de la resistencia social.

De ahí uno de los elementos apuntados al comienzo de este prólogo, a saber, que una parte de la izquierda está luchando contra sí misma. Aquellos sectores de la izquierda que siguen pensando en términos de las instituciones del 78 y del llamado pacto social (que en la práctica significa referenciar la lucha extraparlamentaria únicamente en el sindicato) están en realidad pensando en un mundo que ya no existe. Ni el poder reside en el ámbito nacional, por el proceso deconstituyente, ni es posible entender la articulación política actual sin comprender las profundas transformaciones estructurales de nuestra economía.

Sin duda alguna este libro de Julio Anguita y Carmen Reina ayuda a construir esa alternativa, dándonos pistas y arrojando luz acerca del futuro que queremos para nuestra sociedad. Y sobre todo, del cómo hacerlo. Lo verdaderamente importante es que este trabajo pueda ser una herramienta que sea interiorizada por el mayor número de personas posibles. Es un trabajo de formación política, de repolitización de una sociedad que ha despertado y que camina hacia la III República.

PREÁMBULO
Por Carmen Reina

"Para mí, la República es el imperio de la ley, de la justicia y de la igualdad. Esa es mi opción". (J. Anguita)

Escuchar a Julio Anguita hablar de la República implica pararse a pensar, hacer memoria, recorrer la historia y poner sobre la mesa un debate que en los últimos años ha encontrado ecos de distinto calibre en nuestra sociedad. Pero, sobre todo, significa conocer un estudiado planteamiento, un discurso político que no olvida a la Historia y una carga de argumentación en la realidad que nos rodea cuando habla de su propuesta para la III República en España.

Esa es la base de partida de este libro, que nace de horas de conversaciones y reflexiones en torno a la República y nos adentra en la propuesta que Anguita realiza para cambiar el modelo social y económico actual, que se muestra agotado, por un modelo republicano donde la ciudadanía esté al mando de su propio futuro, de su evolución y no en manos de los mercados y la economía.

Conversaciones que bien pueden hacer que el lector se vea retratado como su interlocutor, que escucha su propuesta republicana y a quien tiene la oportunidad de leer ante preguntas, reflexiones e ideas, en una charla en la que es partícipe de palabras cargadas de conocimientos sobre la Historia de España pero, sobre todo, sobre la nueva forma de hacer que él propone.

Una nueva forma que nace del análisis de la realidad, de la evolución de la política en la España de la democracia y de su convicción de que nos encontramos en un tiempo en que la ciudadanía tiene que ser el sujeto activo, la auténtica protagonista, de una profunda transformación que dé como fruto un cambio de modelo de estado: la República.

Para explicarlo, el autor ofrece al lector su análisis de la realidad política española y su clara percepción del agotamiento del modelo pactado en la Transición y, con él, de la actual Constitución.

En aquel tiempo, el PCE fue parte en el acuerdo de todos los grupos políticos en la Transición, así como de la aprobación de la Constitución de 1978 y, desde entonces, Anguita ha tenido como objetivo concreto en su vida política el cumplimiento de esa Constitución y, como objetivo general, el cumplimiento de los Derechos Humanos.

Pero, aún siendo consciente de que ha sido un firme defensor de que se llevara a cabo la Constitución desde su nacimiento, es él mismo quien, años después, percibe y pone sobre la mesa la incapacidad del actual modelo de estado español de hacer cumplir numerosos artículos de la Carta Magna y, con ellos, los propios Derechos Humanos.

¿De qué sirve entonces –señala– *si el actual régimen no puede cumplir su propia legalidad?*

Ante esta situación, Julio Anguita da el paso y comienza, hace ya más de una década, a trabajar en su propuesta republicana, en un nuevo modelo para una futura III República Española.

La primera vez que expone su visión sobre el agotamiento del actual modelo generado a partir de la Transición es en su discurso como secretario general en la fiesta anual del PCE en el año 1996. En su alocución, ya señala que la Constitución, aprobada también por los propios comunistas en toda su extensión, tenía unos contenidos que no se habían cumplido.

"Ustedes no han cumplido. Estamos libres del pacto que se hizo y nos consideramos en estos momentos libres para exponer otras opciones de forma de estado más acordes con nuestra tradición y nuestra historia", dijo entonces en nombre del PCE. Esas fueron sus palabras, sin mencionar explícitamente la República, pero ya entonces la idea de ésta quedó en la mente de todos.

A partir de ahí, ya trasladado a Córdoba, en el año 2000 Anguita toma contacto y forma parte activa del colectivo Unidad Cívica por la República. Empieza entonces a plantear abiertamente su propuesta por el modelo republicano en sus intervenciones orales y escritas en distintos puntos del país, hasta que en 2003 redacta, por encargo de Unidad Cívica, el Manifiesto para la III República, documento que fue aprobado y publicado en la prensa nacional.

Es en ese momento cuando Julio Anguita explicita la ruptura con la Transición en favor del modelo de la República, pero siempre desde la óptica de la necesidad de un profundo cambio, una auténtica transformación de nuestra sociedad y de la forma de regirnos, impulsada siempre desde la acción ciudadana.

Por eso, para él, la característica que marca su propuesta de la III República es la novedad de ésta, desmarcándose de cualquier seguidismo fácil de la II República Española.

Desde un primer momento, deja este punto absolutamente claro y rechaza de plano que su propuesta pueda verse como heredera de las anteriores formas republicanas que ha habido en nuestro país.

En ese sentido, explica que su proyecto es un concepto nuevo, una fórmula que no tiene ningún vínculo que le ligue de manera estrecha e inexorable a lo que fueron las dos repúblicas anteriores en España.

Y sin embargo, la Historia juega un papel principal en la base de la propuesta de Anguita: Historia como memoria y como aprendizaje, como análisis de lo acaecido y como capacidad para explicar el presente. Esa ha sido una norma en su lenguaje político a lo largo de toda su vida y se hace palpable en este libro: conocer la Historia y explicarla para comprender el presente y poder proyectar un futuro mejor.

Por eso, señala que no entiende la política ni a los políticos que no conocen el pasado y las vivencias de la sociedad a la que aspiran representar y gobernar. Y expone precisamente este hecho como el dato más grave de la incultura y de la política que se está haciendo en los últimos tiempos en nuestro país.

En una clara huída de esas formas, el lector se encuentra ahora ante un proyecto novedoso que, sin embargo, echa mano de la Historia para explicarse.

Un proyecto que cuenta ya con más de una década, cuando el autor elaboró un primer documento como génesis de su propuesta de la III República en España.

En este tiempo han sido decenas las conferencias que al respecto ha pronunciado por toda la geografía española; han sido también numerosos los manifiestos que sobre ello ha elaborado y los debates sobre este asunto en los que ha participado.

Mesas de universidades, exposiciones en ateneos, conferencias ante diversos colectivos, artículos de prensa escrita y micrófonos de televisión y radio han sido testigos en los últimos años de la propuesta de Julio Anguita para una III República Española.

Y ahora, para los lectores, conversa sobre este proyecto con la didáctica que como maestro siempre le acompañó y con el discurso político al que siempre ha sido fiel.

INTRODUCCIÓN
Por Julio Anguita

Querido lector, querida lectora:
Han comenzado ustedes a leer una propuesta política que los autores someten a su consideración: la proclamación de la III República mediante el acuerdo explícito de la ciudadanía y tras un proceso que denominamos Constituyente, el cual no es otra cosa que la formación consciente de la mayoría social en torno a principios, propuestas, normas, derechos y deberes con vocación de estructurarse como alternativa ética de Estado.

Quizás les resulte sorprendente que sean ustedes los destinatarios prioritarios de la consulta. No deben extrañarse. El objetivo que planteamos escapa y trasciende con mucho a las áreas de influencia electoral de las distintas fuerzas políticas; no es una cuestión puramente programática y coyuntural. La III República no es un asunto que pueda ceñirse estrictamente a los contenidos teóricos, políticos o propositivos inmediatos de las siglas partidistas conocidas actualmente. Es algo que atañe fundamentalmente a un ámbito social en el que, por decisión expresa, se produce una coincidencia para diseñar, convenir e implantar los valores, líneas de acción preferentes, actitudes y comportamientos éticos-políticos de la ciudadanía, de las instituciones y de cuantas asociaciones, corporaciones y entidades de derecho público o privado existan en el nuevo estado republicano. Es un marco democráticamente establecido

–y por ende asumido– de derechos y deberes, esencialmente inherentes a una sociedad democrática en el más exacto sentido de la palabra.

Las razones que avalan la preferencia de nuestra interlocución por ustedes son varias y de diversa índole. Nos limitaremos a reseñarlas brevemente. Todas ellas constituyen en mi modesto bagaje, ideológico, político y cultural, un pequeño universo de convicciones y de prácticas consecuentemente desarrolladas a lo largo de mi experiencia como ciudadano y como servidor público.

La Constitución de 1978 en su artículo 6 asigna a los partidos políticos la condición de ser *"instrumento fundamental para la participación política"*. El artículo 23 señala las dos vías a través de las cuales el ciudadano o la ciudadana pueden ejercerla: mediante su condición de electores y elegibles o *"directamente"*; el texto no especifica canales, instrumentos y modos de llevar a cabo esta modalidad. En consecuencia, la participación política ha quedado limitada *de facto,* y en este artículo, a la intermediación de los partidos políticos.

Es verdad que en el texto constitucional aparecen formas de participación que no contemplan a las fuerzas políticas como intermediarias obligatorias; veámoslas sucintamente. El artículo 92 crea la figura del Referéndum para cuestiones *"políticas de especial trascendencia"*; sin embargo, la decisión ciudadana sólo tiene efectos de consulta; en absoluto es vinculante. Pero aparte de ello, el votante consultado sólo puede respaldar, rechazar o abstenerse ante un texto que ya se le da redactado desde el Ejecutivo.

El artículo 87.3 estipula la posibilidad de ejercer la Iniciativa Legislativa Popular siempre y cuando no se aplique para leyes orgánicas, tributarias, tratados internacionales o el ejercicio de la Prerrogativa de Gracia. La exigencia de un mínimo de 500.000 firmas acreditadas dentro de un plazo de seis meses limita y excede, con mucho, las capacidades de las posibles instancias ciudadanas formadas para tal o cual propuesta.

El artículo 140 reconoce, mediante la regulación legal correspondiente, el régimen de Concejo Abierto para pequeñísimas poblaciones rurales.

La participación de los interesados en la Seguridad Social y en la actividad de los organismos públicos cuya función *"afecte directamente a la calidad de vida o al bienestar general"* que recoge el artículo 129 no merece mayor comentario a la luz de su inanidad demostrada a través de la experiencia diaria.

En consecuencia, los partidos se constituyen en la práctica en el exclusivo cauce de participación ciudadana en la política. Al devenir en demiurgos de la Política e inscribirse casi al cien por cien en una práctica institucional, mediática y de alta especialización, terminan –aunque no lo quieran– por transmutarse en miembros de una oligárquica "clase política". Incluso los colectivos políticos y sindicales que incorporan en sus concepciones filosóficas y teóricas la superación de esta práctica reduccionista no escapan de hecho a esta maldición. Pareciera como si en este funcionamiento a medio gas de las llamadas democracias "normalizadas y homologadas" se agotara y acabara el enorme caudal de potencialidades que contiene el concepto Democracia.

Por otra parte, la experiencia acumulada en estos treinta y cinco años de Constitución acerca del funcionamiento de otros mecanismos de participación democrática, es bastante desconsoladora. Los ayuntamientos que se han preocupado de establecer mecanismos y estructuras participativas o no lo han hecho con suficiencia o no han obtenido respuesta ciudadana o, en definitiva, han visto que la red de subvenciones y dádivas han conformado una "eficaz" y sólida red de clientelismo institucional. Las experiencias que se separan de esta dura realidad son contadas.

De la misma manera los representantes de sindicatos, fuerzas políticas y colectivos varios en entidades económicas de carácter público o semipúblico no han conseguido la transparencia, el control y la subsiguiente información ciudadana. En unos casos, a causa de pactos y acuerdos entre cúpulas para instalarse con mayor representatividad en determinados órganos de dirección. En otros, como consecuencia de los débiles lazos orgánicos en la práctica entre las organizaciones y sus supuestos representantes. Y en casi todos los demás, debido a las "dulzuras" con que el Poder sabe recompensar a quienes descubren encantados la importancia de la "gestión pura", de la desideologización tecnocrática. También en este caso las excepciones son mínimas ante una regla generalizada. La Democracia no es nada si sólo se entiende como representación mecánica y nunca como Ética ciudadana alternativa.

No quisiera que ustedes creyesen que el autor se sitúa por encima de toda sospecha o que en un ejercicio de cinismo quisiera obviar cuarenta y dos años de militancia política en el PCE y veintisiete en IU, siendo además, en una parte considerable de ellos, dirigente máximo de ambos colectivos. Sigo estando comprometido con ambos proyectos y es precisamente desde ahí, donde analizo, enjuicio y valoro el rol de las fuerzas políticas. En consecuencia, hago autocrítica y crítica. Apelaría, todo lo más y en la búsqueda de atenuantes, a la ejecutoria personal y a cuantos textos he escrito y sometido a debate en el ejercicio de mis funciones como dirigente y como cargo público. No olvido tampoco mi experiencia como Alcalde de Córdoba ni las de Portavoz Parlamentario en la Cámara Andaluza o en el Congreso de los Diputados. Pero permítanme, tras esta aclaración, proseguir en la exposición de las razones que apoyan mi preferencia.

Los grandes paradigmas, modelos y arquetipos tales como Democracia, Justicia, Patria, Revolución, Monarquía o República se han ido constituyendo a través de dos parámetros: tiempo y cotidianeidad. El proceso por el que ambos conceptos han ido creando estas ideas-símbolo, está constituido con las aportaciones de élites, grupos de especialistas, exégetas interesados pero, sobre todo, con la irrupción de la fuerza social básica que las acepta, asimila y las hace poder de cohesión social. Se desarrolla en un despliegue, casi siempre conflictivo y a veces caótico de experiencias colectivas en las que los grandes ideales han tenido como contrapunto que los niega, las luchas de intereses oligárquicos, hegemonías de todo tipo y por supuesto la pulsión siempre latente de la horda primitiva que aún, por desgracia, es consustancial a nuestra naturaleza más elemental. Las grandes ideas, transidas de filantropía, han tenido a través de los seres humanos que las sirvieron heroicamente unos avatares propios de Prometeo y Sísifo. Lo que ocurre es que al final, cuando las grandes palabras y los grandes conceptos se afianzan ante el imaginario colectivo como *verdades-madre* que diría Cánovas, el Poder hace que suelan acabar como referencias académicas, alegóricas y propias del *topos uranos* platónico.

El alejamiento de la realidad cotidiana y su deificación ritualista por parte de los grupos que detentan la hegemonía, ha producido que las grandes construcciones ideales y necesariamente justas, se vivan como una referencia lejana, como una fórmula que sirve para justificar siempre el orden vigente. Reparen ustedes, querida lectora y querido lector, en la delirante e hiperbólica ceremonia político-informativa que acompaña a los procesos electorales. El día de las votaciones es calificado como *Fiesta Mayor de la Democracia* donde el pueblo decide como soberano incontestado e incontestable. Estos *mantras* no aguantan su contraste con leyes electorales manifiestamente oligárquicas, desarrollos constitucionales muy restrictivos cuando no regresivos, prácticas oscurantistas, corrupciones normalizadas, consensos entre cúpulas e iniciados, lenguaje esóterico, espectáculos propios de circo romano y en general una serie de acciones y omisiones que tácitamente aceptadas por casi todo el mundo niegan las premisas sobre las que se asienta la liturgia de la evasión.

En España el estatus económico, social, ideológico, político, mediático e incluso axiológico recurre permanentemente a la comparación con la dictadura franquista. Se nos plantea como piedra de contraste la ausencia de libertades que entre otras cosas caracterizó a aquel régimen espurio. Así, la cualificación y cuantificación de la Democracia viene dada por comparación con quien la negó y no por el despliegue consecuente de todas las posibilidades que el concepto Democracia contiene. Así, de esta manera, la democracia consiste en una no-Dictadura. Lo que ocurre es que, cuando una idea sólo se desarrolla en la práctica teniendo presente únicamente la negación de lo anterior, termina, por *mor* del realismo conformista, cediendo a las fuerzas involucionistas. Hagan ustedes, queridos lectores y lectoras, abstracción de los mecanismos de elección para conformar las instituciones democráticas y reparen en las prácticas, el lenguaje, los intereses creados y clientelares, la supeditación corresponsable de muchísimos medios de comunicación en la confección del discurso oficial, junto con la formación de redes asimiladas a la perenne permanencia de grupos áulicos en los círculos de poder partidarios e institucionales y comprobarán que el *"atado y bien atado"* del dictador no fue una licencia poética por su parte. El imperio de la frivolidad en el que estamos instalados no es otro que *"la corrupción del convencimiento"* que diría Tierno Galván.

En el caso de España hay además otra carga negativa que deviene de una historia plena de frustraciones y momentos perdidos. En principio fue el alineamiento de la Monarquía Imperial con la Contrarreforma por intereses dinásticos y también como defensa –en última instancia– de un mundo instalado en la quietud de la renuncia a pensar fuera de lo permitido por el Trono o por el Altar. Dos siglos después, el cinturón de seguridad que los propios gobernantes españoles –ilustrados muchos de ellos– pusieron a la difusión de las publicaciones más radicales que en Francia se hacían sobre las ideas de las Luces y la Revolución, hicieron que España siguiera siendo una sociedad tutelada cultural, ideológica e intelectualmente. Pero por debajo de estas prevenciones estaba la cuestión del poder económico, la propiedad amortizada sobre la tierra primero y malamente desamortizada después. La historia del XIX se entenebrece con el *"Señor, lejos de nosotros la funesta manía de pensar"* de los profesores de la Universidad de Cervera a Fernando VII y se apoltrona en su mediocridad con la primera restauración borbónica, la de Cánovas. Así los reinos de las *Españas* que parieron como trasunto de su sociedad la literatura picaresca nunca crearon rebeldías con proyecto sino fogaradas de rabia y violencia, sin causa ni proyecto hasta bien entrado el siglo XX.

Fue alguien tan conservador como Menéndez y Pelayo el que ayudara a descorrer el velo de desconocimiento sobre una corriente de pensamiento crítico, moderno y liberador. La Historia de la Ciencia Española o la Historia de los Heterodoxos Españoles son un reconocimiento a quienes constituyen un hilo conductor a través de los siglos. Un hilo conductor de marginados, intelectual y socialmente; de lúcidas mentes que han ido entregando la antorcha del relevo en una España que los ignoraba. Gracias a ellos y a ellas hemos podido librarnos, con esfuerzo, de la quietud mental de la piedra.

Reconocemos que en el caso de la formación social española inciden fuerzas, intereses y peculiaridades que, afianzándose desde la Contrarreforma, protagonizaron durante los siglos XIX y XX tensiones, enfrentamientos y choques ideológicos cruentos con otra visión, minoritaria y que, arrancando casi desde la misma época, se articula tras la Revolución Francesa y se constituye en la matriz de un pensamiento modernizador con múltiples marcas, corrientes y opiniones.

Pues bien, esta Democracia parlamentaria instalada en Occidente y que algunos tratadistas no dudan en calificar como "demediada" es todavía sospechosa de inestabilidad para grupos económicos e ideológicos de fuerte incidencia internacional; así la famosa Trilateral, en 1975, muestra su preocupación por la posibilidad de que en los procesos electorales al uso se llegue a porcentajes de participación peligrosos para la estabilidad del sistema económico porque, aducen, los políticos en su lucha por el poder hacen promesas demagógicas e imposibles de cumplir desde el punto de vista de la "racionalidad" económica.

Que el ciudadano y la ciudadana adquieran toda su plenitud como tales es conseguir que el elector-consumidor acceda mediante su voluntad y práctica política consecuente a la condición de sujeto político en paridad, al menos, con los otros sujetos hoy detentadores exclusivos del protagonismo político. Es iniciar un proceso a través del cual la *"sociedad paralela"* tal y como la concibe el profesor Alsó, se erija aquí y ahora en la alternativa necesaria a un presente sin horizonte de habitabilidad.

El sistema democrático parlamentario tiene como base esencial la delegación de la representatividad en función de la fiabilidad que al votante le transmiten quienes se ofrecen a representarlo. Ese contrato no escrito carece hoy de garantías jurídicas, institucionales o políticas de ser denunciado, con resultados efectivos, si la evidencia de su incumplimiento es manifiesta. También es verdad que se produce el hecho de votaciones reiteradas a favor de determinadas siglas a pesar de corrupciones, errores y/o acciones disparatadas, tanto en el terreno de la política interna como en la internacional. Es el problema del enfeudamiento ideológico, bien por intereses oligárquicos, bien por concomitancia con las concupiscencias satisfechas o simplemente por la adscripción a la imagen y los mitos del pasado o como respuesta a problemas ante instancias inmediatas, grupales o personales.

Pero hay algo más grave que delegar la representatividad a ciegas e instalándose en la pasividad hasta el próximo evento electoral. Se trata de la delegación en el acceso al conocimiento, la renuncia a conocer los porqués, la inhibición ante las causas, razones y orígenes de los problemas que nos afectan. Se confía en el que nos demanda su voto esperando que su simple intervención lo solucione casi todo. Es verdad que la propaganda electoral es casi siempre una especie de acceso al limbo del no-conocimiento y una coartada tanto para quienes, so capa de claridad, trivializan el mensaje, como para quienes lo aceptan por su evidente comodidad.

La renuncia a conocer produce un vacío que es utilizado por el Poder para organizar un universo de valores, mensajes y actitudes que en la actualidad están conformando lo que Sheldon S. Wolin llama *"La Democracia dirigida y el fantasma del totalitarismo invertido"* en el que los valores del mercado bursátil conforman la práctica política y conducen a lo que ese autor también califica de *"Democracia S.A."*. Pero no debe olvidarse que, tras este primer estadio de abandono mental, de anomia ciudadana y de connivencia pasiva, viene otro en el que se intensifican la superchería, la alienación, la demagogia y en un gradiente degenerativo la tiranía y su más perverso colofón: el fascismo o tiranía con apoyo de masas. Las sociedades así conformadas se transforman en víctimas pero también en victimarias. Superar la inercia hacia el no pensamiento, hacia la simplicidad y hacia el atávico miedo a sopesar las razones, es la primera acción que conduce a la condición de ciudadanía plena.

El camino, el método, la fórmula que va conduciendo suave, amena y progresivamente al conocimiento de la realidad social, su interpretación política y en consecuencia a la acción ciudadana consciente, no es otro que la inmersión en la cotidianeidad. Es en el vivir diario, en el observar con curiosidad lúcida, en la voluntad de conocer para participar desde lo inmediato pero con afán de trascenderlo, donde se produce la conexión que seduce, arrastra, y conciencia.

La cotidianeidad es la piedra de toque en la que las grandes ideas, los grandes símbolos y los grandes presupuestos deben contrastar sus excelencias, sus posibilidades y sus vigencias como referencias y proyectos de sociedad justa, solidaria y necesaria. No hay ninguna palabra por sacralizada o por mitificada que sea que no sea deudora, en última instancia, de su comparación con su aplicación en el día a día. La propia Revolución, idea-mito donde las haya, no es otra cosa que la permanente transacción entre Utopía y la realidad cambiante de cada momento. Tras la toma del poder en nombre de la Revolución es cuando realmente comienza ésta. No es una simple cuestión de cambio en el orden del día, en la agenda o en quienes la elaboran, sino una nueva relación, unos nuevos valores y unas nuevas pautas tanto personales como sociales desplegadas en el ejercicio de lo cotidiano.

Por eso acercarse a una propuesta que trata nada menos que de la República en un país con la historia del nuestro exige, junto con la predisposición a hacerlo, dos actitudes más. La primera es aceptar que iniciamos un camino en el que las grandes ideas-símbolos deben recorrer en nuestra mente una doble vía. Por la primera o deductiva debemos observar en qué manera los grandes conceptos que la liturgia política ha idealizado se concretan en el devenir de lo diario. Por la segunda o inductiva deberemos sintetizar y elevar a categoría de propuesta general, de modelo y de arquetipo aquellas líneas de valores, de conducta y de Ética ciudadana que se demuestran como las más adecuadas para conseguir la implantación concreta de la idealidad buscada.

La segunda es asumir también que el recorrido del camino no nos deja indemnes: nos obliga a decidir permanentemente si también nosotros somos sujetos del cambio necesario. Fue el general Prim quien dijo que entre nosotros nunca sería posible la República porque en España no había republicanos y además "*no los habría nunca*". El pesimismo del general se basaba en determinadas constantes inherentes al "alma hispánica". Yo más bien creo que las constantes si las hubiere, no hacen referencia a postulados de esencia ontológica sino a intereses económicos, hegemonías de instituciones manifiestamente contrarias a la racionalidad y a un ejercicio oligárquico de la actividad política que han derivado en una formación social, la española, atípica y todavía varada en tópicos, casticismos, resabios y simplezas rentables al Poder; justamente lo que las dos abortadas Repúblicas quisieron corregir, en muchos casos, con más voluntad que acierto.

Que proliferen hombres y mujeres republicanos y republicanas es el resultado de hacer posible entre todos que la ciudadanía sea el sujeto esencial de la actividad política que arribe a la proclamación de la III República Española.

Esta obra tiene una estructura consistente en el desarrollo de las respuestas a tres preguntas:

1ª. ¿Por qué la República?

2ª. ¿Qué República?

3ª. ¿Cómo?

La primera pregunta pretende situar la proclamación de la III República como una necesidad dimanante de tres cuestiones que se derivan, una de nuestra Historia –siempre tan repetida y tan presente– y las otras dos de los retos que la sociedad española tiene ante sí y que han sido en un caso postergados mediante operaciones dilatorias y en el otro manifiestamente esquivados y aplazados hasta que la coyuntura cambie. El desarrollo de las causas que, a mi juicio, obligan al replanteamiento a fondo de la situación actual se puede expresar como un triángulo equilátero en el que cada lado estaría representado por las tres líneas de argumentación que se corresponden con los capítulos que van del segundo al quinto:

II. La herencia republicana.
III. Las dos Repúblicas.
IV. La Transición o segunda Restauración Borbónica.
V. Una crisis de civilización.

Entrar en la concreción de la República que queremos persigue dos objetivos. El primero es consecuencia de todo aquello que he venido exponiendo hasta ahora. La cotidianeidad está plena de problemas concretos, urgentes, perentorios. La construcción de la República no puede estar ajena a las grandes cuestiones que afectan a la mayoría ciudadana. La República debe ser compromiso con lo inmediato por cercano y además proyecto de largo aliento estratégico como futuro explicado, propuesto y programado.

El segundo objetivo deviene de la naturaleza y estado del actual movimiento republicano. Multitud de organizaciones, ateneos, clubes, asambleas y demás colectivos que actualmente existen necesitan de una propuesta republicana concreta que les sirva para abordar la construcción de un proyecto común, siquiera en sus líneas medulares más importantes. Hay que dotar de contenidos al ideal republicano. No podemos hacer de nuestro republicanismo una permanente conmemoración de la II República y del fin de la misma a manos de la sedición encabezada por el general Franco. Tanto la primera como segunda Repúblicas son experiencias de las cuales debemos sacar consecuencias o incluso propuestas para hoy.

Pero lo que debe ocupar al movimiento republicano actual y al que se conforme mediante el debate ciudadano es la República para el siglo XXI. Una República concretada en contenidos, proyectos y programas. A esta cuestión dedicamos los siguientes capítulos:

VI. Los Derechos Humanos y los del Planeta.
VII. República es Democracia plena e integral.
VIII. La Paz como objetivo, ámbito y programa.
IX. Hablemos de Austeridad.
X. La República es laica.
XI. Un Estado Federal, plurinacional y solidario.
XII. Europa e Iberoamérica: un mismo proyecto.

Por último, a desarrollar el *¿Cómo?* dedicamos el capítulo XIII, bajo el título de *"El Proceso Constituyente"*, el cual, para los autores, es un período de tiempo no evaluable a priori en cuanto a su duración y en el que ciudadanos, colectivos de diversa índole, fuerzas políticas, sindicatos etc. entran en el debate con voluntad de construir la base social, programática, moral y ética del cambio de modelo de Estado. Se trata de hacer posible que la futura Constitución de la III República Española no sea una simple constitución formal y escrita sino que tenga tras de ella la fuerza cívica necesaria para desarrollarla; su constitución material.

Pero este capítulo XIII tiene una idea motriz sobre la que asentar el debate de las demás cuestiones que se proponen y que es consecuencia de los tiempos de crisis que vivimos y además del gran debate en torno a la Economía. La idea central consiste en desarrollar consecuentemente que la ciencia económica no puede ser nunca una ciencia de objetivos sociales sino una ciencia instrumental al servicio de los propósitos, objetivos y fines inherentes a una sociedad republicana avanzada. La Economía no puede ser considerada como una ciencia de fines o metas sino de gestión de lo acordado mayoritariamente a la luz de los Derechos Humanos y de un documento que a los autores les ha causado un impacto muy positivo: La Carta de la Tierra.

Sólo nos restan dos cuestiones. Una es que, a través de todo el libro serán frecuentes las citas y referencias históricas. No estamos ante un texto de Historia, por más que uno de los autores confiese su condición de adepto a Clío, musa de la Historia. Lo que ocurre es que tanto la Historia como todas las demás ciencias, incluidas las exactas, físicas y naturales, deben constituir una referencia obligada para la reflexión política. Ya es hora de que los gabinetes de imagen cedan su preeminencia, en las sedes políticas, a los saberes, experiencias y aportaciones de los contenidos científicos al menos en sus manifestaciones y resultados más básicos y determinantes.

La Política es fundamentalmente reflexión sobre la sociedad, sus problemas, retos, limitaciones, avances y retrocesos. Una reflexión que es permanente a la luz de los proyectos, propuestas y programas que el imaginario colectivo acepta, asume y desarrolla. La Política es una acción de la razón que se desvive por crear nuevos ámbitos de convivencia en el continuo avance hacia la igualdad y libertad plenas. La Política, tal y como se contemplaba en la Filosofía clásica, es parte indisociable de la Ética. Lo demás es ruido mediático, frivolidad electorera y corrupción en todos los órdenes; empezando por la del pensamiento.

La segunda cuestión quiere responder a dos preguntas que tal vez su curiosidad se haya hecho: ¿Por qué dos autores? ¿Qué aporta cada uno? Compartimos enteramente el proyecto, los contenidos y la estructura del libro. Han sido muchas horas de trabajo conjunto buscando la sintonía prácticamente total. Ello no es óbice para que señalemos la huella de cada cual.

Uno de los autores, por sus años, experiencia y vocación de persona a la que nada que haga referencia a los humanos le es indiferente o extraño, ha volcado reflexiones y su pasión por la Historia. El otro, la otra en este caso, ha aportado cuanto hay o debe haber en su profesión de periodista: claridad sin detrimento del rigor, ritmo expositivo y sentido de la oportunidad narrativa. Sin estas aportaciones, esta sencilla y también ambiciosa propuesta a la ciudadanía sobre la III República podía haber resultado un mamotreto farragoso y plomizo.

CONVERSACIONES SOBRE LA III REPÚBLICA*

* Nota del editor: El libro se plantea como una conversación entre Julio Anguita y la periodista Carmen Reina. Las intervenciones de ésta aparecen en cursiva y separadas de las palabras de Julio Anguita.

I
LA APUESTA REPUBLICANA

Hace ya una década, Julio Anguita plasmó en un documento de trabajo su propuesta sobre lo que debería ser, a su juicio, una nueva República en España. La III República. Durante años, su análisis y su apuesta por esta alternativa republicana ha contrastado con el de quienes tan sólo defienden la bandera tricolor y la desaparición de la Corona, venerando el aura mártir que el golpe franquista dio a la II República Española.

Pero a Anguita eso no le basta, es más, le sobra. "Bebo del pasado pero no me siento atado a nada", dice para explicar que su planteamiento va mucho más allá. Es un estudio concienzudo de lo que el modelo republicano representa, de la sólida base de justicia social que conlleva y del compromiso –"contrato social", recuerda él– que para la ciudadanía supondría llevarlo a cabo, como agente activo con toda la conciencia cívica que el modelo de la República demanda.

Veo lo que hoy está en la calle como voces republicanas, con mayor presencia desde hace unos diez o doce años, y encuentro que de una manera muy generalizada, la gente toma posición por la República en función de una serie de actitudes sobre las que se debe reflexionar.

En primer lugar, se dice ser republicano porque se es visceralmente antimonárquico y, en concreto, anti rey Juan Carlos I. Para mí eso no es determinante por una razón: yo nunca he sido "anti" nada, sino que como consecuencia de lo que yo soy, de mi propia definición, eso va a significar que uno tiene posiciones enfrentadas a otros. Pero la gente parece ver la República como una protesta contra la monarquía como si ésta fuera la encarnación de los males sociales y, aunque mucho tiene que ver, no lo es en el sentido que se le está atribuyendo.

En segundo lugar, hay motivaciones de los que se dicen republicanos que se enraízan única y exclusivamente en la derrota de la II República. Parece que haya un regusto por instalarse en la II República vencida por el fascismo, por los militares, la Iglesia, los terratenientes, etcétera, lo cual es verdad, pero así sólo se destaca el papel de víctima y, en función de eso, parece que hay que redimirla. Así, se olvidan del análisis, de los desaciertos de esa república, de las vicisitudes que albergó e incluso se obvia que esa república tuvo un gobierno del Frente Popular, pero antes tuvo un gobierno de derechas por dos años, el de la CEDA.

Y en tercer lugar, es cierto que, en determinados sectores de la sociedad muy ligados a la izquierda, la República tiene la virtud de ser un denominador común y se muestra como seña de identidad de todos ellos.

Todo eso, esa mezcla de ideas y sentimientos es la que a lo largo de los años y, en concreto, en la última década, parece haber aflorado entre quienes de una u otra manera se manifiestan a favor de la República. Vemos más banderas tricolores en ma-

nifestaciones, escuchamos voces disonantes contra la Corona en distintos actos, existe una proliferación de asociaciones republicanas, ateneos... pero ¿eso es la República?

Bien, todo esto está manifestándose actualmente en las calles, en las consignas, pero a mí no me dice que eso sea el contenido republicano.

Para mí la República es otra cosa, de mayor enjundia, de mayor preparación, de mayor entrega, de mayor reflexión. Y creo que eso es lo que hace falta trasladar a la sociedad. Eso es lo que pretendo y lo que me mueve a escribir este libro.

Creo que la República es la coronación de todo el proceso revolucionario que comienza con el Renacimiento y llega a la Revolución Francesa. La República no es ni más ni menos que las aspiraciones de la centralidad humana, la liberación de las ataduras mentales que la Iglesia impone en la Edad Media; es también el reconocimiento del *nosotros*, de la sociedad civil –incluida la Iglesia– frente a la sociedad teocrática. Es un proceso a través de siglos, que va recogiendo ideas sobre un orden económico y social nuevo, que culmina en la Revolución francesa. Y, en concreto, para mí, la República es la actualización de la herencia recibida de la Constitución francesa de 1793 cuyo máximo exponente fue Maximilien de Robespierre.

Hay una concreción después de este somero recorrido histórico; la radicalidad democrática de la Constitución francesa de 1793 consiste en lo siguiente: hace sinónimo a la República de la Justicia.

Por eso, para mí la opción republicana es un imperio de la ley, de la justicia y la igualdad. Esa es mi opción.

Y sin duda esos conceptos –justicia, igualdad, legalidad– son señas de identidad que nos traen a la mente reivindicaciones muy actuales, parejas podríamos decir con el llamado Movimiento 15M, el Frente Cívico, las Mesas de Convergencia, los foros sociales y plataformas de defensa de los derechos ciudadanos, ante el agotamiento que ha demostrado el modelo económico y social actual, que ha mostrado su peor cara con la crudeza de la actual crisis.

Sin duda, la República no solamente es un concepto histórico que podemos trasladar al hoy. Se trata de hacer un hilo rojo conductor desde la Historia, porque hay aportaciones que tomar de ella, pero realmente yo lo veo como una respuesta concreta para el hoy.

La República es una respuesta a la situación que vivimos, es una respuesta a lo que yo llamo crisis de civilización. Se trata de un orden social nuevo que se caracteriza por una democracia profunda, radical y que nos lleva, entre otras cosas, a dominar los mercados.

En estos momentos, la República para mí es la encarnación institucional que representa a una sociedad que tiene muy claras dos cosas: la economía debe ser una ciencia instrumental al servicio del mantenimiento de las condiciones de la biosfera –porque la vida humana depende de eso– y, asimismo, al servicio de las decisiones del colectivo, de la ciudadanía, en definitiva, al servicio de los Derechos Humanos.

Podríamos preguntarnos entonces si, en estos tiempos que vivimos, es una respuesta sólida a la actual crisis. ¿Realmente la República es una salida? Porque desde hace ya varios años pa-

rece que la crisis es un gran agujero negro en el que nos vemos inmersos, en el que poco o nada podemos manejar como ciudadanos para lograr salir de ella.

Sí, lo que está ocurriendo en este país solamente puede ser visto desde el enfoque republicano. Pero desde luego, es hora de hablar sobre qué República queremos. De eso se trata, de eso estamos hablando: del modelo republicano por el que apuesto.

Es cierto que alguien puede decir: *Claro, sí, entonces los problemas que tenemos los arregla todos la República, ¿no?* Yo le digo: por favor, léame y reflexione.

El problema que tenemos ahora mismo en España no es sólo una cuestión de gobierno. Es una cuestión de entidad ciudadana. Hasta que la ciudadanía no se dé cuenta de que hay que asumir una serie de decisiones de un calado tremendo que implican consecuencias que ella misma tendrá que aceptar, no habrá una salida positiva a esta situación de crisis.

Esa actitud, esa mentalidad, es el significado de la República.

Y si la democracia se expande realmente y se transforma en fuerza productiva directa en lo económico, eso es, por definición, incompatible con la Monarquía y con su estructura.

Por eso, esa salida es la República. No porque por invocar a la República los problemas ya estén resueltos. Sino porque la República para mí no es sólo que un presidente sea elegido, no; es que la sociedad redacte un contrato social con ella misma.

Ahí se instala mi definición de democracia, como un convenio permanente entre seres iguales y libres para seguir permanentemente conviniendo sobre su contrato social.

Llegados a este punto, queda claro que lo que Anguita nos propone es que aceptemos, que participemos, que formemos parte consciente y activa de un nuevo orden en el que el ciudadano construye su futuro, su modelo de sociedad. Ante eso se encuentra el lector...

Claro, eso significa una reconsideración de todo, no solamente de qué es la República sino incluso de algo nuevo. Yo, como proponente, no me atrevo ni a decir qué bandera sería la republicana, ni qué himno. Porque aunque yo no olvido el pasado, no me siento atado a nada.

II
LA HERENCIA REPUBLICANA

Para iniciar esta andadura del camino hacia la III República, Anguita dirige sus primeros pasos, desde la actualidad social que nos rodea, a la Historia. Lo hace como fundamento de experiencia y también como imprescindible espejo retrovisor para navegar sin pérdida de referencia y así evitar incurrir en los mismos errores y vicios de lo que fueron las dos experiencias republicanas en España, consiguiendo a la vez reconocerse en lo mucho que aportaron ambas al acervo político y cultural del republicanismo.

Es curioso cómo, hoy en día, que se habla mucho de República, es más, cuando la idea de República parece ser que vuelve a surgir de nuevo con motivo de los rumores de abdicación del Rey, con motivo de los escándalos de la Casa Real, con los comentarios sobre si reinará o no reinará Felipe VI... que todo el concepto de República que hay en la calle gira exclusivamente en torno a si hay Rey o hay Presidente de la República.

No he visto hablar de República con otra dimensión, con otras perspectivas, sólo como si la República fuese una mera negación de la Monarquía.

Y tú piensas que es o debe ser mucho más, ¿no es así? Pero entonces, ¿no indica eso que, en realidad, no existe un espíritu claramente republicano en nuestra sociedad?

Claro, me viene a la memoria lo que dijo el general Prim al republicano Nicolás Estévanez cuando éste le visitó en su exilio londinense, en 1867: *"La República sería posible si hubiera republicanos, como los hay hasta en Rusia; pero en España no hay ni puede haberlos"*. La afirmación de Prim era exagerada ya que, desde 1849, existía el Partido Demócrata, de clara factura republicana, con figuras como Pi i Margall, Salmerón, Castelar, Nicolás María Rivero, Becerra, Martos, etc. Sin embargo, la opinión del general se basaba en que la idea republicana no estaba consolidada en España como alternativa de Estado con el respaldo necesario de la ciudadanía; los republicanos eran una élite intelectual con una militancia de base mínima y focalizada en reivindicaciones sociales urgentes y perentorias.

En la España de hoy, han ido apareciendo colectivos, ateneos, asambleas y multitud de círculos que se reclaman del republicanismo y que vertebran sus conmemoraciones y actividades en torno a la Memoria Histórica o a la conmemoración de la II República y su fin a manos de la sedición franquista. Salvo muy escasas excepciones, el republicanismo español está casi exclusivamente vinculado a la afectividad, a la memoria y a la condición de fedatario del recuerdo. El que en torno al 14 de abril proliferen actos, conmemoraciones y exhibición de la tricolor, no oculta el triste hecho de que todavía ese espíritu republicano no haya encontrado –¿ni querido encontrar?– los cauces para su unidad orgánica en torno a un proyecto compartido. Solamente la bandera y el Himno de Riego parecen constituirse en las únicas referencias a una identidad específica.

El antimonarquismo o el antijuancarlismo a palo seco no pueden suplir lo que el espíritu republicano necesita para encarnarse en proyecto de III República: la existencia de millones de ciudadanos y ciudadanas organizados como militantes de la República y sus propuestas para hoy. Este libro quiere ser una modesta aportación a esa causa.

Deberíamos empezar a hablar entonces de las raíces del republicanismo, de cuándo surge la idea de la República como concepto moderno y, quizás lo más importante, en qué valores se basa.

Exactamente. En qué valores se basa, a qué propuestas va ligado, a qué deseos e incluso a qué sueños se debe.

Como antecedente remoto, la idea del individuo como portador de un valor que sirve de medida para todas las cosas, comienza a surgir en el Renacimiento y, de ello, el Arte da testimonio. Frente al Pantocrátor que en el tímpano de las iglesias románicas representa a Cristo como emperador que desde su trono domina a la grey humana, el Renacimiento, de la mano de Miguel Ángel en la Capilla Sixtina, representa a Adán, creado por un Dios que le reconoce como una obra hecha a su imagen y semejanza y en consecuencia, figura máxima en la pirámide de lo existente. El Renacimiento, al reconocer en la creación la centralidad humana, inicia un proceso que culminará, tras la Reforma, en el Siglo de las Luces, origen próximo de nuestra civilización denominada occidental. El súbdito, tras una lucha secular y muchas veces sangrienta, se convierte en ciudadano.

A finales del siglo XVIII, los avances de la ciencia, los comienzos de la primera Revolución Industrial y la cristalización de la hegemonía de la Razón sobre la *Fe revelada,* inician un proceso que, teniendo como gigantescos precursores a Baruch Spinoza (1632-1677) y a Immanuel Kant (1724-1804), nos conduce hasta Rousseau (1712-1778), Voltaire (1694-1778), Diderot (1713-1784), d'Álembert (1717-1783), Montesquieu (1689-1755) y culmina en la Enciclopedia y la Ilustración.

En esta serie de personajes y aportaciones quiero situar, por su especial relieve, la persona de Nicolás Maquiavelo (1469-1527) quien marca con sus palabras un mensaje que el republicanismo nunca ha debido olvidar. En su obra "*Discursos sobre la primera década de Tito Livio*" podemos leer:

"La grandeza de un orden político se forma en su capacidad para generar el bien común y eso sólo es posible en las repúblicas porque éstas ponen en ejecución todo lo que se encamina a tal propósito, y si alguna vez esto supone un perjuicio para este o aquél particular, son tantos los que se benefician con ello que se puede llevar adelante el proyecto pese a la oposición de aquellos pocos que resultan dañados".

Y en paralelo, con esta revolución intelectual surge la primera fase de la Revolución Industrial que teniendo a la máquina de vapor como impulso y a los telares ingleses como símbolo máximo, concretan por entonces un proceso económico, que ya preexistía en el Mercantilismo, tan potenciado por la monarquía borbónica francesa de Luis XIV. En el escenario de la Historia occidental comienza a aparecer y a desarrollarse la burguesía, y con ella el cuestionamiento de la desigualdad legal de los individuos. Y con ello, la sociedad estamental y aristocrática se resquebraja.

Estos hechos históricos, el Renacimiento y la Revolución Industrial, van a ser dos elementos cuyas ideas de la centralidad del ser humano y el desarrollo de las fuerzas productivas funcionen como los dos pilares que se aunarán en momentos claves históricos para crear las bases de lo que entendemos como la República moderna.

Se trata, por tanto, de momentos de la Historia de donde beben las raíces de lo que hoy entendemos como el concepto moderno de la República. Se deberían conocer en profundidad, para saber de verdad en qué se basa el espíritu republicano hoy en día y cómo el ser humano, a través de la Historia los ha elegido como propios en diversos momentos...

Sí, porque como digo, estos dos procesos, tan interdependientes, cristalizan en tres hechos históricos de singular relieve e importancia en la Historia.

El primero de ellos es la solemne Declaración de Independencia de EEUU de 4 de julio de 1776. No olvidemos que ello supone el comienzo de una guerra entre las colonias británicas de América del Norte y la monarquía de Jorge III del Reino Unido de la Gran Bretaña. Cuando la victoria sonríe a los sublevados, éstos pretenden simbolizar su independencia con la propuesta a George Washington de que acepte la corona como rey de la nueva nación, cosa que éste rechazó como algo impropio del espíritu que había imbuido la independencia. Así surgió la joven República Norteamericana.

Con ella, la Declaración de Independencia de los Estados Unidos de América, firmada en Filadelfia, tiene una serie de contenidos y principios que suponen la irrupción en la

Historia de una nueva mentalidad, elevada a la categoría de documento oficial para una acción política ciudadana. ¿Qué nuevos conceptos aportaba?

Para empezar, el fundamento teísta; es decir, se apoya en unos derechos supuestamente concedidos a los seres humanos por el Creador que los ha hecho *"iguales y con derechos inalienables"*. Desaparece, por tanto, el poder como designio divino, *por la gracia de Dios.* Además, esos derechos reconocidos son el derecho a la vida, la libertad y el derecho a la búsqueda de la felicidad.

Por su parte, los gobiernos derivan su poder legítimo del consentimiento de los gobernados. Y cuando una forma de gobierno destruye estos fundamentos, el pueblo tiene derecho a reformarla o abolirla.

Tras ese primero, el segundo momento histórico que supera en contenidos democráticos y filosóficos a la Declaración de Independencia de EEUU, es la Declaración de los Derechos del Hombre y del Ciudadano de 26 de agosto de 1789, aprobada por la Asamblea Nacional Francesa, surgida de la Revolución de aquel mismo año.

¿Cómo supera este nuevo documento los contenidos de la Declaración estadounidense? ¿Qué nuevos elementos aportaba a la anterior?

Pues bien, en primer lugar, alude al fundamento deísta, es decir, alude a un Ser Supremo bajo cuyos "auspicios" se realiza la Declaración. No hay alusión a ningún Dios Creador o imbricado especial o directamente en el desarrollo de la humanidad. Por tanto, infiere que los hombres nacen y permanecen libres e iguales en derechos; unos derechos que son la libertad, la propiedad, la seguridad y la resistencia a la opresión.

Y asimismo, se establece que la soberanía reside en la Nación; que existen garantías procesales, la presunción de inocencia y que no hay retroactividad de las leyes. Y en cuanto a las libertades que instaura, debemos destacar la libertad de opiniones, incluidas las religiosas, y la libertad de imprenta.

Pero el tercer momento histórico que resume y supera, a mi juicio, a los dos anteriores lo constituye el Acta Constitucional francesa de 24 de junio de 1793, conocida como Constitución de 1793, que da una nueva redacción a la Declaración de los Derechos del Hombre y del Ciudadano de 1789. Y que, como principales aportaciones, establece el sufragio universal, que la soberanía nacional reside en el pueblo y que éste tiene siempre derecho a revisar, reformar y cambiar su constitución.

Además, destaca que la instrucción se vea como una necesidad para todos y una obligación de la sociedad. Y que todo ser humano pueda contratar servicios de otro, pero no pueda venderse ni ser vendido; su persona no es una propiedad enajenable.

Así, la Constitución francesa de 1793 dice también que la resistencia a la opresión se establece como consecuencia de los derechos del hombre y se dice que existe opresión contra el cuerpo social cuando uno sólo de sus miembros es oprimido, al igual que hay opresión contra cada miembro cuando el cuerpo social en su conjunto es oprimido.

Podemos ver que el texto constitucional recoge, de igual manera, que cuando el gobierno viola los derechos del pueblo, la insurrección es, para el pueblo y para cada una de sus porciones, el más sagrado de los derechos y el más indispensable de los deberes. Y junto a ello, se establecen las ayudas públicas al reconocer que la sociedad debe favorecer la subsistencia a los ciudadanos desgraciados, ya sea procurándoles trabajo, ya sea proporcionando los medios de existencia a los que no estén en condiciones de trabajar.

Creo que, llegados a este punto, debemos recordar que este texto de 1793 representa el momento más radicalmente consecuente de la Revolución Francesa. Fue el fruto de la hegemonía jacobina en el proceso revolucionario[1]. Es la hora de los Robespierre, Marat, Condorcet, Saint-Just, Danton, etc.

Está claro entonces que se evidencian ya algunos de los rasgos inherentes al republicanismo, a los conceptos que lo definen, que se gestaron en esos tres momentos históricos. Y que desde entonces, integran lo que podemos denominar las bases de la herencia republicana que hoy recogemos en nuestra sociedad. Lo que no sabemos es si calaron realmente, si quedaron fijados desde entonces como pilares de la República...

De esta apretada síntesis histórica y de lo que ocurrió después sacamos dos tipos de conclusiones: las que nos aconsejan atemperar el entusiasmo ciego por las grandes declaraciones confiando que ellas por sí solas traigan la dicha y la ventura a la sociedad y, por otro lado, las que sustentan el contenido, la carta de naturaleza de la propuesta republicana a través de la Historia.

---

[1] Los jacobinos se denominan así porque se reunían en el convento de Saint Jacques, traducido como Santiago, que significa también Jacobo.

En cuanto a las primeras, resalta la contradicción entre la declaración de Filadelfia al defender que *"los hombres son libres e iguales"* y el mantenimiento de esclavitud en Estados Unidos. De la misma manera conviene tener presente en el desarrollo de la Revolución Francesa algunos hechos, como fueron la no entrada en vigor de la Constitución de 1793 por necesidades de la guerra entre la Francia republicana y las potencias monárquicas: Reino Unido, Prusia, España, etc; la reimplantación de la esclavitud en la colonias en 1804 por parte de Napoleón; y la aparición de leyes posteriores que transformaron el sufragio universal en censitario, es decir, que solamente podían votar los que tuviesen un mínimo de rentas y propiedades.

Unos hechos éstos que nos deben servir hoy para no olvidar que las leyes por sí mismas no transforman la realidad; hay que aplicarlas y obligar a aplicarlas mediante la vigilancia ciudadana.

Desde luego, no por estar algo escrito se cumple. ¿Y qué debemos aprender del segundo tipo de conclusiones, aquellas que se refieren al contenido?

El segundo tipo de conclusiones nos indica que el republicanismo tiene su acta de nacimiento y su matriz ideológica y política en los acontecimientos anteriormente relacionados. Pero, especialmente, el republicanismo moderno se vincula a la Constitución de 1793. Y ello es así por tres grandes razones. Una, que la República es igual a Democracia, pues ambos son conceptos sinónimos, equivalentes y complementarios. La segunda razón es que el proyecto republicano rechaza la autonomía de la Economía con respecto a la Política y a la ciudadanía constituida en sociedad. Y la tercera razón se basa en la conquista de las libertades, los derechos y la nueva dimensión que ello implica, que se han llevado a cabo, siempre, contra el obstáculo que han supuesto las monarquías.

En conclusión, vemos que el republicanismo se constituye en una iniciativa de construcción social en torno a una serie de postulados, proyectos y prácticas que le concede una identidad específica y diferenciada totalmente de la concepción monárquica. Tal y como ha dicho Ángel Coulom[2]:

"El republicanismo no parte de una teoría de la identidad política vinculada a los intereses de la propiedad ni al papel del mercado como instrumento garante de la cooperación social y política de los mismos. El republicanismo de origen maquiaveliano ensalza, al contrario que el liberalismo, la vida civil de ciudadanos activamente comprometidos con la construcción y defensa de una comunidad política libre. La fuerza que impulsa la vida civil no es aquí, a la manera liberal, una defensa de los intereses individuales sino una vocación de servicio público troquelado en la virtud cívica".

Los Republicanos en la Península: Madrid y Barcelona

Con los conceptos clave de los que hemos hablado en las líneas anteriores, la historia del republicanismo español empieza a dejar ver sus primeros atisbos a mediados del siglo XIX. Es entonces cuando comienzan los primeros movimientos donde se ven reflejados en España los principios ideológicos de la República. Madrid y Barcelona son los epicentros donde se ve ese germen...

[2] Angel Coulom fue secretario general de ERC entre 1988 y 1996.

Así es. Existen unos incipientes atisbos republicanos con anterioridad, con la denominada conspiración de Picornell (1795), que intenta derrocar a Carlos IV e imitar a la contemporánea Revolución Francesa planteando ya una república pero un tanto particular, pues admite que haya un rey aunque con poderes restringidos.

Pero aparte de ese atisbo puntual, 1849 es una fecha clave para el inicio del republicanismo en España. En ese año se crea en Madrid, más que como partido como plataforma, como una unión de voluntades en torno a una declaración de principios, pero sin estatutos, el Partido Demócrata Español.

Es entonces también cuando aparecen los *prohombres* del movimiento republicano: Sixto Cámara, Fernando Garrido, Fermín Salvoechea, Nicolás María Rivero, José María Orense, Ordax y Avecilla, etc.

Ellos conciben el republicanismo como una especie de socialismo. Es decir, sus ideas republicanas están en la línea de la Constitución Francesa de 1793 y tienen claro una cosa: sin justicia social no hay república.

De manera paralela, en Cataluña, el republicanismo nace de la mano de Abdón Terradas, Ramón Xaudaró y Francisco Pi i Margall. Su visión del republicanismo tiene un doble componente: el social y el federal como forma de conseguir la articulación, en un proyecto unitario, de las nacionalidades del Estado español. Nace así un embrión de la conciencia catalana como hecho diferencial que no se puede olvidar ni obviar. Pi i Margall es así la figura más señera y emblemática de esta concepción de estado tan presente en la izquierda española.

Pues bien, este incipiente republicanismo va a recorrer una historia difícil, traumática, con una permanente subdivisión en multitud de escisiones pero que, a pesar de ello, consigue una presencia y una influencia en momentos clave. Un republicanismo que en 58 años cristalizará en dos Repúblicas: la de 1873 y la de 1931.

Ese republicanismo, estas dos corrientes instaladas en Madrid y Barcelona, permanecerán ahí, latentes. Hasta que se produce un primer hecho decisivo[3]: la Revolución de 1868 que destrona a la reina Isabel II.

Será, pues, a partir de este germen donde tome cuerpo el republicanismo en España, desarrolle su músculo y viva momentos de altibajos hasta tomar presencia en el poder, con circunstancias históricas muy particulares, en la I y II Repúblicas Españolas.

En la primera andadura de la *Gloriosa*, como calificaron a la revolución sus protagonistas, ya pudo notarse una característica que se iba a constituir en una constante a lo largo de los tiempos venideros: los jefes de la Revolución iban por un lado y las juntas revolucionarias por otro. Prim, caudillo indiscutible de la situación, tuvo que soportar las constantes presiones de sus correligionarios de base para que se instaurase la República. El general apostaba por una monarquía de nuevo cuño. Por eso, cuando se aprueba la Constitución de 1869 de carácter monárquico, mientras Prim buscaba un rey por todas las cortes de Europa, se produce en el interior del Partido Demócrata una escisión entre los que eran partidarios de pactar una monarquía democrática con el entorno de Prim (que ya

[3] Hay otro hecho decisivo en la Historia del republicanismo en España que será la II República Española y la posterior guerra civil. El devenir histórico de España está ligado a estos dos hechos y a la historia del republicanismo.

había encontrado en Amadeo de Saboya al nuevo Rey) y los defensores de la pureza revolucionaria. La ruptura tuvo lugar en una reunión celebrada en el Circo Price de Madrid el 13 de noviembre de 1869. Había nacido el Partido Demócrata Revolucionario y formaban parte del mismo Emilio Castelar, Pi i Margall, Estanislao Figueras, Cristino Martos, José María Orense y el general Blas Pierrad.

La abdicación de Amadeo I en 1873 y la sorprendente proclamación de la República, colocó a los republicanos y sus distintas facciones ante la responsabilidad de gobernar en medio de una crisis generalizada. Y a la gravedad del momento se añadía la división política en el campo republicano a causa del debate sobre la compatibilidad o no entre socialismo y libertad, a lo que se le añadía la opción entre un República Federal y una Unitaria.

Desde luego, se observa que la historia del republicanismo es un tanto movida. Se dan distintas situaciones, momentos y actitudes frente a unas fuerzas conservadoras menos dadas al debate interno, la especulación política y los radicalismos...

Eso ha sido una tónica generalizada en nuestro país; lo que de manera general podemos calificar como izquierda es más inclinada al pensamiento y a la crítica; y también, por qué no decirlo, a cierto narcisismo. Los conservadores suelen ser menos amantes de la especulación sobre las ideas y tienen la cohesión que les da el poder como medio para seguir conservándolo.

Siguiendo con el relato, tras la I República y la Restauración borbónica que inaugura el régimen conservador, el republicanismo entra en un período que algún autor ha calificado de *larga noche del republicanismo*. En los últimos años del siglo XIX reverdecen los intentos republicanos de pasar a la ofensiva. Sin embargo, seguían anclados en presupuestos que el fin de la I República se había llevado consigo. Las exiguas fuerzas republicanas languidecían en corrientes y grupos como el Partido Posibilista de Emilio Castelar, el Progresista de Ruiz Zorrilla (el eterno partidario de los levantamientos militares), el Centralista de Salmerón o el Federal de Pi i Margall. Todo ello, acompañado de intentos insurreccionales como en Badajoz, Santo Domingo de la Calzada o el del brigadier (general de brigada) Villacampa en 1886.

A pesar de esta situación, hay que señalar que el republicanismo junto con el naciente movimiento obrero representado por el PSOE y la UGT, sumados a grupos herederos de la tradición de Fanelli y Anselmo Lorenzo, constituyeron la única oposición que tuvo la Restauración a finales del siglo XIX.

Si seguimos el relato histórico y nos adentramos ya en el siglo XX, veremos que el movimiento republicano tuvo nuevos brotes...

En los inicios del siglo XX tuvo lugar un hecho que reactivó las ilusiones republicanas: la creación de Unión Republicana en 1904. Ésta fue una plataforma de carácter unitario que nació como intento de una respuesta común del republicanismo a la política del bipartidismo protagonizada por conservadores y liberales, soportes ambos del régimen de la Restauración.

Sin embargo, pronto se vio que los viejos males que aquejaban al republicanismo histórico seguían vivos: los personalismos, la no superación de la aparente dicotomía entre libertades y derechos sociales, los métodos de funcionamiento donde la pureza doctrinal era un corsé más que un estímulo a la aproximación de posiciones y el todavía no apagado enfrentamiento entre federalistas y unionistas.

Las nuevas divisiones y subdivisiones pronto surgieron de las propias entrañas de la Unión Republicana. De ellas, mencionaremos las más significativas para no cansar al lector con una farragosa exposición de siglas. Así, en 1908 se constituye el Partido Radical (PR) de Alejandro Lerroux, el Bloque de Izquierdas (BI) en 1909, y la Conjunción Republicano-Socialista (CRS) también en el 1909 que llegaría a tener un fuerte protagonismo en la II República al conseguir una representación de coincidencias entre el federalismo, el republicanismo de carácter social y el PSOE fundado en 1870.

De la misma manera, en Cataluña aparece República Catalanista (RC) en 1911, la Unión Federal Nacionalista Republicana (UFRN) en el mismo año, el Partido Republicano Reformista (PRR) también llamado Partido Reformista (PR) en 1912, la Alianza de Izquierdas (AI) en 1917 y el Partit Republicá Catalá también en 1917. Y en medio de esta serie de apariciones del republicanismo político, tiene lugar en 1911 la creación de la CNT que, aunque por principios fundacionales era apolítica en el sentido de apartidista, ocupó un puesto de primera línea en las luchas sociales de la época tras el final de Guerra en 1939.

El caso es que nos encontramos con toda esa serie de nuevas fuerzas políticas que van conformando el resurgir del republicanismo en nuestro país...

Sí, estas nuevas fuerzas políticas van constituyendo el cañamazo sobre el cual, e independientemente de la variedad de siglas, va resurgiendo el republicanismo como denominador común de unos valores ligados a la democracia, la cultura y también a la justicia social. Es también en estos años cuando el viejo republicanismo, marcado por el adocenamiento y a veces por sus *ententes* con la monarquía, dejó de ser considerado por la mayoría de la población de trabajadores y pequeños burgueses como republicanos auténticos; el caso más explícito es el de Alejandro Lerroux.

Otra causa que ayudó a la modernización del republicanismo fue la adscripción de muchos republicanos y pequeños burgueses a las filas del PSOE, la UGT y la CNT. Las posiciones empezaban a quedar más nítidas y, por ello, más susceptibles de diálogo sobre un compromiso. No podría entenderse sin ello el advenimiento de la II República ni tampoco el desarrollo de la misma hasta 1933, año en el que la derecha ganó las elecciones legislativas. El Golpe de Estado de Primo de Rivera de 13 de septiembre de 1923 pilló totalmente desorganizado al republicanismo.

Luego, en 1926 y en situación clandestina se constituyó Alianza Republicana. En ningún momento intentó ser un partido político pero sí un iniciativa para aglutinar el sentimiento republicano. Su principal aportación fue la dinamización del republicanismo y la formación de una mentalidad republicana común opuesta a la Dictadura. Y así, el programa con el que pretendía ese objetivo tenía entre sus puntos algunos de tradicional factura republicana: Cortes Constituyentes, Estado Federal, solución al problema de Marruecos, creación de escuelas, etc. Pretendía ser una muestra de convivencia del republicanismo sin extremismos y su junta provisional estaba compuesta por Ayuso, Azaña, Marcelino Domingo, Castroviejo y Lerroux. Sus fundadores habían sido el Partido Republicano Radical (PRR) de Lerroux, el Partido Republicano Federal (PRF), el Grupo de Acción Republicana (AC) constituido en 1925 con Azaña, Jiménez de Asúa, Ramón Pérez de Ayala, etc. y el Partit Republicá Catalá (PRC) con Marcelino Domingo y Lluis Companys. Posteriormente, se adhirieron al manifiesto fundacional personalidades de la cultura como Antonio Machado, Gregorio Marañón y Miguel de Unamuno.

Realmente, la historia del republicanismo español que relatas está bastante abigarrada de datos, nombres y circunstancias...

Es cierto, lo reconozco. Sin embargo debo decirte que estoy haciendo un relato lo más simple posible aún a riesgo de falta de rigor; pero es que creo que a las personas que se acercan a la idea republicana en nuestros días deben tener unos datos, siquiera muy superficiales, que les motiven a documentarse más.

El caso es que la Alianza Republicana empezó a sufrir en su seno interno las consecuencias de un debate producto no sólo de su pluralidad sino también de un entorno que se agitaba cada vez más como consecuencia del presentido final de la Dictadura. Así, en 1929, Marañón y otros intelectuales dejaron la Alianza para crear la Agrupación al servicio de la República, a la que pronto se adhirieron intelectuales de la talla de Ortega y Gasset o Pérez de Ayala. También en 1929 se separó un grupo de militantes para fundar el Partido Republicano Radical Socialista (PRRS) con Marcelino Domingo y Álvaro de Albornoz. Este partido, a través de su manifiesto fundacional se inspiraba directamente de la tradición jacobina francesa.

Y así se fueron conformando las fuerzas políticas republicanas que, con el PSOE y los nacionalistas vascos y catalanes, tendrían desde el campo republicano el protagonismo del proceso que conduciría a la II República y la primera parte de ésta, hasta 1933.

En otro momento se separaron de la Alianza los restos del federalismo. Y al final de la Dictadura, había una derecha republicana representada por Lerroux y la Derecha Liberal Republicana formada por ex monárquicos como Alcalá- Zamora o Miguel Maura.

Estos últimos acontecimientos nos sitúan ya en la proximidad de la II República. Llegados a ese momento, el Pacto de San Sebastián entre fuerzas republicanas vendría de inmediato...

Así es y, aunque ese acontecimiento lo veremos en el capítulo III, debe quedar constancia aquí que en ese encuentro entre fuerzas republicanas para derrocar a la Dictadura estuvo el grueso de las formaciones republicanas, con dos excepciones: la CNT y el PCE. El sindicato anarquista, lógicamente nada monárquico, consideraba sin embargo que esas cuestiones de la forma de Estado eran secundarias; y en cuanto al PCE, que tampoco fue invitado, constituía en 1930 (fecha del Pacto) una pequeña fuerza política producto de dos núcleos constitutivos: el Partido Comunista Obrero Español (PCOE) y el Partido Comunista Español (PCE), los cuales en 1921 fundaron el PCE. Sería con posterioridad cuando la mayoría de las Juventudes Socialistas se incorporaría a sus filas.

Y por otra parte, no hay que olvidar a Azaña. Era miembro de Acción Republicana, integrada en la Alianza Republicana. Tras la victoria de la derecha el 3 de abril de 1933, hay un reagrupamiento de fuerzas republicanas que, entre otros resultados produce la creación de Izquierda Republicana (IR). Este nuevo partido estaba compuesto por AR de Azaña, sectores del PRRS de Marcelino Domingo y Alvárez de Albornoz y la Organización Republicana Gallega Autónoma (ORGA) de Santiago Casares Quiroga, junto a algunos colectivos republicanos de Álava y Navarra. En Cataluña, el nuevo partido se denominó Partit Republicá d'Esquerra, con José Giral, Victoria Kent y Luis Bello.

Por otro lado, también en Cataluña, desde marzo de 1931 existía Esquerra Republicana de Catalunya (ERC) que había sido la fusión habida entre el Partit Republicá Catalá de Lluis Companys, Estat Catalá de Francesc Maciá y el grupo llamado l'Ópinió de Joan Lluhí.

Así las cosas, el republicanismo se ve ante el comienzo de la II República el 14 de abril de 1931. Un camino difícil lleno de problemas, de aciertos y también de errores ¿Qué reflexión harías sobre ello?

Como los lectores tendrán ocasión de ver en el capítulo siguiente, conviene distinguir tres períodos o fases de la II República. Un primer período abarca desde su implantación hasta el triunfo electoral de las derechas en abril de 1933; otro período lo constituye el Gobierno republicano conservador y el tercero y más breve el período conocido como del Gobierno del Frente Popular desde febrero de 1936 hasta el final de la guerra en 1939.

Comoquiera que este capítulo trata de la actividad republicana, sin los adornos que la posteridad ha hecho surgir en el imaginario colectivo, quiero hacer una reflexión sobre este último período del Frente Popular.

La política llevada a cabo por el Gobierno republicano conservador tiene una hoja de servicios en la que figuran dos hechos; uno terrible, la represión de la Huelga de Asturias a manos de Franco y otro alentador, la consecución del sufragio universal para la mujer.

El recuerdo de 1933 y sus funestas consecuencias para la izquierda hizo reconsiderar a muchas organizaciones su posición de abstencionismo de entonces. Así y con el impulso de Azaña, se consiguió una alianza electoral compuesta por Izquierda Republicana, Unión Republicana, PSOE que representaba también a UGT, Federación Nacional de Juventudes Socialistas PCE, Partido Sindical y el Partido Obrero de Unificación Marxista (POUM). El acuerdo, denominado Frente Popular, contenía un breve programa de intenciones, sin perjuicio de dejar a salvo los postulados de sus doctrinas, en el que destacaba por su firmeza y unanimidad la consecución de una amplia amnistía para los delitos políticos sociales cometidos después de noviembre de 1933.

Pero, a partir de ahí y por parte de los republicanos, la redacción se hizo más cautelosa. Los republicanos no aceptaban la nacionalización de la tierra y su entrega a los campesinos, aunque sí estaban de acuerdo con la rebaja de impuestos y tributos, la revisión de los desahucios y la consolidación de los arrendamientos. Tampoco admitían la nacionalización de la Banca ni el control obrero porque *la República que conciben los partidos republicanos no está dirigida por motivos económicos o de clase sino que es un régimen de libertad democrática.* Sí hubo un acuerdo unánime con respecto a la Enseñanza, su apoyo y generalización.

Y así, el triunfo de las candidaturas del Frente Popular el 16 de febrero de 1936 abrió unas nuevas perspectivas de Gobierno que pronto tendrían que enfrentarse a la sedición militar encabezada por Franco.

Sobre la II República y la Guerra Civil se ha escrito mucho y el cine, los medios de comunicación o la literatura nos ilustran sobre aquello. Sin embargo, hay una zona muerta en ese relato histórico. ¿Qué pasó con los republicanos tras la derrota? No me refiero a las personas, sino al movimiento republicano que quiso seguir funcionando en el exilio...

Vencida militarmente, la República mantuvo una presencia fuera de España a través de tres manifestaciones visibles: las instituciones, los partidos políticos y su militancia, y la calidad intelectual de profesores y científicos que, exiliados, se instalaron fundamentalmente en México en donde aportaron saberes y métodos de investigación en todos los terrenos.

Y es en esto último donde se ve una historia en la que el ejemplo dado por la perseverancia, el trabajo y la apuesta política por la cultura y la enseñanza es grandioso. La II República y el entorno cultural que irradiaba, potenció los trabajos de la Institución Libre de la Enseñanza. Creada en 1876, fue un faro de racionalidad, estudio y métodos didácticos que contrastaban con la mediocridad cultural de la Restauración. En 1881 era ya un faro cultural con proyección fuera de las fronteras. En el Boletín de la Institución llegaron a escribir figuras tan importantes como Bertrand Russell, Herri Bergson, Darwin, Dewey, María de Montessori, H.G. Wells, Rabrindanat Tagore, etc. En cuanto a las personalidades de la ciencia y las letras españolas, allí estuvieron prácticamente todas. Desde su seno se configuró en 1910 la famosa Residencia de Estudiantes, que tanto influyera en la cultura española. Prácticamente todas las figuras de las artes y el pensamiento que con el tiempo serían consideradas emblemáticas de esta época y el fulgor cultural de la República, tuvieron allí su origen y campo de formación. Y en ese sentido, lo que España perdió fue ganado por las universidades de Iberoamérica.

Parece obvio que esa fue una de las más altas representaciones de la propia República: ciencia, investigación, letras, arte y didáctica...

Sí. Y también se mantuvieron, durante el exilio, las instituciones representativas de la II República. A finales de febrero de 1939, el Presidente de la República era Manuel Azaña (IR), el Jefe de Gobierno, Juan Negrín (PSOE) y el Presidente de las Cortes, Diego Martínez Barrio (UR).

El 27 de febrero de 1936 dimitió Azaña. Martínez Barrio no asumió la Presidencia de la República (como le correspondía) y a su vez dimitió como Presidente de las Cortes; así, durante un tiempo la República solo contaba en su cabeza con la figura de Juan Negrín. En una breve reseña cronológica, podemos hacer un repaso de las personas que ocuparon en el exilio las más altas responsabilices de la II República.

Así, Juan Negrín simultaneó durante un tiempo la responsabilidad de Jefe de Gobierno y Presidente de la República en funciones, desde agosto de 1939 hasta el mismo mes de 1945. A partir de esa fecha, los Presidentes de la República fueron Diego Martínez Barrio (agosto de 1945 a febrero de 1962), Luis Jiménez de Asúa (febrero de 1962 a febrero de 1971) y José Maldonado (febrero de 1971 a junio de 1977).

Los Presidentes de Gobierno tras Juan Negrín, fueron José Giral con dos mandatos desde agosto de 1945 a enero de 1947[4], Rodolfo Llopis (febrero de 1947 a agosto del mismo año), Álvaro de Albornoz con dos mandatos (desde agosto de 1947 a julio de 1951), Félix Gordon Ordax (agosto de 1951 abril de 1960), Emilio Herrera (mayo de 1960 a febrero de 1962), Claudio Sánchez Albornoz (marzo de 1962 hasta febrero de 1971) y Fernando Valera (de febrero de 1971 a junio de 1977).

Y en cuanto a los Presidentes de las Cortes, fueron tres. Martínez Barrio hasta agosto de 1945; Jiménez de Asúa hasta noviembre de 1970 y José Maldonado hasta junio de 1977.

---

[4] En el segundo Gobierno de José Giral, Santiago Carrillo fue Ministro sin Cartera.

Me llama la atención el hecho de que hay ciertos nombres que simultanean su condición de Presidente de la República con la de Presidente de las Cortes.

Eso obedece al hecho de que, tras la dimisión de un Presidente de la República, ocupa su lugar automáticamente el de las Cortes. Ello supone que debiera elegirse a otro en la Presidencia del Legislativo. El problema reside en que el legislativo no puede renovarse si no hay elecciones. Y en consecuencia, se llega a situaciones de interinidad y ambivalencia de difícil encaje institucional.

Decías con anterioridad que la II República continuó tanto en sus instituciones como en la impronta científica y cultural que cientos de profesores y artistas imprimieron allá donde se instalaron en el exilio. Pero también te referiste a la militancia y a la continuidad de siglas y vocación organizativa...

El republicanismo militante, así como los afiliados y dirigentes de otras fuerzas políticas, escogieron el camino del exilio bien hacia el lugar más próximo, Francia, o bien a Iberoamérica. El destino francés se tornó rápidamente en inseguro debido a la presencia nazi y el colaboracionismo del Gobierno de Vichy. En 1940 los alemanes entregaron a Lluis Companys, President de la Generalitat, a Franco y fue fusilado.

En consecuencia el destino de ultramar y en especial México, debido a la especial hospitalidad del Presidente mexicano Lázaro Cárdenas, se evidenció como el más conveniente. Desde el principio los partidos republicanos siguieron funcionando con sus estatutos y órganos de expresión. Mediante el interés y esfuerzo de grupos republicanos, el reagrupamiento de todas las siglas en colectivos de mayor envergadura (con la excepción del PCE) constituyeron entonces los objetivos permanentes del republicanismo. Así, el 14 de abril de 1940 se constituyó Acción Republicana Española (ARE), la cual declaró disuelto el Frente Popular. Sin embargo, no consiguieron la incorporación total de todas las siglas y colectivos republicanos. IR continuó con sus actividades y órganos de expresión.

Bajo el efecto de la publicación de la Carta del Atlántico de 1941, se constituyó en México en 1942 un Comité de Defensa compuesto por republicanos y militantes del PSOE, UGT y CNT. Durante muchos años, el Centro Republicano Español de México creado en 1939 (que particularmente tuve el honor de visitar en 1980), se constituyó en el núcleo más importante de las actividades políticas y culturales de la emigración republicana y de la española en general. Precisamente fue allí donde se acordó en 1943 la constitución de la Junta Española de Liberación (JEL) como paso previo para la reconstitución de las instituciones republicanas.

Fue en julio de 1960, en París, cuando IR y UE se fusionan en un solo partido llamado Acción Republicana Democrática Española (ARDE); allí participaron personalidades como Claudio Sánchez Albornoz, Fernando Valera o José Maldonado. A partir entonces, con la excepción de algunos grupos de IR que no aceptaron la fusión y que en la actualidad están legalizados como partido político, ARDE se constituyó en la única referencia del republicanismo español. Legalizados en 1977 concurrieron a las elecciones municipales de 1979 donde consiguieron la Alcaldía de Segorbe.

Hay que reconocer que la actividad del republicanismo fue intensa y también estuvo atravesada por personalismos y falta de visión estratégica. Editaron periódicos, promovieron miles de actos públicos y actividades culturales y mantuvieron la llama del republicanismo. Esa actividad, tanto la del republicanismo español como la del catalán y el vasco, fueron la memoria viva de una época que el régimen de la dictadura fue incapaz de borrar.

Así las cosas, parece que el republicanismo se reorganizó fuera de España mientras que en el interior la oposición quedó exclusivamente referida al PCE.

Nadie puede negar que el peso de la lucha antifranquista recayó en un porcentaje muy elevado, sobre el PCE, pero sería ir contra la verdad de la Historia olvidar algunas cosas. En 1943 surge en España la clandestina Alianza Nacional de Fuerzas Democráticas (ANFD), presidida por un militante de IR, Régulo Martínez; a ella se incorporaron socialistas y *cenetistas* y, en 1946, también el PCE. Tras alguna que otra caída con la subsiguiente represión, la actividad de la organización fue languideciendo hasta su práctica extinción a principio de los años cincuenta.

Esta parte menos conocida del republicanismo español tuvo un final nada ejemplar pero que se inscribía en la tónica del pacto propio de la Transición, por otra parte nada ejemplar tampoco. El 21 de junio de 1977, José Maldonado y Fernando Valera, en París y en nombre de la II República, criticaban sobre las recientes elecciones celebradas en España el 15 de junio que dichas elecciones se incardinaban en la matriz el franquismo y que no se había permitido la participación de las fuerzas republicanas. Añadían además que, en la ley electoral aplicada, no había correspondencia alguna entre el número de votos y el de escaños. Y sin embargo, dieron por disuelta la II República y *ponían así término a la misión histórica que se había impuesto.*

III
LAS DOS REPÚBLICAS

Adentrarnos en este camino hacia la III República en España implica hacer memoria y recordar las dos veces en que nuestro país se rigió por este modelo de Estado: la I República (1873) y la II República (1931-1939) españolas. Ambos momentos históricos conforman los precedentes que Anguita analiza y toma con precaución a la hora de realizar su propuesta.

Para abordar una propuesta de III República tenemos que, en primer lugar, conocer la Historia de las dos Repúblicas que hemos tenido. Aprender de esas experiencias y algo más, tan importante como aprender: evitar tropezar en la misma piedra o en las mismas piedras en las que tropezaron republicanos y demócratas en general. Pero no todo es hacer autocrítica; la experiencia de la historia vivida también nos señala dónde estaban y siguen estando los enemigos materiales y mentales del republicanismo, el cual ha aportado a nuestra historia valores y contenidos que ya forman parte del acervo común de nuestra sociedad.

Pero en España el origen del republicanismo tiene su propio camino y sus vicisitudes. Hemos visto que en Madrid y Barcelona radican los epicentros de este movimiento, que se ve sumergi-

do en unos tiempos convulsos, de crisis económica[5] *que se viven en 1868. ¿Qué ocurre a partir de ahí? ¿Cuáles podemos decir, entonces, que fueron los orígenes y circunstancias del republicanismo español?*

En efecto, hemos visto en el capítulo anterior un avance de esta cuestión al hablar del republicanismo desde los focos que se produjeron en Madrid y Barcelona. Las ideas de la revolución francesa llegaron a España a pesar del cinturón de seguridad que los ilustrados españoles en tareas de gobierno habían creado. Y sobre esa base, llegaron con posterioridad los escritos y propuestas de los mal llamados socialistas utópicos: Owen, Cabet, Saint-Simon, Fourier, etc. Incluso llegaron los escritos de Benjamín Constant proclamando el derecho al trabajo.

En 1848 habían tenido lugar dos acontecimientos llamados a tener una incidencia más que notable: la publicación del Manifiesto Comunista de Marx y Engels y, por otro lado, la oleada de revoluciones de tipo democrático-social que se extendieron por Europa y que, en el caso de Francia, acabaron con la monarquía de Luis Felipe de Orleans, el llamado "Rey Burgués", proclamándose allí la República a continuación.

El caso es que, en 1849, se fundó en España el Partido Demócrata. Más que un partido en el sentido clásico, fue una plataforma en la que concurrían antiguos militantes del Partido Progresista: Ordax y Avecilla, Nicolás María Rivero, Manuel Aguilar, etc. Otros componentes del recién fundado Partido

---

[5] Se da la circunstancia de que la crisis económica es un concepto que nos acompaña actualmente y que, históricamente, ha estado ligado en nuestro país al nacimiento de las dos Repúblicas españolas.

Demócrata eran figuras fuertemente enraizadas en la alternativa social, en las propuestas de carácter socialista y también federal: Sixto Cámara, Fermín Salvoechea, Fernando Garrido, y las aportaciones catalanas de figuras como Pi y Margall.

Pues bien, el documento de fundación del Partido Democrático Español –que así se llamó oficialmente– sentaba las bases sobre las que en el futuro pivotarían las posteriores propuestas que irían definiendo las señas de identidad del republicanismo hispánico. Así, se hablaba de la garantía de seguridad personal, de la inviolabilidad de domicilio, del derecho a reunión, del de asociación, el sufragio universal (sólo para varones), el acceso a empleos públicos a través del mérito y capacidad personales, el juicio con jurado o el derecho a la educación primaria, entre otros. Sin embargo, estas propuestas iban acompañadas de otras, como la aceptación de la monarquía de Isabel II o el catolicismo como religión oficial del Estado.

Desde luego, parece contradictorio con el imaginario republicano que la Monarquía y la Iglesia fueran aceptadas en ese primer momento...

Lo es. Igual que era cierto que esa nueva fuerza política no era homogénea, sino que estaba permanentemente dividida entre personalismos y sectores de influencia. De hecho, apuntaban en ella las dos tendencias que con posterioridad desgarrarían al republicanismo español: la de los partidarios de la acción movilizadora y permanente en aras de reformas sociales, incluso con la apelación a la intervención militar, y por otro lado, aquellos otros que estando en las instituciones consideraban como más importante el compromiso, la gradualidad en el despliegue de la lucha política y el posibilismo.

Unos ponían mayor acento en el desarrollo de las libertades civiles y otros en las reformas sociales. Fue emblemático el debate que en la década de los años 50 se produce en el seno del Partido Democrático Español entre Pi y Margall y Castelar sobre el papel del Estado como garante de la justicia social, que defendía el primero, o el modelo a imitar de liberalismo representado por Estados Unidos que preconizaba Cautelar. Ese debate nos da la dimensión de la escisión.

Pero, pese a ello, podemos decir que, en este breve período de tiempo, el republicanismo apuntó un avance de lo que constituyeron sus características más importantes mantenidas durante esa década y principios de la siguiente: la democratización de la vida pública, la defensa del sufragio universal y la eliminación de los privilegios sociales, así como la racionalización y la laicización de la vida intelectual y moral partiendo de la escuela primaria.

Y una vez sentadas esas primeras bases del republicanismo, al analizar la Historia, nos encontramos con que se dieron una serie de hechos, de procesos, que están en el origen tanto de la primera como de la segunda República Española...

En efecto, hay dos momentos en nuestra Historia Contemporánea que son imposibles de obviar si queremos comprender algunas de las claves de nuestro pasado más reciente. El primero es el llamado Sexenio Revolucionario (1868-1874) que comienza con la batalla del Puente de Alcolea (Córdoba) el 27 de septiembre de 1868 y culmina con la implantación de la I República (1873), la posterior disolución de las Cortes republicanas por el general Pavía y el pronunciamiento del general Martínez Campos en Sagunto (Castellón) el 29 de diciembre de 1874, que pone el final definitivo a la I República. Y el segundo momento es el advenimiento de la II República el 14 de abril de 1931.

El primer momento fue generoso en acontecimientos: una revolución con el destronamiento de Isabel II, un régimen provisional, una monarquía –la de Amadeo I–, una abdicación, la proclamación de una República con fases diversas y convulsas en sus diez meses de implantación efectiva, de modo paralelo a la insurrección en Cuba, una guerra carlista, la aparición del cantonalismo, un golpe de estado, otro régimen provisional y un pronunciamiento que repone en el trono a la casa de Borbón en la persona de Alfonso XIII. Todo ello en 6 años y 3 meses.

Por su parte, el segundo momento significa una inflexión en la Historia de nuestro país, no sólo por el intento de incardinar España en las tendencias modernizadoras y democráticas, sino también por el acontecimiento que puso fin a la misma: la sedición de parte del Ejército que, apoyándose en los anclajes más retardatarios y oligárquicos de la sociedad española y usando el terror como método, hizo involucionar hasta extremos impensables el desarrollo democrático e intelectual de la sociedad española.

Pues bien, resulta sorprendente comprobar cómo hay entre ambos acontecimientos históricos una amplia serie de coincidencias en hechos, lógicas y desenlaces. En muchos casos, parecieran como la repetición de una misma obra o el desarrollo de dos capítulos de un proceso fallido e inacabado y que tercamente vuelve a aparecer con la premura de las facturas históricas no pagadas en su momento.

Podríamos establecer entonces una especie de relato comparativo entre ambos procesos, entre los acontecimientos y situaciones que se dieron y que, tanto en una como en otra República, coinciden...

Sí, se trata de reflexionar sobre las dificultades, externas e internas, con las que tuvieron que trabajar los republicanos en particular y los demócratas en general. Y al comenzar este análisis comparativo entre ambas Repúblicas, sugiero al lector que no pierda de vista la situación presente de la sociedad española a la vez que siguen el relato del pasado. Creo que le resultará curioso en muchos casos y preocupante en otros.

En primer lugar, debemos ver los acontecimientos de carácter mundial que influyeron tanto en el Sexenio Revolucionario y, por ende en la I República Española, como los que incidieron en la segunda. Y tras esa primera mirada sobre la situación internacional, nos detendremos en los hechos específicamente internos de la sociedad española que influyeron o fueron antecedentes de ambos períodos republicanos.

En el marco internacional debemos señalar, en primer lugar, que entre en 1868 y 1874 se desarrolla una fuerte crisis económica que arrancando de 1866 pone fin a la "*prosperidad*" alcanzada en la década anterior. Una prosperidad que en España fue casi una burbuja como las de nuestros tiempos. Ahí están los datos: entre 1856 y 1865 se crearon 18 bancos y 37 sociedades de crédito, más tres sucursales del Banco de España y una gran parte de la red de cajas de ahorros.

Así, la crisis tuvo un doble origen. Por un lado, la Guerra de Secesión americana y sus consecuencias sobre las exportaciones de algodón a Gran Bretaña y las industrias textiles españolas. Y por otro lado, la crisis financiera consecuencia de la quiebra de las empresas ferroviarias y su mengua en los kilómetros de construcción de tendidos.

La escasez de algodón americano obligó a la industria británica a surtirse de algodón procedente de India, Egipto y Brasil; pero los pagos debían hacerse en plata y esto generó problemas a la banca, especialmente al Banco de Inglaterra. Y en España la carencia de algodón americano obligó a los telares catalanes a cambiar el algodón por lana, pero en Palencia, Béjar, Alcoy o Antequera significó la desaparición de su industria textil.

El caso es que, entre agosto de 1864 y enero de 1865, las acciones del Banco de España se desvalorizaron en un 30%. En mayo de 1866 cerró la Bolsa de Barcelona y poco tiempo después la de Madrid. El Gobierno de González Bravo se encontraba entonces en bancarrota y acudió a medidas que hoy nos son muy familiares: reducir el sueldo a los funcionarios y exigir a todos los contribuyentes un empréstito forzoso.

Con todo ello, las protestas y las revueltas eran permanentes. Ya en 1861, Pérez del Álamo había protagonizado en Andalucía la gran marcha de los jornaleros –también nos suena familiar en la actualidad, ¿verdad?–; la pequeña burguesía urbana estaba radicalizada y los obreros en una situación cercana a la depauperación.

Pues bien, esa crisis económica fue también protagonista en los momentos previos a la II República. Si nos fijamos, veremos que la II República advino cuando estaba en su apogeo la crisis originada en la bolsa de Nueva York en 1929. La Gran Depresión duró hasta 1935. La peseta, en su paridad con el dólar, inició una vertiginosa caída; los déficits presupuestarios fueron en aumento desde 1930 a 1934; las exportaciones de naranjas, vino, tejidos, etcétera, iniciaron una fuerte caída. Y la producción de hierro bajó y con ello se resintió bastante el sector de la motorización.

Pero esas crisis económicas estuvieron acompañadas de unas determinadas situaciones políticas, también convulsas, y por determinados movimientos sociales...

Ciertamente. Con respecto a la situación política internacional, en los años del Sexenio Revolucionario era de todo menos tranquila. Después de la guerra franco-prusiana que terminó en 1871 con el reinado de Napoleón III, se inicia en Europa un período conocido por los historiadores como la Paz Armada, es decir lo que ahora llamaríamos una carrera de armamentos, que desembocó en la Primera Guerra Mundial en 1914. Y junto a ello, se asiste a la eclosión de los nacionalismos en Europa, especialmente en los Balcanes.

Por otra parte, las convulsiones y tensiones inherentes a las condiciones de extrema pobreza del proletariado urbano europeo cristalizan en el asociacionismo y en las grandes jornadas revolucionarias. Así, en 1864 se funda la Primera Internacional Obrera, cuya sección española se creó en noviembre de 1868, y en 1871 tienen lugar los acontecimientos de la Comuna de París.

En España, las doctrinas de Fanelli –dirigente anarquista de la I Internacional– se extendieron con la fuerza de una idea de liberación para los trabajadores y destacamos a Anselmo Lorenzo, anarquista español, que fue una de las figuras más prominentes del movimiento obrero por entonces. Por eso, en plena revolución de 1868, destaca el componente de lucha social que pretendía aprovechar la coyuntura revolucionaria para abordar los graves problemas sociales.

Esa visión se oponía a la de los dirigentes políticos y militares de la revolución que pretendían un cambio de dinastía y algunas conquistas de libertades políticas. Precisamente ese debate y posterior enfrentamiento de posiciones en el republicanismo, sacude al Partido Demócrata, que se escinde y da lugar a la creación de un nuevo partido republicano: el Partido Demócrata Republicano Federal, contrario a un pacto que tuviera como eje la aceptación de la monarquía, aunque con otra dinastía.

Años después, el panorama europeo que rodeaba la llegada de la II República tampoco era ni tranquilo ni exento de presagios. Los fascismos accedían al gobierno tanto en Italia (1922) como en Alemania (1932); por otra parte las llamadas democracias presentaban ante esa amenaza, debilidades y connivencias. Sin embargo, y cara al interior de España, otros acontecimientos y otras realidades traían un aliento esperanzador para los trabajadores y los desfavorecidos. Era una situación que en gradiente se había manifestado ya con la Constitución Mexicana de 1917, en la de Weimar en Alemania en 1919 y en dos hechos emblemáticos por excelencia: la Revolución Rusa de 1917 y la creación de la III Internacional en 1921.

Pero, aparte de esos acontecimientos internacionales, en España la cuestión social ya llovía sobre mojado...

Efectivamente, la creación del PSOE y la UGT en 1879, la aparición de la CNT en 1911, la Semana Trágica de Barcelona o el llamado Trienio Bolchevique (1918-1920) preludiaban un incremento de las luchas sociales, potenciadas por la situación de las masas obreras y campesinas. Y eso se conjugaba con la aparición de fuertes organizaciones sindicales y políticas, sin olvidar tampoco el efecto soviético o los ecos de la revolución *espartaquista* en Alemania (1918).

No deja de ser curiosa la serie de coincidencias y similitudes entre ambas Repúblicas durante el tiempo de su gestación. Las crisis económicas y los movimientos sociales fueron comunes a ambas. Y en gran medida podemos ver una apariencia similar en la actualidad...

Sí y es algo que el movimiento republicano debe tener en cuenta porque cualquier proyecto republicano de futuro en España no puede hacerse realidad olvidando pasadas experiencias. Pero las coincidencias no quedan ahí, hay más. Dos de las más importantes son los pasos previos y el modo en que las dos Repúblicas llegan a constituirse.

Empezando con la I República, cabe recordar que las fuerzas políticas contrarias a los gobiernos de Isabel II e incluso a la reina misma, llegan a un acuerdo, el llamado Pacto de Ostende (Holanda) el 16 de agosto de 1866. Allí coincidieron el Partido Progresista, el Partido Demócrata, la Unión Liberal, Pi i Margall, etc. El acuerdo consistía en la utilización de la vía insurreccional para derribar el trono de Isabel II. Así comenzó a prepararse la Revolución de 1868.

Cuando posteriormente, en 1872, el nuevo Rey de España Amadeo I llegó a Madrid, lo primero que hizo fue visitar la capilla ardiente del hombre que había sido su valedor: el general Prim, muerto en un atentado. Su reinado se desarrolló entre 1870 y 1873, año en el que dimitió, harto de todo el mundo y de la compleja situación española que no entendía en absoluto.

Cuando se conoció en las Cortes, el 11 de febrero de 1873 que el Rey había dimitido, tras los lógicos momentos de desorientación, el Presidente del Congreso, Nicolás María Rivero, reunió en sesión conjunta a las dos Cámaras: el Congreso y el Senado, lo cual –por otra parte– estaba prohibido por la vigente Constitución de 1869. Y constituida así la Asamblea Nacional, Pi i Margall presentó a votación un texto en el que se decía:

"La Asamblea Nacional asume los poderes y declara como forma de Gobierno la República, dejando a las Cortes Generales la organización de esta forma de Gobierno".

La propuesta fue aprobada por 258 votos a favor y 32 en contra; la República quedaba así proclamada. Lo curioso del caso es que los republicanos apenas tenían diputados en aquella Cámara; es decir, la República vino de la mano de los monárquicos. Todo un dato para la reflexión.

Comenzó entonces de una forma curiosa esa I República Española casi sin querer, con una debilidad en su germen que quizás presagiaba lo poco que luego duró.

Y con posterioridad, nos encontramos con que acontecimientos similares volvieron a ocurrir en la llegada de la II República...

Cierto. Tras la dimisión del dictador Primo de Rivera, Alfonso XIII encargó al general Berenguer que formase Gobierno el 30 de enero de 1930; el Rey seguía apoyándose en la Dictadura. Y la contestación política era importante; había desórdenes, revueltas de estudiantes, manifiestos de intelectuales a favor del restablecimiento de las libertades, etc.

En esta situación, tiene lugar un nuevo pacto: el llamado Pacto de San Sebastián el 17 de agosto de 1930. Las fuerzas políticas que lo firmaron fueron Alianza Republicana, Partido Republicano Radical Socialista, Derecha Liberal Republicana, Acción Catalana, Acción Republicana de Cataluña, Estat Catalá, Federación Republicana Gallega y los Nacionalistas Republicanos Vascos. Por su parte, el PSOE envió como observador a Indalecio Prieto; el PNV no quiso asistir y no fueron invitados la CNT ni el PCE.

El acuerdo principal en este pacto fue la convocatoria de una huelga general de carácter político y un levantamiento militar[6] para el día 15 de diciembre.

Y en otro orden de cosas, se comprometieron a que en cuanto se volviese a la normalidad democrática, debería contemplarse la creación de un Estatuto para Cataluña y para aquellos otros territorios que lo deseasen.

Pues bien. El Comité Revolucionario que se encargó de coordinar las acciones fue encarcelado tras haber fracasado la sublevación prevista en Jaca (Huesca) y ser fusilados los capitanes Galán y García Hernández. De hecho, ese Comité Revolucionario estuvo en prisión hasta el mismo día 14 de abril

---

[6] *"No puedo compartir la idea de que la República venga a través de un pronunciamiento militar, porque eso ha sido el cáncer de toda la política española de los siglos XIX y XX" (J. Anguita)*

de 1931 en el que salieron de la cárcel sus integrantes para hacerse cargo del Gobierno de la II República al quedar ésta constituida.

Es curioso que el pacto tuviera como gran acuerdo un levantamiento militar. Esta apelación a la insurrección del Ejército pareciera que era algo más propio de las fuerzas conservadoras...

Sí, la injerencia del Ejército en la política ha sido una constante de la Historia de España. Y la mayoría de esas injerencias han venido de la mano de los políticos de una u otra factura. Es verdad que son más conocidos los pronunciamientos militares que han servido a las fuerzas conservadoras; los nombres de generales como Espartero, Narváez, O'Donell, Pavía, Martínez Campos, Primo de Rivera o Franco están ahí. Sin embargo, en la tradición progresista y republicana no faltan intentos de usar al Ejército para conseguir fines políticos: Riego en 1820, la revuelta de sargentos en La Granja en 1836, el Pacto de Ostende, el brigadier Villacampa en 1886 o el mencionado Pacto de San Sebastián son algunos ejemplos.

El caso es, por lo que se refiere a la II República, que tras la dimisión del general Berenguer, ocupó la Presidencia del Consejo de Ministros de la Dictadura el almirante Aznar, el cual convocó elecciones municipales para el 12 de abril de 1931.

Su resultado ha sido siempre muy controvertido. Los datos que se produjeron dieron 29.953 concejales a los monárquicos y a los republicanos 8.895; de hecho, por provincias los monárquicos triunfaron en 42 provincias y los republicanos en 8. Pero, sin embargo, en las 50 capitales de provincia, los resultados fueron distintos: ganaron los republicanos.

Y entonces, la Monarquía cayó por sí sola. Un intento de Alfonso XIII para recabar apoyos militares fue desaconsejado por el monárquico general Sanjurjo, a la sazón Director General de la Guardia Civil, quien después se puso inmediatamente a las órdenes del Gobierno Provisional Republicano, que le confirmó en el cargo. Como dijera Lerroux: "*La monarquía se hundió, no la derribó nadie. Lo único que hicimos los republicanos fue colocar en su lugar, ya vacío, la República*".

La similitud con lo que había pasado ya en 1873 es inquietante.

Una vez instauradas, si nos detenemos ahora en la vida de ambas Repúblicas, nos llegan ecos que, la propaganda franquista primero y luego determinadas lecturas de la Historia, presentan a ambos períodos como sinónimo de desorden, de conflictos y caos. ¿En qué se basan estas opiniones?

En lo que siempre se han basado los discursos de la manipulación: hablar de la fiebre que aqueja al enfermo pero sin hablar de las causas que la producen, sin hablar de la enfermedad. Lo cual no significa tampoco que podamos exonerar a los republicanos gobernantes de sus responsabilidades y errores. Y para hacer una breve reflexión sobre esto no podemos olvidar, ni un momento, el modo y manera en que ambas Repúblicas se instauran.

Cuando la I República es proclamada la agitación social que se había manifestado en la Revolución de 1868 retorna con dos componentes nuevos: la ilusión –en su sentido literal– de creer que inmediatamente se van a solucionar los graves problemas sociales y políticos y, por otro lado, el reto que la realidad plantea a los republicanos: ya gobernaban. Bien y ¿ahora qué?

La República de 1873 duró 10 meses, como ya hemos dicho, y tuvo a cuatro Presidentes del Ejecutivo: dos catalanes –Figueras y Pi i Margall– y dos andaluces –Salmerón y Castelar–. Para empezar, los republicanos, divididos entre federales y centralistas, tuvieron que hacer frente a una guerra carlista en el norte de España y a un recrudecimiento de la situación cubana, en la que el independentismo seguía creciendo.

A esa situación se sumaron, en el breve espacio de diez meses, rebeliones militares, conflictos sociales, la atomización del Estado con el cantonalismo, la extensión del conflicto carlista a Cataluña, la descomposición del Ejército, etc. Por una parte, había una población que consideraba consolidado el advenimiento de una nueva era de justicia y, por otro lado, estaban las resistencias de muchos intereses cuyos representantes habían votado República el 11 de febrero.

De esta manera, y cuando se estaba votando la elección del quinto Presidente del Ejecutivo tras la dimisión de Castelar, el general Pavía disolvió las Cortes comenzando un período difícil de definir, una República sin Poderes y con las libertades secuestradas. Ese período de tiempo lo cubrió el general Serrano, el eterno conspirador.

El 29 de diciembre de 1874, el general Martínez Campos se pronunció en Sagunto (Valencia) proclamando a Alfonso XII como Rey de España. Comenzaba así el período de la primera Restauración Borbónica.

La I República Española fue entonces una corta experiencia, un exiguo tiempo en el poder para el republicanismo, que no duró ni siquiera un año. Pero la II República sí que dispuso de un mayor tiempo...

Sí, es obvio. En los años precedentes, Alfonso XIII se había ido ganando la crítica de sectores de la opinión pública con muchos de sus actos e injerencias en la vida política más allá de sus competencias constitucionales[7].

Y así, Primo de Rivera es dictador de la mano del propio Alfonso XIII, que lo consiente de tal manera incluso que, cuando el dictador se marcha, es el rey quien sigue manteniendo la dictadura con el general Berenguer, primero, y el almirante Aznar, después.

Es la denominada *dictablanda,* una época de dictadura atemperada. Bien es cierto que ya con Primo de Rivera se habían creado las comisiones paritarias entre obreros y patronos para abordar los conflictos laborales. El PSOE las vio con buenos ojos y aceptó formar parte de ese rol.

Lo que está claro es que la II República tuvo en su origen mayor apoyo popular que la primera. Y eso es algo que los partidarios de la III República no debemos olvidar nunca.

No obstante, también la segunda experiencia republicana tuvo que afrontar el espejismo de confundir Gobierno con poder. Los problemas sociales no resueltos desde nunca contaban ahora con unas organizaciones políticas y sindicales de

---

[7] Las intenciones de Alfonso XIII se veían venir desde un discurso que pronunció en el Liceo de Córdoba y en una nota que escribió mientras descansaba en el Palacio de Viana en esta ciudad. Córdoba tiene el dudoso honor de que allí fuera donde el rey se manifestase en contra de su Gobierno.

trabajadores fuertes y bien organizadas; pero las fuerzas partidarias del estatus de la Restauración y de la Dictadura tenían el poder económico, nunca cuestionado por la legalidad, ni tampoco por los elementos republicanos más conservadores. En ese sentido, y en una primera época, hay que decir que las organizaciones obreras se mostraron indiferentes ante la nueva situación.

Pero la II República no fue un período de tiempo homogéneo...

Para analizar eso hay que referirse a tres períodos distintos de la II República. Uno, el primer bienio (1931-1933) en el que siendo Presidente de la República Niceto Alcalá-Zamora y figura emblemática Manuel Azaña, es la coalición Republicano-Socialista la que soporta el peso de la gobernabilidad.

Después nos encontramos con el llamado Bienio Negro (1933-1936) bajo el Gobierno de Lerroux y el Partido Republicano Radical con apoyo de la derechista CEDA de Gil Robles, en el que se cuestionan las políticas anteriores. En ese Gobierno tiene lugar el acceso de la mujer al voto y la Huelga Revolucionaria de Asturias con la intervención del general Franco para sofocarla.

Y por último, está el llamado Frente Popular (febrero de 1936 a 1939) en el que Azaña sustituye como Presidente a Alcalá-Zamora y tiene lugar la sedición del general Franco.

Pues bien, en el primer bienio tiene lugar la aprobación de la Constitución republicana y las Reformas más importantes: la Agraria y la de la Educación (entonces Instrucción Pública). La agraria fue bastante controvertida en cuanto a profundidad, extensión y prontitud, mientras que la reforma educativa supuso todo un modelo a seguir en estos tiempos. Además, se mejoraron los mecanismos de relación entre trabajadores y empresarios, y también se abordaron cuestiones básicas como la Reforma del Ejército.

Junto a ello, hubo tensiones, revueltas, enfrentamientos, quemas de conventos en una primera fase, intervenciones de la policía como en el episodio de Casas Viejas, etc. Y mientras tanto, se produjo la estructural, permanente y constante actividad de resistencia y acción de zapa de las fuerzas conservadoras: la oligarquía, la Iglesia Católica, la Banca, los monárquicos, etc. Y se produjo también el intento de golpe de Estado por parte del general Sanjurjo el 10 de agosto de 1932 y la rebelión sediciosa de Franco en 1936.

A la hora de analizar lo que ambas experiencias republicanas supusieron para la sociedad española, debemos acercarnos a los programas y aportaciones que realizaron las dos Repúblicas. Generaron un nuevo modelo de gobierno, unas nuevas maneras de hacer y un reconocimiento explícito a la ciudadanía y su valor como agente social...

Lo hemos podido ver en el anterior capítulo y en este mismo, donde se ha ido comentando lo que el republicanismo español ha dejado de positivo y válido para hoy. Pero como síntesis, podemos hacer un brevísimo repaso a las Constituciones de las dos Repúblicas y a sus programas.

En primer lugar, la Constitución de 1873, que nunca se aprobó, contemplaba un Estado Federal. Lo componían los estados de Andalucía Alta, Andalucía Baja, Aragón, Asturias,

Baleares, Canarias, Castilla la Nueva, Castilla la Vieja, Cataluña, Cuba, Extremadura, Galicia, Murcia, Navarra, Puerto Rico, Valencia, y Regiones vascongadas. E incluso se contemplaba la posibilidad de que accedieran a la categoría de estados las Islas Filipinas, Fernando Poo, Annobón, Corisco y los "*establecimientos de África*".

Entre las disposiciones de esta Constitución que en estos momentos pudieran llamarnos la atención, están la separación de la Iglesia y del Estado (artículo 35); la aparición de un cuarto Poder además de los tres clásicos: el Poder de Relación, ejercido por el Presidente de la República (artículo 48); y que el Poder Judicial no emana del Legislativo ni del Ejecutivo (Título X).

Bien es cierto que, con las tensiones de diez meses de conflictos constantes, los republicanos federales tuvieron tiempo sólo de avanzar un programa que nunca pudo llevarse a cabo. Pero entre sus contenidos podemos citar alguno que nos da la exacta medida de las inquietudes de aquellos republicanos: la rebaja de las horas de trabajo a nueve; el salario mínimo de seis reales; la prohibición del trabajo a los niños; los jurados mixtos de obreros, fabricantes y delegados del Gobierno para los conflictos; la fundación de silos para obreros inválidos y para viudas y huérfanos de obreros inutilizados o muertos en el trabajo, y la edificación por parte del Estado de barriadas obreras.

Y añadamos a lo anterior la abolición de la esclavitud en Puerto Rico. Mientras en Cuba lo sería con el Gobierno de la Restauración en 1886.

Pero sin duda se produce un avance mucho más profundo en las políticas que constituyen la II República...

Así fue. Es evidente que la Constitución de 1931 de la II República estaba hecha en el contexto que ya hemos comentado con anterioridad: se habían dado la Constitución mexicana de 1917, la de Weimar de 1919 y la Revolución Rusa de 1917. Y además, todo ello con unas organizaciones obreras mucho más fuertes que en 1873. Por eso, los artículos de esta Constitución de la II República, en su redacción y alcances, indicaban los nuevos tiempos y las aspiraciones de una mayoría, aunque inserta en una situación concreta y en una coyuntura muy específica.

Así, el artículo 1 introduce toda una concepción de alcance en los terrenos de lo social cuando afirma que *"España es una República democrática de trabajadores de toda clase"*. Junto a ello, la cuestión de la laicidad se resuelve en el artículo 3: *"El Estado español no tiene religión oficial"*. Y la apuesta por un orden internacional pacífico se avanza en el artículo 6 cuando se afirma que *"España renuncia a la guerra como instrumento de política nacional"*.

Y si avanzamos, vemos que el artículo 11 facilitaba la constitución de entidades autónomas, mientras que por el artículo 77 España se vinculaba a las decisiones de la Sociedad de Naciones en todo lo concerniente a la Política Internacional, incluso en el caso de sufrir una agresión armada por parte de cualquier potencia.

Con citar sólo esos artículos, ya nos hacemos una idea clara de lo que la II República supuso. Pero, desde luego, quedan en nuestra memoria los avances en la educación y en derechos sociales que fueron protagonistas de ese período...

Hay unanimidad en reconocer que la II República supuso el mayor intento regenerador y educador que siempre había habido en España, que estuvo presente en la Ilustración y que cuaja en las figuras de pensadores como Lucas Mayada, Macías Picavea Julio Senador y Joaquín Costa, éste último con su célebre lema *"despensa y escuela"*.

Se trata de una corriente de personas que dicen que el progreso de España pasa por estudiar, por trabajar, por elevar el espíritu de las masas... Todo eso lo recoge la República y lo recoge bien. Y eso produce una verdadera escuela. La escuela que fue la concepción más avanzada que ha habido nunca en España, con los maestros mejor preparados y mejor pagados que nunca ha habido en este país. Y además, con una talla intelectual de catedráticos que se ve cuando posteriormente van al exilio y España riega de catedráticos y ciencia toda Latinoamérica.

La enseñanza es el eje sobre el cual pivota toda la política del Estado. Hay que ser en esto justos con tres personas, los ministros que llevaron la Enseñanza: Marcelino Domingo, Fernando de los Ríos y Rodolfo Llopis –Director General de Enseñanza Primaria, Secretario general del PSOE en 1944 y Presidente del Gobierno de la República en el exilio–. Sin olvidar a alguien tan dedicado a la enseñanza y eminente dramaturgo como fue Alejandro Casona, las misiones pedagógicas que recorrieron la España rural o a Federico García Lorca y su difusión del teatro entre el pueblo con su espectáculo ambulante *"La Barraca"*.

No hay que ser un lince para adivinar que aquella escuela laica tenía que chocar con un entorno clerical, caciquil, ignorante y orgullosamente ignorante, que es lo peor. Por eso, se desatarían los enfrentamientos[8] y las tensiones entre ambas partes en distintas localidades.

Y junto a todo ello, se dan un hecho importantísimo. La cultura es popular, se pone al alcance del pueblo, con una metodología adecuada. En ese sentido, la República apuesta por la modernidad. Me apresuro a decir que para mí modernidad es la centralidad humana, que la gente tenga justicia social, cultura, que las personas sean ciudadanos conscientes de sus derechos y sus deberes.

Esa escuela sí es lo definitorio de la República. Se intentó suplir así la pérdida de siglos enteros de oscurantismo de los Austrias, de los Borbones y de la propia Iglesia. Y en eso me siento totalmente identificado y digo: ése también es mi modelo.

Y junto a la apuesta por la educación, por la formación y el estudio como motor de progreso, sin duda por todos es reconocido el valor de que fuera en la II República cuando se acepta por primera vez que las mujeres voten.

Sí y eso comienza con un debate sobre el derecho al voto para la mujer, un debate precioso entre dos mujeres con posiciones distintas –Clara Campoamor y Victoria Kent– pero de gran talla intelectual. Porque efectivamente, en lo intelectual, la República estuvo por encima de la media.

Pero hay más. Como hemos citado antes, España renuncia a la guerra como instrumento de política nacional; si se tiene

[8] En su momento, esos enfrentamientos condujeron al terminar la Guerra Civil a decir que *"la guerra la ganaron los curas y la perdieron los maestros de escuela".*

que defender de una agresión, se defenderá, pero siempre dentro de las normas de la Sociedad de Naciones –precedente de la ONU.

Es decir, se apuesta por un espíritu de paz, de saber, de esfuerzo, que recorre toda la Constitución de 1931 y que es de tal enjundia que, por sí, ya justifica que a la II República se le rinda tributo, lo cual no debe impedir que se critique sus fallos.

Y décadas después, ¿hemos sabido sacar conclusiones provechosas de aquellas experiencias?

Desde luego, después de analizar brevemente este recorrido comparativo entre las dos Repúblicas que en nuestra Historia ha habido, deben surgir reflexiones y consideraciones que han de servir para el futuro. Y en ese sentido, a título de anécdota bastante ilustrativa, vamos a detenernos en el relato, también comparable, de dos momentos históricos de los que tomar nota.

Corría el año 1869 y el 20 de febrero se reunían por primera vez la Cortes Constituyentes de la I República; en aquella sesión, el general Prim, jefe indiscutible e indiscutido de la "Revolución Gloriosa" de 1868 dijo que los Borbones *"jamás, jamás, jamás"* volverían a reinar en España. Pues bien, el 14 de enero de 1875 las Cortes proclamaban a Alfonso XII de Borbón como Rey de España.

Décadas después, durante la II República, en la madrugada del 20 de noviembre de 1931, las Cortes de la República Española aprobaban, casi por unanimidad, una resolución que convertida en Ley el 26 del mismo mes decía:

"D. Alfonso de Borbón será degradado de todas sus dignidades, derechos y títulos que no podrá ostentar ni dentro ni fuera de España, de los cuales el pueblo español, por boca de sus representantes elegidos para votar las nuevas normas del Estado español, le declaran decaído, sin que pueda reivindicarlos jamás ni por él ni por sus sucesores".

¿Y bien? El 22 de julio de 1969, Franco proponía a las Cortes Españolas, y éstas aprobaban, la designación a título de Rey de Juan Carlos de Borbón como sucesor del dictador. El 22 de noviembre de 1975 fue proclamado Rey.

Que la lección de nuestra Historia nos sirva en el futuro.

Y aquí cabe destacar que la clave que marcó ambas repúblicas fue la de acceder a ellas por azares coyunturales, de manera casi imprevista, sin haber podido organizar una masa crítica capaz de apoyar las grandes reformas que se necesitaban, conforme con una previsión preparada.

Por eso, a la hora de plantear la propuesta de una III República, no podemos olvidar volver los ojos al pasado, tan presente, para aprender, seleccionar y corregir.

IV
LA TRANSICIÓN O SEGUNDA RESTAURACIÓN BORBÓNICA

Una revisión profunda de los antecedentes históricos que marcan la propuesta que Anguita realiza para una III República en España, debe tener una parada obligada en nuestra Historia Moderna, en uno de los momentos claves que, entre otras cosas, hicieron tomar un camino y no otro en la forma de estado en nuestro país: la Transición. Elevada a los altares históricamente, Anguita pone memoria y respuestas a muchos elementos que entonces confluyeron. Más ahora que, la Transición y el agotamiento del modelo de estado que produjo, se ha convertido en un debate de plena actualidad cuando tienen lugar[9] *las conversaciones que a continuación se reproducen.*

Este debate que se está iniciando ahora, es una señal de que la Transición ya no es percibida como un logro incuestionable y fuera de crítica. En estos momentos, la crisis en España es total: económica, social, política, cultural y de valores; la corrupción se está mostrando como una segunda naturaleza de las instituciones y de parte de la sociedad. El Estado de las autonomías hace tiempo que ha sido puesto en cuestión y la decisión del Gobierno catalán de poner en marcha un proceso

[9] Esta conversación tuvo lugar a finales de septiembre de 2012.

de autodeterminación no hace sino evidenciar aún más lo que ya lo era hace años: se construyó una *chapuza*. España carece de futuro pero no por los deseos soberanistas, más o menos fundados, sino porque un país carece de futuro cuando tiene seis millones de parados, de ellos un elevadísimo porcentaje de jóvenes. Apelo a la memoria de los lectores y las lectoras de todo tipo, ideología y condición. ¿Hubiesen creído en el año 2007 que llegaríamos a esto?

En estos tiempos, lo que no se puede negar es que la calle se ha constituido en un plebiscito permanente sobre las políticas de recortes y también sobre la corrupción...

Sí. El 25-S[10] y demás manifestaciones respondidas con cargas policiales, respaldadas en el anonimato de muchos agentes sin número de identificación visible, como manda la Ley, es prácticamente delictivo. Y ello es muestra de que sobrevuela la impresión, más que fundada, de que la Constitución es un documento caduco, incumplido y al margen de la realidad. El Estado de Derecho es una pura licencia verbal. Y junto a ello el descrédito de la política y sus servidores. La inanidad de las instituciones junto con los escándalos que salpican a las más altas magistraturas del Estado, no hace sino añadir una sensación de fin por derribo.

Estamos por tanto, creo yo, en el fin de una época. Un final marcado por una situación de excepción en todos los órdenes que cuestiona lo que siempre ha venido en alabarse: la

[10] El 25 de septiembre de 2012 tuvo lugar una manifestación en los alrededores del Congreso donde la ciudadanía denunció no sentirse representada por los políticos ni sus políticas.

Transición pactada como modelo de tránsito desde una dictadura a una situación democrática.

Y esa *"gesta"* tenía, según el discurso oficial compartido por casi todos, unos protagonistas, por este orden: Juan Carlos I; Adolfo Suárez; la oposición democrática; personajes del régimen franquista que habían advertido a tiempo la inviabilidad de un franquismo sin Franco; y naturalmente, como concesión retórica, el pueblo español. Gracias a ellos, se decía, España se homologaba con el resto de países de Occidente.

Sin embargo y visto desde ahora surge una pregunta. ¿Cómo fue posible un cambio total de naturaleza, aunque fuera gradual, con operaciones políticas palatinas, institucionales y partiendo de la legalidad de la dictadura? ¿En qué consistió ese cambio?

Recordemos que eran tres los argumentos en los que se basa todavía el discurso autocomplaciente sobre la Transición. Uno, que la operación era una originalidad, un hito en la Historia de España. El segundo mensaje pone el acento en la ejemplaridad del proceso y el tercero subraya que, con la Constitución de 1978, la cual corona el proceso de cambio, los problemas seculares de lo que ha venido en llamarse España habían encontrado encaje para su resolución. Pero sobre cada uno de estos aspectos hay que hablar...

¿Cómo se ha llegado a este punto? La Transición ha sido durante casi 35 años venerada y ahora parece que se nos muestra como un callejón sin salida que hay que superar. ¿No estuvo tan bien construida como siempre se nos ha contado o simplemente ese modelo que se propuso está agotado?

Bien, llegados a este punto y desde esta Transición, creo que es necesario hablar un poco de la Historia de España para recordar momentos del pasado que nos pueden parecer del presente.

Los antecedentes históricos que nos sirven de análisis para ver que esto de la Transición no fue nada tan nuevo en España como parece, nos remontan al Estatuto Real de 1834. Desde mi punto de vista y el relato histórico, fue entonces cuando por primera vez se produce en España una operación política parecida a la Transición.

Para situar a los lectores en aquélla época, diremos que estamos ante un hecho: Fernando VII –uno de los personajes más execrables de nuestra Historia– muere en 1833 dejando a una hija de tres años, la futura Isabel II, inmersa en un conflicto dinástico que de manera resumida relato a continuación.

Por la Ley de Sucesión Fundamental vigente, se había adaptado la Ley Sálica francesa a la situación española, por la que las mujeres podían reinar siempre y cuando no hubiese herederos varones tanto en la línea principal (hijos) como en la lateral (hermanos y sobrinos). Carlos IV en 1789, la abolió a través de la Pragmática Sanción Real, que no fue publicada –requisito sine qua non para ser considerada Ley–. Fernando VII, tras varios tiras y afloja, la promulgó en 1830. Esa decisión real favorecía a su hija pero iba en detrimento de su hermano Carlos María Isidro, cabeza emblemática del llamado Partido Apostólico, la extrema derecha diríamos ahora.

En este conflicto tiene su origen el fenómeno *carlista*. Muerto Fernando VII en 1833 queda como Regente, hasta la mayoría de edad de la niña Isabel, su viuda María Cristina de Borbón Dos Sicilias, la cual debe afrontar la tarea de encontrar aliados para garantizar el trono a su hija. A los seis días de muerto el Rey, María Cristina lanza una proclama por la que *"la religión y la Monarquía (...) serán respetados, protegidos y mantenidos por mí en todo su vigor y pureza"*.

El texto buscaba tranquilizar a los que dudaban en seguir a su cuñado Carlos, ya alzado en rebeldía. El siguiente objetivo sería conseguir el apoyo de los perseguidos por su marido: los liberales.

Estamos pues ante una transición, ante la búsqueda de un pacto que legitime a la monarquía a los ojos del liberalismo y que además consiga aislar al naciente "carlismo"...

Efectivamente y la persona encargada de pilotar aquella operación fue Francisco Martínez de la Rosa, que había sido liberal exaltado en las Cortes de Cádiz y liberal moderado en el trienio 1820-1823. Con un lenguaje formalmente anclado en los criterios del absolutismo, abordó la tarea de transitar hacia una situación liberal pero "dentro de un orden". Esta operación nos trae ecos del pasado inmediato[11].

El caso fue que Martínez de la Rosa hizo promulgar el Estatuto Real, una Carta Otorgada[12].

---

[11] Este episodio recuerda *el espíritu del 12 de febrero de 1976, cuando Arias Navarro, Presidente de Gobierno de la Monarquía de Juan Carlos I, se dirigió al país para ofrecer una reforma abierta a los "socializantes" pero sin comunistas ni anarquistas.*

[12] Una carta otorgada es una especie de constitución no redactada por los representantes del pueblo elegidos para ello, sino una concesión del poder, en ese caso de la Reina.

Creó un Parlamento con dos Cámaras: el Estamento de Próceres y el Estamento de Procuradores. El primero reunía a Grandes de España, arzobispos, grandes propietarios, etc. Todos ellos por designación real. El de Procuradores era elegido por los mayores contribuyentes de cada municipio; es decir, había 16.000 electores que designaban a 950 compromisarios los cuales designarían a 188 procuradores. Pero ambas Cámaras carecían, además, de un auténtico poder legislativo.

Podemos establecer claramente un paralelismo con 1977: una Ley Electoral en la que votaban, y votan, las hectáreas y 41 senadores de designación real, la quinta parte del Senado.

Sí, desde luego. En esta situación en el siglo XIX en España estallaron revueltas, quema de conventos, incendios de fábricas y acciones dirigidas a conseguir la implantación de la Constitución de 1812. Martínez de la Rosa dimite, igual que su sucesor el conde Toreno. Detrás de ellos vino Juan Alvárez de Mendizábal, que puso en marcha la Desamortización eclesiástica. Y tras varios jefes de Gobierno más (Istúriz, Calatrava, etc) se llega a la Constitución de 1837 que consagra la preponderancia de los moderados, la inmensa mayoría de ellos antiguos exaltados. La transición de entonces había terminado.

La Historia se repite y en España, como decía Castelar, aún más.

¿Y sobre toda esta situación, qué papel jugaba el entorno? ¿Qué decían las potencias europeas?

Desde la llamada Guerra de la Independencia, España era un país tutelado. En 1834 se formó la Cuádruple Alianza entre Gran Bretaña, Francia, España y Portugal para, según decían, defender los principios del liberalismo; pero en realidad y según Talleyrand, fue para colocar bajo la dependencia de los dos grandes a los dos pequeños. Este es un dato que no debemos perder de vista.

Volviendo a la Historia que parece repetirse, en este análisis de los antecedentes históricos de la Transición, nos encontramos con otro momento de la Historia de España donde, llegados a una determinada situación comprometida en la sucesión del poder, se produce otro gran acuerdo de transición: el Pacto del Pardo.

El llamado Pacto del Pardo fue una reunión celebrada el 24 de noviembre de 1885 entre Cánovas, dirigente máximo del Partido Conservador, y Práxedes Mateo Sagasta, su homólogo en el Partido Liberal. La situación preocupaba a ambos y sobre todo a los detentadores del poder económico, social e ideológico-religioso.

La presión del pujante movimiento obrero, el resurgir moderado pero evidente del republicanismo y la agonía del rey Alfonso XII, planteaban una especie de vacío de poder que la entonces embarazada e inminente viuda del monarca, María Cristina de Habsburgo-Lorena, no podía asumir sin respaldo.

Por eso, las dos fuerzas políticas que conformaban entonces el bipartidismo acuerdan el "*turnismo*" pacífico, de modo y manera que se asegurase la estabilidad del régimen de la Restauración Borbónica y también de los apoyos sociales que lo mantenían.

El "turnismo", el bipartidismo al fin al cabo que parece haberse instalado también en la actualidad aunque de otra manera... Y mientras esos pactos se daban en las altas esferas, la población seguía su marcha y evolucionaba. ¿Qué situación social nos encontrábamos entonces?

Pues, ante todo esto, se evidencia una situación social especial donde aparecen nuevas capas burguesas que podíamos situar *grosso modo* de la siguiente manera. Por un lado, hay un desarrollo interesante y fuerte en Cataluña al aire de la industria textil, con un fuerte incremento del catalanismo[13].

A la vez, se da una burguesía pujante en el País Vasco, dedicada a la industria del acero y con una fuerte presencia de vascos en el alto funcionariado de la Hacienda.

Y frente a estos dos núcleos potentes de burguesías, tenemos la masa de la oligarquía castellanoandaluza, ligada al cultivo del cereal, del olivo y del latifundio, junto a una estructura caciquil en una zona con minifundio como es Galicia.

Este trípode de burguesía catalana, burguesía vasca y oligarquía castellano-andaluza, llegan a un pacto no escrito, sobreentendido: la burguesía catalana no se atreve a cambiar el estado español por su miedo al movimiento obrero y la oligarquía andaluza deja vivir.

---

[13] Cuando tenemos esta conversación, a finales de septiembre de 2012, Artur Mas anuncia la convocatoria de nuevas elecciones en Cataluña con los ecos de fondo de un posible referéndum para tratar el derecho de autodeterminación de esta región.

Por eso, ese pacto entre poderosos, sancionado en las alturas políticas entre Cánovas y Sagasta, funcionó hasta finales de la primera década del siglo XX. Ese pacto es el alma del régimen de la Restauración Borbónica y consiste en una respuesta ante el movimiento obrero representado por el PSOE, el anarquismo y los primeros brotes de contestación regeneracionista que cobrarán un fuerte impulso tras la pérdida de Cuba.

Y aunque las tensiones entre la burguesía catalana (proteccionista) y la oligarquía cerealista (librecambista) eran importantes, el interés mutuo frente al adversario común (el movimiento obrero) los obligó a entenderse en el marco del caciquil *turnismo* político. Otro pacto.

Desde ahí, avanzando en la Historia de España, llegamos a los antecedentes mismos de la denominada Transición democrática. Nos situamos en otra época en la que de nuevo hay un régimen de excepción: el franquismo.

Yo diría que el franquismo inventó a Franco. Porque el franquismo era, y sigue siendo, el conjunto de inercias, tendencias misoneístas, tendencias oligárquicas, clericales, el pensamiento reaccionario, etcétera, que había cuajado desde la época absolutista de Fernando VII. Y eso, simplemente, cuaja ahora en el siglo XX con el nombre de franquismo, con el nombre del general que en ese momento lo encarnó. Añadiéndole, durante un tiempo, la parafernalia fascista.

Por eso digo que el franquismo inventó a Franco. Franco no hizo nada nuevo, lo que hizo fue poner en orden toda esa amalgama que ya existía, lo llamó Movimiento Nacional y utilizó el poder de manera omnímoda. Nada nuevo en la Historia de España salvo su ferocidad y ensañamiento sin parangón alguno.

Entrando en el desarrollo mismo de la Transición, hemos visto antecedentes y similitudes remotos. Pero ¿cómo ocurrieron los hechos en la España de 1975? ¿Por qué sobrevivió el régimen de Franco a la derrota del Eje al final de la II Guerra Mundial?

Es curioso analizar todo esto desde la perspectiva internacional. Naturalmente, cuando se da la victoria de Franco, hay una condena de las Naciones Unidas a su régimen. Pero paradójicamente, a Franco lo salva la existencia de la Unión Soviética: al existir la URSS, Estados Unidos calibra qué prefiere: ¿al dictador en España o al comunismo? Opta por el dictador que es ferviente anticomunista. Y eso salva al régimen de Franco de una intervención internacional. Paradójicamente Franco debe su permanencia en el poder a la existencia del enemigo que combatía: la URSS.

Desde ese marco, ¿Estados Unidos se planteó la perspectiva de una España sin Franco? Pudo estudiar una salida, un camino que diera respuesta al orden internacional que convenía a la superpotencia mundial...

Efectivamente, los cuadros de estudio de EEUU, sus hombres de análisis, su Departamento de Estado, ya en el año 1945 habían elaborado un documento –que se conoce en 1947– sobre la salida que habría que darle a la dictadura en España[14].

---

[14] Este documento se recoge en *"Las sombras del sistema constitucional español"*, de la editorial Trotta, en su página 17.

Plantean nítidamente lo siguiente: después de Franco tiene que haber una Transición –utilizan esa palabra– pacífica, con dos partidos políticos que se turnen en el poder. Uno *"demócrata"* y otro *"socialista"*.

Esta apuesta, incipiente entonces, va constituyendo el cuerpo de la apuesta de Washington que la va explicitando a través de sus embajadores y de la propia Secretaría de Estado. España no podía quedar bajo la órbita del adversario *"comunista"*. Esta visión tan esquemáticamente pueril, fue el eje de la diplomacia de EEUU con respecto a España.

Y es que la cuestión planteaba tres problemas que debían resolverse casi simultáneamente: qué hacer con el PCE, única fuerza clandestina, organizada y omnipresente en la lucha anti-régimen; qué hacer con los *ultras*, es decir, los *"apostólicos"* del aparato franquista; y cómo acceder a la nueva situación, conservando en lo fundamental el poder económico, social, político y estamental adquirido durante la dictadura por la clase dominante.

Todo ello hacía necesaria una estrategia y unas tácticas que exigían ductilidad, firmeza, doblez en el discurso y *"cooperación"* voluntaria o involuntaria del adversario. Sin olvidar tampoco una buena dosis de azar, suerte e intuición.

Con este panorama ya establecido, ¿cómo comienza el desarrollo de la Transición?

Aunque como hemos visto con anterioridad el proceso estaba compuesto de acciones simultáneas, vamos a empezar, por cuestiones metodológicas, con el papel del PCE.

En el año 1970, el Partido Comunista de España en el exilio recibe una visita en nombre de la Corona. Quieren sondearlo para ver su disposición a aceptar que, en un primer paso, se legalicen casi todas las fuerzas políticas dejando a la del PCE para una ulterior fase[15].

Los interlocutores comunistas fueron Antonio Gutiérrez Díaz, Josep Solé i Barberá y Juan Ramón Capella. Por parte de la Corona, asistieron José María de Areilza y Santiago Nadal. La respuesta fue cautelosamente negativa.

El PCE mantenía como condición innegociable la Ruptura Democrática que debía iniciarse con la consulta al pueblo español sobre si quería la Monarquía o la República. Todavía en 1975, en la Conferencia de Roma, el PCE montaba su estrategia sobre la idea de la Ruptura con una fase de Democracia Social Avanzada denominada Democracia Político y Social. Desde 1974 había constituido junto a personalidades independientes como Antonio García Trevijano, Vidal Beneyto y Rafael Calvo Serer, el Partido del Trabajo, el Partido Socialista Popular de Tierno Galván, la Alianza Socialista de Andalucía, el Partido Carlista y CCOO, la llamada Junta Democrática que tenía como eje fundamental la Ruptura Democrática.

Esta posición no obviaba la predisposición a escuchar propuestas, mensajes y sondeos en torno a aceptar la legalización. Por parte del Gobierno se hacía sentir la presión de la diplomacia de Kissinger para que el PCE no fuera legalizado.

Se inicia así una primera parte del camino para dar salida a la sucesión tras Franco y al modelo de estado posterior. Todo

---

[15] Este episodio se recoge en *"Las sombras del sistema constitucional español"*, de la editorial Trotta, en su página 26.

quiere tenerse acordado y bien atado. Se mide la capacidad de futuro Rey y se deben buscar aliados, contradicciones en el seno del Movimiento Nacional y un discurso cambiante y atemperado a la situación...

Sí, aquí se pone sobe la mesa el conflicto que se le plantea a la clase dominante española entonces. La oligarquía, los que han dominado durante la época de Franco, tiene ya la evidencia de que Franco no es eterno, que hay que pensar en el día después. Y que, naturalmente, está presente en su horizonte desde 1957 el Mercado Común Europeo, que es la reestructuración del capitalismo europeo tras la Guerra Mundial.

Por eso, van pensando que la salida lógica, desde su punto de vista económico, es llegar, formalmente, a un sistema democrático que, cuanto más formalmente lo sea y menos contenidos reales tenga, mejor. Ya en 1973, con el atentado a Carrero Blanco, aparecen los primeros indicios de que aquella muerte tenía más alcance que el de un simple atentado de ETA.

Aún así, los que desde el régimen vislumbran esta salida son una minoría, porque en los últimos años hay una guerra a muerte entre esa facción que podríamos llamar europeístas, y la vieja guardia fascista de la guerra y de la Iglesia más arcaica e intransigente.

Pero el primer aviso serio llega y lo da la tromboflebitis de Franco en el mes de julio de 1974. Entonces, desde luego, el pueblo español y el aparato franquista asumen que Franco es mortal.

Ocurre entonces un hecho que demuestra las luchas y enfrentamientos en el interior del franquismo político. Franco con la tromboflebitis dejó el poder al Príncipe –que ya había sido elegido como sucesor en 1969–. El Príncipe asume el poder como Jefe de Estado, ejerce como tal y preside los Consejos de Ministros pero, de una manera inesperada, Franco, desde el Pazo de Meirás, anuncia que ya se ha recuperado y reasume el poder.

Hasta que llega 1975 y Franco muere. Ya es un hecho que el dictador no existe. El momento político y social se antoja muy difícil. ¿Qué se hace?

La situación es compleja. La Marcha Verde coloca al gobierno español ante el dilema de ceder a las amenazas o ir a una guerra sobre la que en esos momentos no había garantías de que pudiera ganarse. Fue una operación que estuvo instrumentada e impulsada por EEUU como después se ha sabido.

En noviembre de 1975, cuando se producen las previsiones sucesorias y Juan Carlos es proclamado Rey por las Cortes franquistas, comienza a montarse el andamiaje de la Transición que ya había sido concebido en aspectos más generales; a saber, cuánta *transacción* deberían hacer unos y otros. Y se busca a la persona o personas que la piloten.

Naturalmente, ese pacto, en sus aspectos políticos, lo buscan los hombres que después se conocen como el Grupo Tácito, que son la Democracia Cristiana, gente del Opus Dei, algunos elementos del régimen muy ligados al Diario Pueblo –que había sido el órgano de los sindicatos verticales– y una burguesía que quiere y necesita incorporarse a la Comunidad Económica Europea.

La caverna, los *apostólicos*, eran un peligro pero a corto plazo; lo cual no impidió hechos sangrientos como la matanza de los abogados de Atocha.

Y fuera de todo esto, fuera del propio país, está la oposición clandestina que ha vivido todo el régimen franquista: el PCE.

Sí, porque aunque no niego que ya hubiera un Partido Socialista, aunque más bien testimonial, la cuestión era invalidar la influencia comunista en el futuro, habida cuenta de que marginar al PCE era difícil. Porque claro, si al Partido Comunista que era legal en Francia, en Italia y en otros países, no se le daba juego en España, esto no iba a funcionar.

Además, se creía que el PCE tenía una fuerza muy superior a la real; su capacidad de movilización y de sufrimiento durante la dictadura le había otorgado una aureola de mito. La exhibición de fuerza y orden en el entierro de los abogados de Atocha sobredimensionó aún más esa creencia.

Y en esta tesitura, tiene lugar el Congreso del Partido Socialista en Suresnes, el cambio en la dirección del partido y su sustitución por personas del interior. El apoyo de la socialdemocracia, con Willy Brandt a la cabeza, tiene como objetivo producir una referencia de siglas históricas de izquierdas distinta del PCE. Cuando el PSOE propicia la creación de la Plataforma de Convergencia Democrática a la Junta no le queda otra opción que fusionarse en la llamada Platajunta.

Llegados a ese punto, parece evidente que hay que contar con el PCE para hacer ese pacto de transición pero, a la vez, no se está dispuesto a admitir la ruptura que él plantea. ¿Cómo se actúa?

Aquí comienza el juego: se le encarga a Adolfo Suárez la formación de gobierno. Es el hombre que aborda lo que ya estaba en la mente de Torcuato Fernández Miranda, cerebro de la operación, un individuo culto, preparado, malabarista del lenguaje y que sabe mejor que nadie que el franquismo no puede seguir en su forma política. Pero es necesario que los intereses de los beneficiarios del régimen se mantengan incólumes.

Suárez, tras haber conseguido la aprobación de la Ley para la Reforma Política, convoca un Referéndum el 14 de diciembre de 1976 y consigue el respaldo ciudadano. La carrera de la oposición para acudir a la ventanilla del registro de asociaciones había comenzado.

El caso es que, con esta operación que se está realizando, el PCE se encuentra de pronto con una tesitura hija de un desenfoque: o corre o no le legalizan. Pero Suárez también sabía que sin un partido hermano del Partido Comunista Italiano, del Partido Comunista Francés o del Partido Comunista Portugués, la credencial democrática no se conseguiría.

Las conversaciones entre Suárez y Carrillo[16] tras el incidente de la peluca y la posterior detención del Secretario General del PCE, fructifican en el pacto descrito posteriormente por Suárez. Carrillo, tras la legalización, se comprometía a que se reconociera por el partido la bandera y la monarquía. Y así se hizo con notable ligereza, desde mi punto de vista.

---

[16] Esta conversación tiene lugar pocos días después del fallecimiento de Santiago Carrillo el 18 de septiembre de 2012, a los 97 años.

Pero más allá de la legalización y las razones de los partidarios del reconocimiento de la monarquía, ha quedado el hecho, avalado por la Historia posterior, de que el PCE fue más allá de lo exigido, en los acontecimientos que vinieron: Pactos de la Moncloa, Ley Electoral, etc.

Creyó, con notable ofuscación, que su legalización era el corolario digno de su lucha antifranquista. Y eso lo pagó con creces.

Podemos decir en este punto que el gran acuerdo, la Transición en España, hace que el país se instale formalmente en la Democracia, repitiendo acuerdos y pactos como en otras épocas. Ahora tocaba dotarse de una Constitución que rija el modelo de estado y que sea aprobada y apoyada por todos. Un cometido que no se antoja nada fácil...

Nos encontramos con un hecho que evidencia los malabarismos que se hicieron: unas Cortes no constituyentes, redactan una Constitución. Los demás malabarismos consistieron en intentar dar la impresión de que los redactores de la Ponencia Constitucional obraban sin presiones y sin pies forzados. No lo consiguieron; era evidente que los llamados Padres de la Constitución tenían ante sí unos límites insalvables que habían aceptado.

El primero de esos límites: la Monarquía no se toca. El segundo, muy ligado al anterior, se refiere a un hecho ocurrido el 22 de enero de 1977, antes de las elecciones. El Rey nombra como Príncipe de Asturias a su hijo Felipe, tercero en su descendencia. Juan Carlos I vuelve así a la Ley de Sucesión Fundamental que había implantado el primer Borbón, Felipe

V. Así es que los ponentes tuvieron que aceptar el hecho ya consumado y en el artículo 57 de la Constitución vuelcan casi literalmente su homólogo de la Constitución de 1876, cambiando la palabra *hembra* que ponía aquél por la de *mujer* que pone el actual.

Con este ejemplo, parece que la nueva Constitución bebía, en las cuestiones más sensibles, de textos anteriores...

Sí. El caso más emblemático lo constituye la reproducción, casi en toda su literalidad, del artículo 37 de la franquista Ley Orgánica del Estado en el artículo 8 de la actual Constitución. Se refieren ambos textos a las Fuerzas Armadas como garantes del "*ordenamiento constitucional*" según el texto actual y del "*orden institucional*" según el texto franquista.

El tercer pie forzado para los llamados Padres de la Constitución fue la permanente presión, convenientemente magnificada por los conductores de la Transición, del Ejército. Las condiciones de plena libertad que necesita un Parlamento que se dice depositario de la Soberanía Nacional, no existieron. Así, no es extraño que el artículo 2 diga que "*La Constitución se fundamenta en la indisoluble unidad de la Nación española*". Sabido es que toda constitución se fundamenta en la Soberanía Nacional y no en otra cosa, por muy noble que quiera aparecer.

Más allá de esto, ¿en qué otros contenidos la Constitución pudo suponer una involución con respecto a la de la II República española?

Ciertamente son innumerables, pero señalaré unos cuantos. El primero surge de la misma naturaleza de la monarquía cuando hace a la persona del Rey inviolable y no sujeta a responsabilidad (artículo 56). Por el contrario, el artículo 82 de la Constitución republicana reglamentaba cómo podía ser destituido el Presidente de la República.

Sobre la política social, hay que reconocer que el texto republicano no señala con la precisión del actual los llamados derechos sociales, que aparecen en la Declaración de Derechos Humanos de la ONU. Sin embargo, hay una sutileza que hace rebajar esta supuesta ventaja. Cuando la Constitución de 1978 se refiere en el Capítulo III del Título Preliminar a la política social y económica habla de "*Principios rectores*" y no de Derechos consolidados. No es lo mismo.

De la misma manera, el texto vigente aborda un problema de calado: la configuración y estructuración del Estado. Y a tal tenor dice en el artículo 2 que hay regiones y nacionalidades. Hicieron esta diferenciación para salir del paso porque, a partir de entonces, no se han atrevido a decir quiénes eran unas y quiénes las otras.

El sobreentendido inducía a error a la hora de la concreción, máxime cuando Nación y Nacionalidad son exactamente lo mismo. Esta confusión calculada, a la que se le añadió lo del "*café para todos*", está en la base del sempiterno problema de la concepción del Estado Español. En eso, la República fue más cauta y no se metió en problemas que no estaba en condiciones de resolver por aquel entonces (art. 11).

Pero para mí, la Constitución de 1978, entre sus muchos errores y horrores, tiene uno garrafal cuando da casi la exclusividad a los partidos políticos como instrumentos de la participación política de los ciudadanos. Es un grave error. Porque, en un momento dado, puede pastorearse a los partidos políticos. El riesgo es caer en una especie de *oligarquización* de la política, independientemente de posiciones subjetivas en discursos o actos públicos.

Los ciudadanos, la ciudadanía, deben ser el reto fundamental de la democracia. Los partidos políticos también, pero sin exclusividad. Porque si en un régimen democrático parlamentario, sólo se vota a los partidos, en una operación como ésta, hemos visto que todos ellos asumen lo que es la Transición y a partir de ahí ya no se mueve nada.

Y la evidencia de que eso no funciona es lo que estamos viendo actualmente, cómo eso ha fallado, cómo ha fracasado ese sistema que recogió la Constitución.

Da la impresión de que la redacción del texto constitucional estuvo marcada por una atmósfera de cautela que consagró un texto con contradicciones y eso se ha visto a la hora de llevarlo a la práctica...

Eso tuvo un nombre, el Consenso. En nombre del mismo la izquierda dejó bastantes plumas y bastante memoria en aras de una nueva época en la que Democracia era sinónimo exclusivo de elecciones y mecanismos institucionales. Los partidos políticos fueron reconocidos como instrumentos fundamentales para la participación política. Y de esa concepción se llegó, por vía de los consensos y otras situaciones, a ser prácticamente las únicas vías de participación política para el ciudadano.

Por eso, al aceptar el rol y además someterse a la dinámica del consenso, los partidos terminaron, en mayor o menor grado, por ser simples receptores del voto para aumentar o perder su capacidad de interlocución con el poder.

Cuando al día siguiente del 23F el Rey recibe a los dirigentes políticos en La Zarzuela y éstos se acogen bajo sus alas, en agradecimiento a su actitud ante el Golpe de Estado, explicitan ese día que la Transición, lejos de constituir una ejemplar manera de restaurar la Democracia en toda su extensión, fue únicamente una segunda Restauración Borbónica en la que el bloque económico, social y político dominante durante el franquismo consiguió bañarse en las aguas del Jordán democrático.

Y si me preguntas qué dato evidencia con más fuerza la pérdida de iniciativa de unos y la hegemonía de otros, te diré que la aceptación de la Ley Electoral. Allí nos pusimos el yugo.

Cuando años más tarde Miguel Roca hablaba de su tiempo como ponente constitucional, confesó sin ambages que los artículos aparentemente más avanzados en lo social fueron una concesión por miedo a la Revolución de los Claveles, pero que se impondrían con el tiempo la sensatez y la modernidad. Pues así estamos.

Hemos comentado el Golpe de Estado del 23F, que se produjo a los pocos años de haber echado a andar esta democracia nueva y su Constitución, con el compromiso de las fuerzas que apoyaron la Transición. España se encontró entonces ante ese importante hecho cuyo análisis ha tenido distintas miradas...

Yo digo que el Golpe de Estado de Tejero terminó triunfando. A partir de la escena de la Zarzuela que antes he comentado se desarrollaron una serie de hechos que lo explicitan: la Ley Orgánica para la Armonización del Proceso Autonómico, la forzada dimisión de Suárez, la entrada en la OTAN, la apresurada y mal preparada entrada en la Comunidad Económica Europea, etc.

Sobre el 23F sobrevuela la impresión, bastante fundada, de que el impulso fue soberano; un impulso manifestado en el silencio tácito o en el "*a mí dádmelo hecho*". Hay demasiadas informaciones, demasiados rastros, que quedan interrumpidos o son ostensiblemente obviados. Solamente la impericia y la falta de análisis de quien recurrió a Tejero como instrumento fue la que produjo la quiebra del plan.

El teniente coronel de la Guardia Civil fue a dar su golpe, el que soñaba, y no a una operación golpista de guante blanco y ribetes de consensuada solución para seguir con la operación, ya trazada de antemano y que se veía entorpecida por ETA, por la movilización social, por el debate autonómico y por el obstáculo de la letra del texto constitucional.

Pero a partir de entonces, la unión en torno a la Monarquía parece evidente tras el 23F. Ahora había que jugar en el ámbito político. ¿Cómo se genera el sistema actual?

Para dar cuenta de esto, quiero volver al análisis de EEUU en 1945; el bipartidismo se consolida como garantía de que la alternancia ha arraigado en España y la Corona propicia ese funcionamiento. El mismo Cánovas lo hubiera firmado.

Los partidos nacionalistas, mimados por la ley electoral, ponen el acento en sus reivindicaciones pero, a la vez, consolidan Gobiernos de uno u otro elemento del bipartidismo. Y además, votan, apoyan y defienden las medidas más restrictivas para el mundo de los trabajadores en aras de un discurso común que las justifica: la Unión Europea.

La Unión Europea. ¿Qué papel juega en todo esto Europa? España no está aislada y se abre al continente. De hecho, ahora, parece que realmente se nos gobierna desde allí más que desde nuestro propio país...

Conviene hacer una precisión que va más allá del lenguaje. Generalmente hablamos de Europa cuando lo que realmente debemos decir es Unión Europea. Y engancharse a la CEE primero y posteriormente a la UE, ha sido la apuesta máxima de nuestro capitalismo y de las élites políticas.

Escudándose en una necesidad histórica y en una larga trayectoria de pensadores y políticos que concibieron una Europa Federal al modo y manera de Estados Unidos, los poderes económicos jugaron su baza y apoyaron un proyecto que en nada tiene que ver con aquél ideal.

La prueba más clara está en el proceso que, arrancando en el Tratado de Maastricht, culmina en el Pacto de Estabilidad por el que los déficits y las macrocifras constituyen la esencia misma de la UE.

Así, de esta manera y de la mano del bipartidismo, se ha ido entregando la soberanía y aceptando una dependencia totalmente contraria a los intereses de la inmensa mayoría. Así, la Constitución es, en primera instancia obviada, incumplida y arrumbada.

Y cuando esa práctica del bipartidismo es insuficiente, se cambia el texto constitucional en un golpe de mano muñido entre Zapatero y Rajoy. Los intereses patrios que tantas veces invocan no son otra cosa que los intereses de quienes realmente gobiernan: la Banca, los grandes poderes económicos y la cleptocracia.

¿Cómo resumir entonces lo que fue verdaderamente la Transición?

La Transición fue presentada por sus exégetas y turiferarios como el modelo original con el que España abordaba los dos grandes problemas qua habían colisionado con el franquismo: la construcción de un estado plural, hijo de su proceso histórico, y las reivindicaciones de los trabajadores.

Creyeron que con la fórmula constitucional del Estado de las Autonomías el problema quedaba resuelto. La posterior fórmula del "*café para todos*" no era otra cosa que el intento de construir un valladar ante un hecho incontrovertible: lo que hemos convenido en denominar España es plurinacional.

La generalización del proceso autonómico –que no olvidemos se inició con la II República– puso en marcha reivindicaciones seculares y justos agravios comparativos. Al intentar controlar lo que habían creado, despertaron aún más los sentimientos y proyectos que venían de antiguo; las poblaciones vibraron y se dieron hechos de masas que no se habían conocido con anterioridad; tal fue el caso del proceso andaluz que culminó el 28 de febrero de 1980.

Así, las nacionalidades históricas reclamaban el reconocimiento de su especificidad y el discurso "*españolista*" actuaba intentando difuminar, vía generalización, aquella realidad.

Y todo ello con una complejidad añadida; ningún proyecto político es ajeno ni contradictorio con los intereses de las clases o grupos sociales que lo defienden. Frente al proyecto de la izquierda que ligaba la lucha social y la reivindicación nacional para conseguir un proyecto federal de Estado, los nacionalismos "*burgueses*" tenían meridianamente claro sus intereses y sus coincidencias en lo tocante a lo económico y social con los poderes "*centralistas de Madrid*".

Así pasó en Cataluña con Cambó, así pasó en Cataluña con Pujol y así pasa ahora en Cataluña con Mas. Los apoyos parlamentarios del PNV y de CiU a las políticas de recortes me exoneran de mayor abundamiento.

Resulta evidente que la Transición ha cosechado un fracaso en esta cuestión.

Y en todo este proceso, ¿qué papel jugaron los trabajadores?

El tratamiento de las luchas del mundo de los trabajadores requería de un lenguaje y unos postulados en los que el país recién llegado a la democracia se encontrase como sujeto clave para los proyectos de "*modernización*".

Los sindicatos, y especialmente los mayoritarios, fueron reconocidos como interlocutores preferentes y como miembros del estatus jurídico-político-económico. La Constitución era incontestable en la medida en que sus postulados y artículos no se cuestionaban; otra cosa era la política económica, la necesidad de modernizarse o las exigencias de Europa entonces o de la UE ahora.

Y comenzó una situación esquizoide en la izquierda (la nominal y la real). Por una parte el texto constitucional estaba en su olimpo, en una especie de primado y honor; y por otra, estaba la realidad que urgía. Cuando el discurso europeísta se impuso como uniformador de proyectos políticos y económicos, las organizaciones llamadas de "*clase*" protestaban por las consecuencias de las políticas que ellos mismos habían apoyado en el marco europeo político y sindical. Lo ocurrido con Maastricht es emblemático.

Así, abducidos por la quimera europeísta, es decir por la idea de construir un proyecto europeo al margen de la mayoría social y sus intereses, ha conducido a un discurso y unas propuestas que no pasan de ser hoy reivindicaciones de imposible cumplimiento en el marco europeo actual: el del euro.

En ese sentido, la Transición ha cosechado un "*éxito*" notable. Ha conseguido demoler lo que Franco no consiguió: la combatividad, la creatividad, la solidaridad y la existencia de un proyecto alternativo de sociedad. Lo que ocurre que ese triunfo de la Transición es la derrota del pueblo español.

En consecuencia, toda lucha, todo proyecto de liberación y construcción de un nuevo orden desde los intereses ciudadanos, pasa por recuperar lo que fue obviado en 1975: la Ruptura Democrática. La III República.

Una Ruptura que ya se hace urgente y perentoria. El régimen surgido de la Transición es, hoy por hoy, una estructura en la que la corrupción constituye su esencia misma. Una corrupción que atraviesa los tres poderes del Estado y alcanza a las mayores magistraturas del mismo.

La corrupción es en la España de nuestros días el cáncer que puede acabar con los últimos reductos de honestidad y funcionamiento democrático.

¿Y hay base para pensar en esa III República como solución? ¿Cómo una forma de Estado puede cambiar las cosas? Es obvio

que eso necesitaría de mucho más que un cambio del Rey por un Presidente de la República...

No es ninguna casualidad que desde el comienzo de estas conversaciones hayamos insistido hasta la saciedad en que República es algo más que la posibilidad de elegir al Jefe del Estado. A lo largo de la Historia de España el republicanismo ha sido el portador de la ética, la democracia y, sobre todo, el defensor de una sociedad de ciudadanos, es decir, de personas conscientes de sus derechos y sus deberes.

Para evitar esa concepción que asimila únicamente República a Presidente de la misma, estamos escribiendo estas conversaciones. Porque la República es una propuesta alternativa de sociedad estructurada en torno a cuatro ideas: Justicia social, Democracia, Ética y Cultura.

La República sigue siendo la esperanza para salir del agujero que la Transición siguió ahondando.

V
UNA CRISIS DE CIVILIZACIÓN

El presente libro se inicia con una reflexión en torno a las tres razones por las que el proyecto de una III República es una propuesta de futuro que se enraíza, no sólo en el devenir de nuestra Historia, sino también en las necesidades que se muestran como urgentes en el momento actual que vivimos.

Un momento actual, en el que estas conversaciones tienen lugar, donde observamos la crudeza de la crisis económica. Existe la sensación de que estamos en un momento de desafección de la gente hacia las instituciones, el problema del paro es gravísimo, la corrupción está a la orden del día... ¿Vivimos una crisis más allá de lo económico?

En efecto, este capítulo se titula "*Una crisis de civilización*" porque creo que nos afecta de manera muy especial esta situación que se está viviendo en el mundo y que denomino así, como crisis de civilización. Es decir, una crisis que va más allá de la crisis económica y que nos trae a la memoria inmediata lo que Joseph Shumpeter (1883-1950) –economista de visión capitalista– dijo con gran lucidez: "*El capitalismo morirá de éxito*".

En esa reflexión me gustaría que nos situáramos sin olvidar el componente específicamente español. En nuestro país concurren dos vectores importantes, dos líneas de fuerza: una, la acumulación histórica, el precipitado histórico que somos actualmente; por otro lado, la crisis económica que afecta al planeta, reflejada también como tal en nuestro país.

En capítulos anteriores ya hemos avanzado los elementos que caracterizan y definen esta situación española y que de manera abreviada podemos resumir en la destrucción de tejido productivo, la privatización del sector público rentable, la prioridad a la especulación y a los "negocios" sobre la economía productiva, la inexistencia del Estado de Derecho, la corrupción generalizada que se manifiesta como un componte genético difícil de erradicar sin una revolución democrática, la ausencia de ética cívica, y una enajenación en los valores del consumo, del individualismo y del autismo social.

Esa es una contextualización general de la realidad que tenemos. Pero vayamos por partes y hablemos del sistema capitalista y sus crisis. ¿Por dónde empezamos?

Por la crisis económica. Y para ello debemos prepararnos para hacer una reflexión sobre lo que los grandes maestros opinaron sobre esta cuestión. Aquí se impone como lectura obligada de lo que dijeron sobre las crisis del capitalismo Carlos Marx y Federico Engels en el "*Manifiesto Comunista*" de 1847-1848. Este texto, tan mencionado de manera recurrente y tan poco leído en las últimas décadas, contiene afirmaciones sorprendentes para cualquier persona que se acerque a él, ya sea con el prejuicio o con la unción de un creyente dispuesto a asumir consignas o verdades reveladas. Pero si hacemos un ligero repaso del texto, nos servirá para reflexionar sobre la realidad presente.

Lo primero que llama la atención es cómo los autores, al hablar de los modos de producción, es decir de la economía, lo hacen históricamente. Cada época ha tenido una visión y unos valores derivados del sistema productivo imperante; una visión sobre la producción, el consumo y el reparto de la riqueza creada: un sistema económico. Esta cuestión deja en evidencia lo que se suele enseñar hoy en día; se parte de una concepción económica –la actual– como si ésta fuera eterna. Para el discurso oficial la economía ha sido siempre como es ahora y en consecuencia el capitalismo es eterno e inmutable, así como los valores que lo explicitan: competitividad, crecimiento permanente y búsqueda de mercados, por encima de otros objetivos.

La siguiente sorpresa para los que leen por primera vez el texto o están marcados por el prejuicio, consiste en comprobar cómo Marx y Engels hacen un canto a la capacidad revolucionaria de la burguesía, por oposición a la clase aristocrática y feudal que venía a sustituir. En un momento dado escriben que la burguesía "*ha creado maravillas muy distintas a las pirámides de Egipto, a los acueductos romanos y a las catedrales góticas...*" y en otro pasaje dicen: "*la burguesía no puede existir sino a condición de revolucionar incesantemente los instrumentos de producción*".

Marx y Engels reconocen el papel de la burguesía, un aspecto quizá poco conocido... y recurren a la Historia para explicar el sistema económico. ¿Y la crisis?

He querido, aposta, visualizar primero con unos ejemplos la gran aportación que ambos hacen al análisis: la historicidad. Las cosas no han sido siempre así, como son ahora;

tienen historia y por ende, pasado, presente y futuro; no son inmutables y eternas como el capitalismo globalizado y *financiarizado* quiere hacernos creer; son hijas de su tiempo y en consecuencia, perecederas. Y por perecederas, superables por otras más conformes a las necesidades del tiempo presente.

Pero vayamos a las crisis. En un momento del Manifiesto podemos leer: "*Durante cada crisis comercial se destruye sistemáticamente, no sólo una parte considerable de productos elaborados, sino incluso de las mismas fuerzas productivas ya creadas. Durante la crisis, una epidemia social, que en cualquier época anterior hubiera parecido absurda, se extiende sobre la sociedad: la epidemia de la sobreproducción (...) La industria y el comercio parecen aniquilados. Y todo eso ¿por qué? porque la sociedad posee demasiada civilización, demasiados medios de subsistencia, demasiada industria, demasiado comercio*".

Ese párrafo, como todo el texto, tiene 165 años. Y sin embargo parece escrito ayer mismo, aludiendo a la destrucción de alimentos que se hace hoy en día mientras una parte del planeta pasa hambre. La sobreproducción, ¿es el origen de la crisis?

La sobreproducción es la manifestación del problema. Y éste solo pudo darse en el capitalismo. En la economía esclavista o en la feudal la producción apenas podía satisfacer las necesidades de la población; una mala cosecha, una mala circunstancia climática, producían hambruna y carencias; y lo mismo puede decirse de la producción de bienes no comestibles.

Fue la revolución agraria coexistente e interdependiente con la revolución científico–técnica de finales del siglo

XVIII, la que produjo un aumento exponencial en la producción como consecuencia de la maquinaria y las nuevas técnicas agrarias derivadas de ella.

La cuestión es que con esa gran capacidad de producción, hay amplias partes del planeta donde hay hambre, enfermedades epidémicas y carencia de agua potable. ¿Por qué ocurre si existe tal capacidad de producir como para satisfacer esas necesidades?

Esa es una cuestión que motivó, a finales de la década de los 60, el contenido de uno de los libros de mayor éxito por entonces: *"El final de la Utopía"*, de Herbert Marcuse. Mantenía este profesor universitario que la gran contradicción en nuestro mundo moderno estribaba en que existía una gran capacidad técnica para producir alimentos, medicinas y bienes varios y, sin embargo, miles de millones de habitantes del planeta carecían absolutamente de todo.

Sin embargo, la gran conclusión a la que llegaba Marcuse continúa siendo hoy de una demoledora precisión para los argumentos de quienes llaman utópicos a los planteamientos que piden, simplemente, que se cubran las necesidades mínimas para los 7.000 millones de habitantes de la Tierra.

El discurso conservador acostumbra a poner énfasis en la imposibilidad de erradicar la pobreza. Y para subrayar tal afirmación sostiene que la Utopía ha sido siempre algo inalcanzable. Pues bien, si releemos las grandes *utopías* que la humanidad ha producido –*"Utopía"* de Tomás Moro (1515), *"La ciudad del sol"* (1623) de Campanella o los escritos del siglo XIX, propuestas y experiencias de los llamados socialistas utópicos (Saint-Simon, Simon, Fourier, Constant, etc.)–

comprobaremos que las situaciones de igualdad social y gobierno democrático que defendían eran perfectamente viables técnicamente.

Por eso, cuando hoy en día se argumenta que el reparto de la riqueza o el acabar con las miserias son propuestas utópicas, es decir inviables, no se hace otra cosa que obviar la posibilidad técnica, real, factible, de que ello sea posible.

Un dato extraído de un informe de la FAO nos ilustra más que muchas conferencias y artículos: la cantidad de alimentos que hoy se producen en el mundo pueden alimentar a 12.500 millones de personas. El planeta tiene actualmente, como hemos dicho, unos 7.000 millones.

En consecuencia, si existe la capacidad y la posibilidad de erradicar hambrunas, epidemias y pandemias ¿por qué no se aborda ese problema?

Volvemos a la pregunta del inicio. Y la respuesta es de una obviedad que deslumbra: la propiedad privada tiende inexorablemente por naturaleza a alcanzar una ganancia, es su fin primordial. En virtud de ello, la obtención del beneficio, de incrementar constantemente la tasa de ganancia, es el objetivo prioritario al que dirige su actividad.

Y el beneficio puede venir de la creación de bienes necesarios para el mantenimiento y desarrollo de la vida, pero cuando aparece la posibilidad de beneficio en otras ramas de la producción, a ellas se dirigirá preferentemente el propietario de los medios de producción. Pensemos en la fabricación de armamentos, drogas u otros productos innecesarios o nocivos para la humanidad.

Mientras la búsqueda del beneficio privado sea el motor de la inversión y de la producción, esa situación de justicia local y universal será imposible.

El ejemplo de la alimentación es innegable. Nosotros vivimos en una situación de abundancia y sin embargo millones de personas no tienen qué comer. Es un desequilibrio alarmante.

Cómo negarlo. Y además, lo que es una situación de abundancia aquí depende cada vez con mayor frecuencia de las condiciones de vida de millones de campesinos del mundo, explotados por las multinacionales de las semillas, los pesticidas, los abonos y sobre todo por la imposición del tipo de plantas y cosechas a las que deben dedicarse. Nosotros formamos parte del primer mundo y por ello nos beneficiamos de la baratura de las materias y recursos de otras zonas deprimidas del mundo. Pensemos por ejemplo en las condiciones de trabajo de las minas de coltán en la República Democrática del Congo en la que niños son explotados.

Pero volvamos a nuestro mundo para seguir con ejemplos de la producción pensando sólo en el beneficio. Nadie niega que los gastos militares se han disparado en el mundo a pesar de la desaparición de la URSS, a la cual se le imputaba la responsabilidad, en última instancia de la carrera de armamentos. Pues bien, por el Tratado de Lisboa del 2007 en el que se refuerza la Agencia Europea de Armamentos, los países de la UE están obligados a incrementar constantemente sus arsenales, lo cual supone una carga para los presupuestos de los Estados en detrimento de otros gastos más acordes con las necesidades de las poblaciones.

El caso de Grecia es paradigmático; es el Estado de la UE que porcentualmente dedica más recursos para armamento. En la deuda que la oprime actualmente, el componente militar tiene una importante presencia. Y no olvidemos tampoco el caso de España, que adeuda cerca de 27.000 millones de euros en un armamento que según los altos mandos del Ejército no sirve para las "necesidades actuales".

Y si ponemos la lupa sobre el tejido productivo español, veremos fábricas que se desmontan y se instalan en otros países con salarios más bajos (la famosa deslocalización), reestructuraciones de la producción y las plantillas con sus ERES incluidos, reformas laborales, etc. ¿Para qué? ¿Por qué? Porque el sistema capitalista enfrenta a unas empresas contra otras en eso que ha venido en llamarse competitividad.

En función de la competitividad se libran batallas arancelarias, *dumpings* económicos y sociales, y se da una mayor concentración de empresas en virtud de fusiones, absorciones o eliminación del adversario de su presencia en los mercados. Esta característica del sistema es inherente al mismo, constituye su genoma, su razón de ser.

En esas situaciones, existe la posibilidad de que los estados intervengan para intentar regular esos aspectos perniciosos del capitalismo...

Esa es una vieja lucha que en la actualidad está ganando de manera arrolladora el capitalismo globalizado y financiero. Luego veremos por qué.

Lo primero que conviene tener claro es que el Estado no es un ente neutro, totalmente independiente del sistema. Las guerras imperialistas emprendidas por los países del primer mundo son bastante esclarecedoras. Las dos Guerras del Golfo o la invasión de Libia son ejemplos recientes muy ilustrativos.

Lo que ocurre es que los estados y sus aparatos de propaganda hacen pasar por políticas "nacionales" lo que realmente son guerras de agresión en busca de mercados para las empresas del país; y cuando no son mercados, son recursos energéticos y alimenticios, tierras, recursos hídricos o posiciones geoestratégicas insertas en la geopolítica. Los casos de Irán, China, Rusia, Israel, USA, el Sudeste asiático o América Latina, nos dan abundante materia para sostener lo que digo.

Pero, en determinados tiempos y situaciones, el Estado, sin perder su estructura de poder al servicio de los dominantes, debe tomar una posición de relativa independencia para resolver problemas graves derivados de crisis, guerras, catástrofes o revueltas sociales.

Hemos hablado de la crisis del sistema y de la sobreproducción inherente al mismo. En la Historia y la Economía, ¿qué nos dice la experiencia vivida en otras crisis?

Históricamente, las crisis lo son de sobreproducción aunque en las últimas, especialmente en las del siglo XX y XXI, hay otros componentes añadidos que también hay que abordar.

El economista ya citado Joseph Alois Schumpeter habló de los ciclos económicos que de manera regular se sucedían. Todavía se sigue manteniendo que el capitalismo en cada ciclo (crisis) pasa por una serie de etapas que cubren los siguientes momentos: auge de la economía, recesión, depresión, recuperación, auge, y así permanentemente.

Pero Schumpeter añadía además que, entre la depresión y la recuperación, se producía una *"destrucción creativa"*; es decir, que se destruían, por obsoletos e ineficientes, maquinaria, instalaciones, métodos de producción y puestos de trabajo. Sobre esa base se producía la recuperación que conducía al auge y vuelta a empezar. La maquinaria y las infraestructuras son sustituidas por otras más eficientes; la competitividad ha estimulado el proceso, pero ¿cuál es el destino de los *parados* víctimas de la reestructuración?

Esta teoría de las crisis y sus ciclos fue además desarrollada por otros economistas que fueron precisando sus cadencias. Así Joseph Kitchin (1861-1902) planteó el ciclo corto que lleva su nombre: una crisis cada 24 a 30 meses. Joseph Juglar (1819-1905) también le dio su nombre al ciclo medio que estimó en 8 a 9 años. Y por último, Nicolai Kondratieff (1892-1905) llamó con su nombre al ciclo largo, cada 60 años.

Bien, como parece, la crisis es algo de lo que no puede escapar el sistema, es inherente a él y tiene su origen en la sobreproducción.

Todo ello apunta al origen de las crisis económicas. Pero ¿qué tiene que ver con una crisis de civilización?

Anteriormente hice la afirmación de que la crisis de civilización lo es del capitalismo pero con elementos añadidos que la hacen mucho más grave. Para analizarlo, vamos a abordar las crisis del capitalismo más cercanas a nuestro tiempo, para así entender mejor la argumentación fundamental del capítulo. Aunque conviene advertir que debido a su enjundia y amplitud de contenidos las trataremos muy globalmente.

La primera gran crisis que recordamos y que nos viene a la memoria mientras vivimos la actual se produjo en 1929...

Efectivamente, si nos retrotraemos al período económico conocido como la Gran Depresión, nos encontramos con que el 24 de octubre de 1929 tuvo lugar el Crack de la Bolsa de Nueva Cork. En ese llamado *"Viernes Negro"* se vendieron bruscamente más de 16 millones de títulos y en los días sucesivos otros 700 millones. A mediados de noviembre las acciones industriales habían caído al 50% y a finales de año los títulos bursátiles habían perdido el 70% de su valor.

La crisis causó impacto en la estructura monetaria mundial. El bloqueo de capitales británicos en Europa central fue de unos 90 millones de libras; el Banco de Inglaterra se quedó sin reservas y el 21 de septiembre de 1931 el Gobierno británico abandonó el patrón-oro. El índice general de la producción cayó en todo el mundo; la cifra mundial de parados alcanzó cifras nunca conocidas.

Pues bien, esta crisis con la que la actual se compara, está en el origen de los acontecimientos económico-políticos que llegan hasta hoy.

Aquella crisis fue abordada por el Presidente de EEUU Roosevelt (1882-1945) a través de la puesta en marcha de las políticas económicas preconizadas por John Maynard Keynes (1883-1946) y que están en el origen del llamado Estado del Bienestar. Las líneas maestras de esta política eran, aún a riesgo de simplificación, la intervención del Estado en el diseño de la macroeconomía y una fiscalidad fuerte al servicio de un gasto público no conocido, por cuantioso, hasta entonces. Mientras, a la iniciativa privada se le asignaba el papel de desarrollar la microeconomía.

El *"New Deal"*, como así se llamó a la nueva política económica, significó un avance en las políticas sociales y en la mejora de la calidad de vida de los trabajadores. Sin embargo, los grandes empresarios hicieron de la resistencia una línea de acción amparándose en las fuertes subidas fiscales (hasta del 95%); lo cual conllevó una fuerte caída de inversiones.

La II Guerra Mundial significó para EEUU un lanzamiento de su economía; la industria pesada y las fábricas de automóviles pusieron sus maquinarias a tope, reestructurando líneas de producción hacia la fabricación de material bélico. Así, de un gasto en material bélico del 8% en 1938 se pasó al 40% en 1943.

Había comenzado una nueva e inquietante época del capitalismo: la militarización de la producción, la fabricación de armamentos y la guerra como solución para sus crisis. No es ninguna casualidad que el Presidente Eisenhower (1890-1969) denunciara, con clara intuición profética, el peligro que para EEUU y el resto del mundo significaba el poder de la industria armamentística norteamericana.

En plena época de recuperación a causa de la industria bélica, tiene lugar en 1944 Brettons Woods, un acuerdo sobre los intercambios comerciales y sobre la moneda que internacionalmente se aceptara como pago, así como la creación del Banco Mundial y el Fondo Monetario Internacional. Fue entonces cuando se adoptó como base para las relaciones comerciales internacionales el patrón-oro sobre la base una onza *troy* de oro (31´1034 gramos) equivalía a 35 dólares. Pero la propuesta de Keynes consistente en la creación de una moneda para los intercambios denominada el *bancor* quedó desestimada.

En los años posteriores, entre 1945 y 1970, tuvo lugar la Edad Dorada del Estado del Bienestar. Y en ese período de tiempo surge, en 1957 con el Tratado de Roma, la Comunidad Económica Europea.

Pero en ese tiempo se produjeron otras crisis económicas, otros ciclos económicos negativos...

Fue a mediados de la década de los 60 cuando aparece una crisis económica con influencia hasta nuestros días. En esa crisis, y para asombro de los economistas, se dan dos fenómenos que se habían considerado hasta entonces antitéticos y excluyentes: recesión e inflación. Fue lo que vino en denominarse estanflación.

Se había pensado hasta entonces que la inflación era consecuencia del mayor consumo y del aumento del gasto público. De pronto aparecía una situación nueva, un descenso en la demanda convivía con la inflación y el dispararse de los precios.

A estos acontecimientos de crisis se añade otro más. En 1971 el Presidente de EEUU, Richard Nixon (1913-1994) decretó la no convertibilidad del dólar en oro acordada en Brettons Woods. A partir de entonces, la moneda americana se constituía por sí misma en la moneda universal liberadora de pagos en el comercio internacional.

Y todos estos acontecimientos se contextualizan en un marco internacional movido por esos intereses económicos...

Sí, porque paralelamente, todos estos acontecimientos se enmarcaban en el despertar de los países denominados del Tercer Mundo, los cuales formaron el grupo de No Alineados. Los citados países, muchos de ellos recién surgidos a la independencia, habían padecido el intercambio comercial con el primer mundo, exportaban materia prima barata e importaban productos, hechos con esas materias pero con alto valor añadido; era el llamado intercambio desigual. Esa dependencia, unida a una deuda con el primer mundo, evaluada en 600.000 millones de dólares completaba el cuadro de conflictos presentes y futuros.

Y es que además del petróleo, la crisis tenía otros componentes menos comentados. El crecimiento de las economías de Alemania, Japón, Brasil, Taiwan y Corea del Sur había introducido en el mercado un *surplus* de productos que le hacían competencia a EEUU e Inglaterra.

Todo ello conllevó un aumento de las desigualdades entre zonas del mundo y entre clases sociales en el interior del primer mundo. En resumen, el subconsumo vino a añadirse a la sobreproducción.

La Historia de entonces hasta ahora es la de las respuestas que el capitalismo ha ido dando sucesivamente a esas crisis y los nuevos aspectos de la misma muy ligados al desarrollo del capitalismo financiero y sus nuevos productos.

Según ese análisis, la crisis de 1973 perdura aún y lo que ha ocurrido hasta ahora ha sido el intento del capitalismo para salir de la misma y restablecer la tasa de ganancia que lo define...

Sí, es así. En este sentido hay que comentar muy someramente el modelo de análisis que propone Walden Bello, analista político y profesor de Sociología en Filipinas y EEUU. La primera respuesta que da a esa crisis el capitalismo es conocida como "*La reestructuración neoliberal*" y consiste –de la mano de Reagan en EEUU, Thatcher en el norte de Europa y de la socialdemocracia en el sur– en liberar de controles y trabas a los movimientos y flujos de capital.

A continuación comienzan a desmontar el Estado del Bienestar mediante la transferencia de rentas de las clases populares a las más adineradas. Las políticas fiscales se hacen regresivas, es decir los que tienen más pagan menos mientras aumenta el gasto fiscal. Las fuertes privatizaciones del sector público productivo (incluidas las instituciones de crédito públicas) constituyen las medidas que cierran la involución[17].

Sin embargo, los resultados no fueron los esperados. Mientras el crecimiento de la década de los 80 fue del 1´4%, el de los 90 fue de un 1´1% contrastando ambos con el de la década de los 70, que fue del 2`54%.

Y el sistema económico, ante eso, vuelve a dar una nueva respuesta para intentar restablecerse...

La nueva respuesta a ese fracaso la conocemos con el nombre de Globalización, que aparte de ser una política económica y comercial pretendió ser una cosmovisión.

La globalización culminó el proceso de mundialización de la economía, integró en su seno a países capitalistas, precapitalistas y no capitalistas a la economía global del mercado;

[17] En España esta política se corresponde con los Gobiernos de Felipe González y José María Aznar en la década de los noventa.

se accedieron a nuevas fuentes de materias primas y se crearon nuevas zonas de inversión. El capitalismo había coronado su expansión territorial.

Para una mayor expansión de los intercambios comerciales, favorecedores a los países industrializados, se creó en 1995 la Organización Mundial del Comercio (OMC). Dicha organización fue controlando el comercio a través de sus reuniones periódicas conocidas con el nombre de Rondas. Por otra parte, China se había revelado como un nuevo El Dorado para Occidente; en los años noventa el 50% de los beneficios de las empresas de EEUU venían de China. Y en Europa los Tratados de Maastricht, Amsterdam y Niza venían a consolidar una UE de marcado sesgo monetarista.

Pero mientras, dos grandes crisis sacuden al mundo en esa época, la de los Tigres Asiáticos y la de Latinoamérica llamada también de la Deuda; esta última fue un antecedente a la actual sin que ningún poder político aprendiera de ello.

¿Podemos decir que esas dos crisis pueden considerarse como un aviso de la actual y que no se reparó en ello?

Efectivamente, a finales de los 80, grandes capitales acuden a Hong Kong, Singapur, Corea del Sur y Taiwan. Las características comunes de esos países que los hacían atractivos para las inversionistas era una abundante mano de obra, bajos salarios y largas jornadas de trabajo, carencia de derechos laborales, zonas francas portuarias y exenciones fiscales. Pues bien, en 1997 se estableció entre ellos una guerra de devaluaciones competitivas y todo se vino abajo. Creo que hubiera debido hacernos pensar en España, pero no ha sido así.

En Latinoamérica, por otro lado, pasó algo que todavía debiera habernos hecho pensar más aún. Grandes capitales de USA se orientaron a invertir en la zona a finales de los 70. Las inversiones se hacían a bajo tipo de interés que fueron aumentando a discreción de los prestamistas. Asfixiados por los aumentos de los intereses, los países incrementan la producción y los precios bajan.

La deuda se hace impagable; México se declara en quiebra en 1982. Los acreedores acuden al Fondo Monetario Internacional para que éste preste a los países endeudados y así los acreedores cobran sus préstamos. El Consenso de Washington en 1989 impone medidas como la disciplina fiscal, la fiscalidad regresiva, privatizaciones, desregulación del mercado laboral y recortes en el gasto público.

¿Nos suena esto a nuestra crisis?

Pareciera que lo que vivimos hoy es el ayer que se repite. Aunque el sistema vuelve a dar otra nueva respuesta...

En gran medida es así. Tras el fracaso de la Globalización para superar la crisis se asiste a una nueva fase que ha venido en llamarse *Financiarización*, es decir el predominio de la economía financiera sobre la productiva. O lo que es lo mismo, llevar hasta el paroxismo la irracionalidad.

Los grandes capitales no encuentran beneficios en la inversión en la industria o en el conjunto del tejido productivo. Se pone en marcha un proceso caracterizado por la creación de *burbujas* (inflación de préstamos baratos en actividades que pronto se agotan por sobreproducción). El caso del *ladrillo* español es el mejor ejemplo.

Los créditos y las hipotecas se venden y revenden a través de las llamadas *hipotecas basura*, en la Bolsa los movimientos especulativos casi copan las operaciones de la misma y la creación de dinero bancario se dispara; los paraísos fiscales son la Meca de los capitales evadidos y el dinero negro se enseñorea de la actividad económica. La avidez de dinero para invertir en más dinero se dirige a los fondos de pensiones y a las cajas de las distintas Seguridades Sociales. Así hasta que estalla en el 2007 la empresa de créditos Lehman Brothers poniendo en marcha el proceso infernal que todavía padecemos.

La economía financiera se impuso a la economía productiva. ¿Cómo se reflejó todo eso?

Para situar el problema en sus exactas dimensiones conviene hacer una reflexión sobre algunos datos. Se calcula que el total de los bienes y servicios que se producen en el planeta (el PIB mundial) está en torno a los 70 billones de euros. Pues bien, en la década de los años 90, las transacciones financieras fueron quince veces el PIB mundial y en el 2007, setenta veces. En la actualidad las transacciones monetarias se mueven entre el 180 y el 200 por ciento del PIB mundial.

Pero el dato que indica con mayor precisión la desorbitada autonomía de las finanzas con respecto a la economía productiva, lo constituye la situación del M3. Este indicador expresa la suma de varios componentes monetarios, a saber: los billetes y monedas en circulación, más los depósitos a la vista o en cuentas corrientes en el sistema bancario, más depósitos en cuentas de ahorro a plazo fijo más depósitos a largo plazo.

Pues bien, desde 1980, la masa de bienes producidos se ha multiplicado por diez y el M3 por ochocientos. Y ello sin contar el dinero no físico, es decir, los apuntes contables de operaciones de largo alcance y los que puedan suponer los paraísos fiscales y el dinero negro en su conjunto. Una auténtica locura.

Lo que indica eso es que los capitales se dirigen fundamentalmente a la especulación: el dinero se crea artificialmente para invertir en sí mismo.

Sí, y entre los destinos del capital especulativo está la Deuda Pública que los Gobiernos se ven obligados a hacer para invertir cuando con anterioridad han rebajado los impuestos a las clases más ricas, han privatizado el sector público y han facilitado la movilidad de los capitales y, además, tampoco hacen nada para acabar con los paraísos fiscales.

Pero hay una Deuda Pública llamada odiosa o ilegítima consistente en la que se emite para apoyar, sanear y relanzar sectores de la economía privada, fundamentalmente los Bancos.

El problema de la Deuda Pública en España se resume en estos datos: el conjunto de la Deuda, es decir la deuda privada (familias) más la pública, más la de las empresas, puede situarse en torno a los 3,5 billones de euros, el 350% del PIB. La Deuda Pública en el 2012 se estimó en torno a un 75% del PIB, unos 750.000 millones de euros y la prevista para el 2015 se estima en un 83% del PIB, unos 830.000 millones de euros.

Y si a eso le añadimos el déficit exterior de España, que podemos estimar en dos billones de euros, concluiremos en que el problema es de un calado pavoroso.

Lo que se trasluce de ese análisis es un gigantesco problema económico. Y la solución que ahora se le quiere dar son las me-

didas de ajuste duro, independientemente de quienes lo tengan que soportar.

Eso es justamente lo que piensan las cabezas del sistema: *la tormenta ya pasará*. Pero, y sin entrar en la tremenda injusticia que ello supone, faltan otros datos que hacen inviable ese cálculo optimista. Hasta ahora hemos hablado de economía, crisis e historia de las mismas. Pero también hay que asomarse a otros datos de la realidad, que están en esta crisis actual, como son la demografía, el Medio Ambiente, la escasez alimentaria, los recursos energéticos, el armamento y las desigualdades.

Si atendemos a la demografía, sepamos que dentro de quince años en el planeta habrá una población de más de 8.000 millones de personas; para la mitad del siglo puede llegar a 10.000 millones. Alemania tiene ahora 82 millones de habitantes y Etiopía 85. Dentro de cuarenta años Alemania quedará en 70 millones y Etiopía aumentará a 174 millones; una población joven que además quiere vivir como el modelo occidental.

Los actuales países BRIC (Brasil, Rusia, India y China) tienen casi la mitad de los habitantes del planeta y el 42% de ellos tiene menos de 25 años. Los países del G-7 (Alemania, USA, Japón, Canadá, Francia, Italia y Reino Unido) tendrán en breve unos 800 millones de personas. Pero es que además los países BRIC tendrán dentro de poco una clases medias (entre 20.000 y 30.000 dólares de ingresos medios) que ya aspiran a vivir como sus homólogos occidentales.

A estos problemas derivados de la demografía hay que añadir una consideración sobre el tipo de vida futura de una gran parte de la Humanidad. Sobre el 15% del terreno vive el

75% de los habitantes en cuatro grandes áreas: Asia del Sudeste, Asia del Sudoeste, Europa y América del Norte. Esta concentración conlleva una nueva problemática: la de las grandes concentraciones urbanas con los problemas medioambientales y de servicios.

Pensemos, por un momento, si el modelo occidental de vida basado en el consumismo y el derroche puede ser transportado con carácter general a todo el planeta.

Desde luego parece que no. Y estos problemas están ahí, visibles, necesitan una urgente solución y sin embargo parece que se nos muestran lejanos. ¿Hay miedo a darlos a conocer?

El espíritu humano tiende a esconder la cabeza bajo el ala como el avestruz. Sin embargo están en el horizonte inmediato. Pero no acaban aquí los problemas.

A través de los estudios de William Rees en 1992 aparece el concepto de *Huella Ecológica;* consiste en comparar la demanda humana de recursos de la Naturaleza y la capacidad de la Biosfera para regenerarse de ese consumo. Para los 7.500 millones de habitantes actuales del planeta se calcula una huella media de 1´7 hectáreas: 0´25% para agricultura, 0´6% para prados, bosque, ganado, etc. 0´6% para la pesca, 0´25% para ciudades, carreteras, servicios, materiales, etc. Pues bien, sólo los EEUU consumen 10´30 hectáreas y, en el polo opuesto, Blangadesh consume 0´6 hectáreas. España consume 3´8 hectáreas.

En otro orden de cosas está el problema de la alimentación. Según la FAO (organismo dependiente de la ONU para la alimentación) se producen alimentos capaces de alimentar a 12.000 millones de habitantes del planeta. Queda claro que las hambrunas y escaseces de una parte muy importante del mundo no es un problema de producción sino de causas políticas y sociales ligadas al orden internacional existente. La multinacionales, vistos los problemas de la crisis, han dirigido sus inversiones a controlar tierras, semillas, técnicas agrarias, abonos, pesticidas y precios. La soberanía alimentaria de grandes zonas del globo ha ido desapareciendo. Entre el 2009 y el 2010 el precio de productos básicos para la alimentación han subido; un 70% el trigo, un 100% el arroz y un 37% otros productos que constituyen el alimento diario de millones de seres humanos.

Las necesidades energéticas de una civilización derrochadora han hecho que una ingente cantidad de productos agrarios como los cereales se utilicen para la fabricación de biocombustibles como el etanol. EEUU dedica a ello un 20% de los cereales que produce y ha puesto en marcha, junto con otros países de occidente, una política tendente, a través de las multinacionales de la alimentación, a conseguir que grandes masas campesinas dediquen sus tierras al cereal para estos fines.

La monopolización de cada eslabón de la cadena de producción alimentaria por parte de las multinacionales de la alimentación, han empobrecido terrenos y han cambiado formas de vida más ligadas a la tierra. Los llamados *agrobussines* y la orientación del capital financiero a especular con la tierra y sus productos han dislocado el comercio equitativo.

Demografía, Medio Ambiente, alimentación, recursos naturales... ¿Queda algún elemento más que añadir a esta crisis?

Quedan todavía más cosas y ninguna de ellas agradable. Por ejemplo la crisis del petróleo. El llamado *oro negro* es la base energética más importante de nuestro mundo. Nos hemos acostumbrado a abusar de él sin mesura y sin consciencia de que podía ser algo finito. Según Paul Robertson en *"El fin del petróleo"*, hacia el 2020 o 2040 se agotarán las reservas conocidas de petróleo. Hoy se consumen 77 millones de barriles diarios; en el 2020 el consumo será de 140 millones de barriles por día.

El problema necesita de decisión, un lenguaje claro a las poblaciones y también de una política que haga racional el consumo sin perder de vista la necesidad de buscar fuentes de energía alternativas. Cambiar la actual estructura comercial del petróleo, que está valorada en 10 trillones americanos (mil billones de euros) costará esfuerzos sin cuento. Todo eso sin olvidar que el planeta se ha calentado un grado en los últimos cien años. Los efectos ya se están notando.

Para cerrar el cuadro, el paro, la precariedad, la marginación social y la falta de horizonte se han instalado en las entrañas de las poblaciones. La brecha salarial en los países de la OCDE se ha remontado a la de hace 30 años; la desigualdad ha crecido aún antes de las dos grandes crisis de los últimos cien años; la fiscalidad sobre los ricos ha decaído, en el caso de Gran Bretaña y USA más de 40 puntos.

Y para aportar, por parte de España, algo a este cuadro, recordemos que el número de parados roza los seis millones de personas y que actualmente más de 1.800.000 hogares carecen absolutamente de cualquier tipo de ingresos.

Todo ello nos pinta el panorama actual, desolador, no sólo por la crisis económica. ¿En esto consiste la crisis de civilización?

Es todo eso y algo más. Aún falta algo muy importante para terminar de describir la situación que nos ha tocado vivir. Hasta ahora hemos hecho un ligero repaso a una crisis que como se dice es sistémica; es decir, del sistema capitalista. Pero lo que la crisis económica, social y política tiene para ser la de una civilización no es otra cosa que la conmoción de los cimientos sobre los que descansa la llamada civilización occidental.

Porque el capitalismo, como dije al principio, no sólo es un modo de producción, de apropiación de la ganancia, sino que también es una visión del mundo, con su lógica. Por eso, en vez de hablar de crisis del sistema económico, hablo de crisis de civilización, porque es una crisis mayor.

Para enfocar este asunto, me he inspirado en el *"Estudio de la Historia"* del historiador Arnold J. Toynbee. Para Toynbee, de pensamiento conservador, han existido en el mundo 26 civilizaciones. Las describe una a una con precisión y habla de cómo cristalizan, funcionan y desaparecen.

¿Y cuáles son las características de nuestra civilización, la que él llama Civilización Occidental? Pues bien, se caracteriza por dos pilares fundamentales: uno es el sistema económico, el sistema capitalista, la búsqueda del beneficio mediante la aplicación de la técnica y la ciencia. Y el otro pilar es el sistema de democracia representativa.

Plantea entonces, a la par, la convivencia en nuestra civilización del sistema económico con la democracia representativa como modo político...

Efectivamente, tras la civilización romana, heredera a su vez de la helénica y, después del largo período medieval, comienza a despuntar con el Renacimiento una nueva visión sobre la vida y el papel del ser humano en el planeta. Ni que decir tiene que esa nueva situación coincide también con el desarrollo de las transacciones comerciales, la apertura de nuevas rutas, la aparición de mercancías de origen diverso, el origen de la letra de cambio y de la banca actual, etc.

Pero es a finales del siglo XVIII cuando se producen casi simultáneamente dos acontecimientos históricos de enorme trascendencia: uno, la primera revolución industrial que produjo el maquinismo, es decir la ciencia y la técnica aplicada a la producción de bienes; y dos, la aparición de la democracia representativa, hija de la revolución americana de 1776 y de la francesa de 1789.

En lo económico, entra en escena la burguesía como clase avanzada e iniciadora de un nuevo mundo. Se crean compañías marítimas que exportan e importan con un notable intercambio desigual con zonas más atrasadas técnicamente y denominadas con posterioridad Tercer Mundo. La revolución industrial alcanza una segunda fase con la electricidad y la subsiguiente motorización. Y llega al estadio de una tercera fase con el petróleo, la energía atómica, la fibra de vidrio, etc. Y desde luego una cuarta, en pañales todavía, en la que la cibernética, la robótica, la ofimática y la informática, junto con la biotecnología, abren dimensiones insospechadas.

Y junto a esa revolución, aparece como consecuencia inherente a la misma la democracia representativa, la aparición de los parlamentos cuya misión fundamental era controlar los gastos del Estado. Un sistema democrático que se va perfeccionado y que alcanza con el sufragio universal (masculino y femenino) cotas de representatividad del pueblo no vistas hasta entonces desde la época de Atenas.

Esos dos pilares, con sus contradicciones y avatares, han sido los que han definido el modelo de funcionamiento de la civilización actual...

Sí, y esto ha ido funcionando, mal que bien, hasta que, de pronto, se entra en una tremenda contradicción, que ya la estamos viviendo en la actualidad: por la Historia y por la evidencia de estos últimos años, hemos visto cómo el sistema capitalista ha vencido al sistema soviético, lo ha sustituido de la mente del pueblo como alternativa. Hasta el punto de que el capitalismo ha conseguido, con la globalización, incorporar a su mecanismo de funcionamiento a países capitalistas, a países precapitalistas y a países no capitalistas como ya hemos comentado anteriormente.

Por otra parte, el modelo de vida occidental se ha constituido en el paradigma de las revoluciones en los países de la periferia. De tal manera, que la palabra civilización se ha ido haciendo sinónimo de modelo occidental. Los propios Marx y Engels así lo afirman en el texto del *Manifiesto Comunista.*

El capitalismo triunfante con la globalización y la caída del sistema soviético, comienza a transformarse en una cosmovisión, una filosofía de la vida con sus valores, lenguaje y pautas de comportamiento propios para el imaginario colectivo.

Esta cosmovisión parte de una idea que enlaza con la trinidad católica o la *trimurti* hindú (Brahma, Siva y Rudra); es la que hace radicar el impulso del mundo en tres pilares que a modo de las tres personas divinas representan una sola verdad absoluta. El mercado, la competitividad y el crecimiento sostenido, son las tres manifestaciones de una sola esencia: el capitalismo, modelo neoliberal.

Cito aquí a Francis Fukuyama, funcionario del Departamento de Estado de EEUU, quien aseguró, tras la caída del muro de Berlín y la desaparición de la URSS, que la Historia había acabado y lo había hecho con un final feliz. A partir de entonces comenzaría una época en la que el sueño de igualdad de la humanidad e incluso la "*utopía marxiana*" se haría realidad de la mano de Occidente comandado por EEUU.

El mercado, el crecimiento sostenido y la competitividad. Desde luego son conceptos que actualmente escuchamos día sí y día también con la crisis...

Sí, porque a ellos se recurre para todo. No importa que se entre en contradicción. Son como *mantras* que se repiten, incluso en momentos como los de la actual crisis. Pero más allá del *mantra* no hay nada, porque el capitalismo ha llegado a todos los extremos del planeta Tierra, no hay más que conquistar. Ya tiene que devorarse a sí mismo como decía Joseph Schumpeter.

Ha crecido tanto que tiene una capacidad productiva instalada que es capaz de generar bienes para diez planetas Tierra; pero no hay diez planetas Tierra para consumir todo lo que se puede producir.

Pues bien, ha llegado un momento en el que el capitalismo no tiene más horizonte donde desarrollarse. Y entran en pugna unos países con otros, a una velocidad tremenda y, sobre todo, hay un hecho nuevo: el dinero se independiza como medio de adquirir un bien y es, en sí mismo, un bien, una mercancía.

Y con todo esto, ¿qué papel juega el otro pilar por el que se definía la civilización occidental, la democracia representativa?

Históricamente, en un primer tiempo, tenemos las constituciones como la americana o las francesas de 1791 y 1793 (especialmente esta última). Ya hemos visto que la Constitución de 1793 desarrolla una serie de puntos de singular trascendencia: el sufragio universal, la soberanía del pueblo, los derechos políticos y la abolición de la esclavitud son hitos que marcan la impronta democrática. Pero estos avances políticos entran en contradicción con los intereses inherentes a la propiedad de los medios de producción; no olvidemos que la Constitución de 1793 hablaba del derecho a la propiedad pero en el sentido del derecho a los frutos del propio trabajo frente a la apropiación indebida del señor feudal. Al poco tiempo de aprobarse el sufragio universal (que no llegó a ejercerse causa de la guerra contra las potencias monárquicas), se implantó el llamado voto *censitario*, es decir son votantes los que tienen una determina situación de desahogo económico; de la mima manera, en 1804 Napoleón volvió a implantar la esclavitud en las colonias francesas. Es ilustrativo, a este extremo, que la mujer en nuestro país no pudo ejercer el derecho de voto hasta la II República Española.

El conflicto entre libertad política y dependencia económica transita desde el mismo nacimiento de la democracia representativa. Los intereses económicos de la clase dominante se imponen con frecuencia a las declaraciones de principios y constituciones. Sin embargo, incluso en los tiempos de mayor dominio de los intereses económicos de la burguesía, salvo los períodos de dictadura, los poderosos han tenido que ejerce su poder transigiendo con los modos y maneras del mecanismo de la democracia representativa.

Pero además hay también períodos en los que los parlamentos constituidos con representación obrera, de izquierdas o progresistas, han conseguido mejoras en las leyes económicas y en el propio funcionamiento de las instituciones democráticas. En todos los casos la minoría dominante ha tenido que respetar, al menos, las formas de funcionamiento del parlamentarismo y la aplicación, con dificultades, de los derechos más elementales. En ningún caso se llegó a cuestionar la democracia, el parlamento o el desarrollo de las libertades.

¿Cuándo empieza entonces ese cuestionamiento de la democracia representativa por parte del pilar económico?

Es en el período que comienza con la crisis del petróleo cuando llegan los primeros cuestionamientos y no precisamente de la mano de los fascismos reconocidos como tales. Así en 1973 la Comisión Trilateral aconseja que la abstención electoral debe favorecerse porque las promesas de determinados partidos políticos podrían estimular a las masas a votar y, en consecuencia, a cuestionar el orden económico existente o al menos una parte de él.

Pero es, en plena eclosión de la globalización cuando surgen de manera notoria y sin rodeos los grandes cuestionamientos del sistema de democracia representativa.

En todas las manifestaciones políticas en pro del crecimiento económico y la extensión del comercio internacional aparecen mensajes que van sugiriendo, primero, y teorizando después, que los mercados son el único regulador de las relaciones políticas. No conviene olvidar las palabras de Hans Tietmeyer, Presidente del Bundesbank, cuando en 1994 planteaba que *"los políticos debían obedecer los dictados de los mercados"*.

Y así, el FMI acoge en su seno a los representantes de las compañías más poderosas; los *lobbys* y demás grupos de presión campan a sus anchas tanto en Parlamento Europeo[18] como en el de USA.

Los gobernantes, a través de consensos espurios, reforman constituciones para ceder soberanía a instituciones que no son elegidas en ningún sufragio. Los grupos de presión burlan los procesos electorales y quitan y ponen a Jefes de Gobierno a los que se les atribuye la *"virtud"* de que no son políticos. Lo ocurrido últimamente en Chipre es más que explícito.

Y así la Política deviene en una simple ceremonia electoral precedida por una sempiterna campaña entre votación y votación. Los partidos políticos ya no representan ideologías o proyectos de sociedad sino marcas que compiten, como máquinas electorales, por aplicar en sede gubernamental el mismo proyecto: mercado, competitividad y crecimiento sostenido. El gobierno, los gobiernos, son simples capataces de unos poderes, en absoluto democráticos, que deciden en función de unos intereses minoritarios y oligárquicos.

Pues bien. Todo eso es el fin de una civilización que, otrora orgullosa de sus conquistas en el terreno de la libertad, la igualdad y la fraternidad, se consuela ahora con la ficción de que sigue siendo faro y luminaria del mundo. *Finis gloriae*

---

[18] Podemos citar aquí el famoso Mecanismo Europeo de Estabilidad (MEDE): sus funcionarios no pueden ser perseguidos por la justicia, no tienen control de ningún tipo.

mundi para la democracia, las libertades, el Estado de Derecho y los textos constitucionales.

Tras este minucioso análisis, ¿qué queda por señalar para que tomemos conciencia de toda esa realidad?

Pues hay algo que explicita un nuevo desafío que la Humanidad debe afrontar: el de la aceleración histórica, el del vértigo que produce una intensificación del ritmo con que el entorno se modifica y nuestra cadencia humana de vivir, crear cultura y ejercer la memoria. Lo voy a exponer con dos ejemplos.

El primero nos dice que si la Historia de la vida se comparase con el desaparecido World Trade Center de Nueva York (400 metros de altura y 108 plantas), la primera célula aparece en el piso 25 (3.500 millones de años), la fotosíntesis en el piso 50, las bacterias que respiraban oxígeno en el 60; los peces en el piso 97; los dinosaurios entre los pisos 104 y 107; el Homo Erectus a unos centímetros del techo (99'9 % del trayecto); los faraones a medio milímetro del techo; el Renacimiento a dos centésimas de milímetro del techo; la Historia Moderna sería una bacteria microscópica y la Era de la Informática sería una capa apenas medible. La frenética aceleración histórica nos sitúa en un marco de urgencias e innovaciones tan rápidas que condiciona nuestra capacidad de respuesta.

El segundo ejemplo hace referencia a un trabajo realizado para la OCDE en 1985 por dos economistas franceses, Georges Anderla y Jacques Vallée. Este trabajo señalaba que la Humanidad empleó 50.000 años en desarrollar y perfeccionar el lenguaje. Si tomamos el año 1 de nuestra Era como unidad de conocimiento, hasta el año 1500 no se duplicaron esos conocimientos. Se volvieron a duplicar hacia el 1750; y nuevamente lo hicieron hacia el año 1900. Se doblaron hacia 1950 y de nuevo se multiplicaron por dos hacia 1960. Nuevamente en 1967 y otra vez hacia 1973. Se calcula que en la actualidad se duplican cada 18 meses. Un ritmo cada vez más vertiginoso.

Es impresionante esa aceleración histórica. Y desde luego contrasta con la lentitud en otro orden de cosas como los avances en derechos humanos.

Sin embargo, visto todo esto, ¿cómo encaja esta última reflexión cuando hablamos de una crisis de civilización? Y todo esto, ¿dónde se sitúa en referencia a la III República?

Es muy sencillo. Con estos últimos datos quiero señalar que a la crisis de la civilización occidental se le añade otra que afecta a toda la Humanidad. Nunca como hoy se hace necesaria una reflexión colectiva. Los seres humanos van a tener que decidir sobre cuestiones que afectan a sus vidas y a la del planeta. Es la hora de la decisión; tendrán que optar, como dice Jacques Monod, entre el Reino y las Tinieblas. Tendrán que hacer uso sistemático y preciso de su capacidad de raciocinio por el bien suyo y el de la especie. Tendrán que combatir el *pensamiento mágico* disfrazado de economía. Tendrán, en fin, que confiar en su propia especie y renegar de fronteras, corsés culturales y miedos atávicos a lo que no conoce o no quiere conocer.

Y en cuanto a la segunda cuestión, la pertinencia de tu pregunta me ayuda a explicar que la opción de la III República es mucho más que un simple cambio en la Jefatura del Estado. Es el contrato que los ciudadanos deberemos hacer para afrontar, en España, lo que se nos viene encima a todos. La III República, desde mi concepción republicana, es la forma de Estado y de sociedad que puede liberar energía y virtudes colectivas para salir de este reto.

Se cuenta que en una selva se desató un incendio y los animales huyeron despavoridos. Solamente un pequeño colibrí quedó en su nido y desde él iba a buscar agua al río más cercano. La pequeña gota que podía llevar en el pico la arrojaba al incendio; y así una y otra vez. Los demás animales desde lejos le preguntaron si estaba loco o si creía que él iba a sofocar el incendio. El colibrí sin dejar de acarrear agua les contestó: *"estoy haciendo la parte que me corresponde para combatir las llamas"*. Muchos colibríes podrán apagar el fuego.

VI
LOS DERECHOS HUMANOS Y LOS DEL PLANETA

Llegados a este punto, tras haber hecho memoria de lo que la Historia más lejana nos ha dejado como herencia republicana y la más cercana como la Transición en España, y habiendo analizado la actual crisis de civilización que nuestra sociedad vive, es el momento de empezar a hablar de los ejes que rigen la propuesta que Anguita realiza sobre una III República en España.

Y la base "sine qua non", el primer eje sobre la que se asienta esa propuesta, es el cumplimiento de los Derechos Humanos y los del planeta, algo que por conocido y defendido en el plano teórico, en la práctica no es ni mucho menos cumplido actualmente...

Para hablar de una propuesta republicana con los Derechos Humanos y los del planeta como eje central, se impone una serie de consideraciones que a modo de introducción, enmarquen este proyecto que sometemos a la opinión de los lectores.

La primera de ellas es que hablar de Derechos Humanos y del planeta (en adelante DHP), es entrar en un terreno aparentemente conocido, divulgado y asumido por la mayoría social. Pero eso no es cierto. Los DHP constituyen un tema recurrente al que se acude con notoria frecuencia en editoriales, discursos y ruedas de prensa; pero no pasa de ahí. Y no me refiero a que no se cumplan ni apliquen en la realidad, sino a que las referencias a los mismos constituyen, en la mayoría de los casos, un recurso retórico, un aderezo, un adorno en cualquier exposición oral o escrita. No debe extrañarnos el que la recomendación hecha por la ONU de que la Carta de DDHH de 10 de diciembre de 1948 fuese leída, divulgada y explicada en todos los centros de enseñanza del mundo haya quedado inédita para tantos miles de millones de estudiantes. Y así continúa en el presente.

Pero, ¿cómo puede concebirse la formación de los ciudadanos del futuro sin que éstos sepan los fundamentos de sus derechos y sus deberes?

Llama la atención cómo en un espectro social y político que podríamos calificar de conservador, los DHP se ciñen a determinados aspectos o apartados documentales sobre los mismos, sin mencionar otros que son iguales o más importantes, si cabe. Quiero decir que, cuando actualmente se habla de los DDHH, el discurso se centra en los veintiún primeros artículos de los treinta que tiene la Declaración de 10 de diciembre de 1948, olvidando lo que hay en los nueve siguientes. Es decir, se comentan los derechos políticos y las violaciones que, real o supuestamente, *otros* hacen de los mismos. Sin embargo, todo lo tocante a derechos sociales o económicos queda en el más clamoroso de los silencios.

Pero si nos adentramos por determinados vericuetos, orgánicos o teóricos, de bastantes organizaciones denominadas de izquierda, los DHP son para ellos expresiones, disquisiciones y juegos verbales propios de la derecha o al menos de una izquierda que ya dejó de serlo. Suelen ser personas y colectivos que, en general, radican su mensaje y su sentido de ser en la aplicación mimética de experiencias revolucionarias pasadas y ajenas.

No faltan tampoco quienes, en este campo de la izquierda, confunden el envoltorio personal o institucional desde el que en determinadas ocasiones los DHP son aludidos o defendidos, siquiera accidentalmente. De ahí infieren que dichos contenidos son inanes o simplemente inoperantes. Se olvida, con notoria ofuscación, que si dichos DHP, por su importancia y alcance constituyen una bandera de la que se suele hacer un uso puramente retórico y accidental, es porque constituyen una bandera con la que se busca la legitimidad. Pero eso, lo que indica es la hipocresía de los que tal cosa hacen y no la fuerza reivindicativa y normativa que dichos DHP contienen.

Hablamos por tanto de unos Derechos Humanos y del planeta teóricos que no se llevan a la práctica, que parecieran estar establecidos sólo para limpiar conciencias. Aunque hayan sido dispuestos y desarrollados en la propia Constitución...

Sí, y esa es la segunda consideración que quiero hacer y que estriba en la importancia concedida a dichos DHP en las legislaciones nacionales. Sin ir más lejos la Constitución española de 1978 en su artículo 10 apartado 2 dice: "*Las normas relativas a los derechos fundamentales y a las libertades que la Constitución reconoce, se interpretarán de conformidad con la Declaración Universal de Derechos Humanos y los tratados y acuerdos internacionales sobre las mismas materias ratificados por España*".

Y así, en el artículo 45 del citado texto constitucional podemos leer también:

"1. Todos tienen derecho a disfrutar de un medio adecuado para el desarrollo de la persona así como el deber de conservarlo.

2. Los poderes públicos velarán por la utilización racional de todos los recursos naturales con el fin de proteger y mejorar la calidad de vida y defender y restaurar el medio ambiente, apoyándose en la indispensable solidaridad colectiva.

3. Para quienes violen lo dispuesto en el apartado anterior, en los términos que la ley fije, se establecerán sanciones penales o, en su caso, administrativas, así como la obligación de reparar el daño causado".

Junto a ello, y como tercera consideración para buscar una referencia para la acción y la reflexión subsiguiente, debemos señalar que los DHP no están definitivamente definidos, compendiados o acabados. Constituyen un eje de valores, apuestas, proyectos y actitudes en la cotidianeidad de nuestra vida que, de manera permanente, deben ser perfeccionados, generalizados y, sobre todo, situados en el vértice de las decisiones políticas y los valores cívicos.

Quiero decir que a ellos deben supeditarse todas las demás cuestiones, las cuales deben considerarse como instrumentos para tal fin y como susceptibles de ser medidos en función de si sirven o no al objetivo. Y esta afirmación, que subrayo con especial énfasis, tiene unas consecuencias que más adelante veremos.

Pero, si los DHP no están terminados o acabados ¿cómo podemos fijarlos en el imaginario colectivo, en el plano político, jurídico o cultural, para que sea algo permanente y no se caiga en la provisionalidad?

Cuando decimos que no están definitivamente acabados quiero incidir en la idea de que, como humanos somos pasado, presente y futuro y, por tanto, no debemos dar por concluidos unos derechos que tienen vocación de permanencia con la humanidad y sus avatares mientras ésta exista, sea cuales fueran los logros en la ciencia y la técnica o los nuevos horizontes u horrores que el devenir nos plantee.

Sin embargo, la no fijación definitiva de los DHP no significa la transitoriedad o aleatoriedad como proyecto humano sino muy al contrario la fijación de un camino y una meta que no admiten reversibilidad. Los DHP son una apuesta total e integral.

Y al decir integral queremos significar que los DHP no hacen referencia únicamente a los individuos considerados como tales, sino también y necesariamente, a los de las distintas formas, modos y espacios físicos de organizarse y vivir en común que se han ido consolidando a lo largo de la Historia. Y por supuesto, los DHP son también los que regulan y marcan las relaciones internacionales.

Si decimos que los DHP son una apuesta, un camino, se admite intrínsecamente que puede haber otros que reclamen ser tenidos en cuenta con la misma consideración. Porque de no ser así, los DHP no serían una opción sino una imposición...

Esa reflexión nos lleva a la cuarta y última consideración previa. Y lo voy a hacer de la mano de Jacques Monod (1911-1976) y José Antonio Marina (1939). El primero, en su obra "*El azar y la necesidad*" (1971) viene a señalar el dilema que la actual civilización le plantea al ser humano: elegir entre *el Reino o las Tinieblas.* A saber, si decidimos poner la ciencia y la técnica a nuestro servicio y al de la razón para proseguir lo que el azar nos ha entregado, la humanización; o si por el contrario, decidimos ser arrastrados por las fuerzas que hemos puesto en marcha. Pues bien, a la apuesta por la primera opción la llamó *la Ética del Conocimiento.*

Por su parte, el profesor Marina, en su obra "*La pasión del poder. Teoría y práctica de la dominación" (2008),* nos sitúa ante una evidencia que nuestro miedo a asumir la realidad esquiva. La supuesta dignidad inherente a nuestra condición de seres humanos no es sino una creación, una ficción indispensable para ir superando los diversos estadios por los que como tales seres humanos hemos pasado.

En consecuencia, la dignidad es una condición *sine qua non* para diseñar y construir un proyecto al servicio del desarrollo de la plenitud humana. Ese diseño, ese proyecto, ese universo ético son los DHP. Y es una cuestión de supervivencia como especie única.

Una supervivencia que se fundamenta en dos pilares: por un lado somos naturaleza y como tal entramos en su lógica, pero por otro lado también somos seres inteligentes, capaces de destruirnos o de proseguir un camino ignoto, inexplorado pero de afirmación en nuestra perfectibilidad.

La decisión está servida. Los DHP –y no otros proyectos– son los que pueden garantizar, con su ejercicio permanente y consciente, la continuación de lo que el azar nos otorgó.

Visto así, es evidente que se trata de una opción necesaria para evitar la autodestrucción de la especie humana y su hábi-

tat. Y a esa opción, a la elección de esos DHP, ¿cómo llegamos? ¿Cómo se concretan?

Llamo DHP a dos conjuntos de contenidos que constituyen el acervo de referencias a los que el ser humano se acoge e invoca para basar sus deseos de progreso, justicia e igualdad.

El primero de esos dos conjuntos proviene del repaso histórico, siquiera superficial, de las ideas, prácticas y proyectos que se constituyen en los antecedentes de las grandes aportaciones realizadas a los DHP más tarde en el siglo XX.

Para eso, hay que tener en cuenta que todos los códigos, doctrinas, leyes, costumbres y epopeyas sacralizadas como normas de conducta, transmitidas por tradición oral y escrita desde lo más profundo de la noche de los tiempos, son intentos de fijar pautas de conducta para que el grupo humano supere su fase de horda primitiva y así adecuar su acción a algo que intuye un hecho diferencial con la naturaleza: el pensar, el sentir y, sobre todo, el saber que se piensa y se sabe.

Desde aspectos del *Libro de los Muertos* (III milenio a.C.) hasta el cristianismo con su *"el sábado se hizo para el hombre"*, el Islam con la supresión de la casta sacerdotal o Confucio y Buda con su advertencia de que no se puede gobernar por la fuerza, pasando por el Código de Hammurabi (siglo XVII a.C.), el cilindro de Ciro (539 a.C.), las Tablas de la Ley de Moisés, las leyes de Solón y Dracón en la Atenas del siglo VII a. C. o las Doce Tablas en Roma (siglo V a. C.), hay un intento, a veces con resabios de barbarie, de conformar la conducta humana según determinados esquemas de comportamiento diferenciados del resto de los animales.

Ya en el siglo XIII, es Santo Tomás de Aquino (1225-1274) quien define al Derecho Natural como propio de la razón humana. En 1215 tiene lugar la Carta Magna que Juan sin Tierra (1166-1216) se ve obligado a otorgar a una serie de barones feudales y en la que el principio de que el rey no está por encima de la ley es el núcleo de la misma.

Y curiosamente, la carta del imperio Malí, promulgada en el siglo XIII en la región de Bomaka en el África occidental, constituye la primera Carta de Derechos Humanos conocida.

En ese recorrido, vemos que la cuestión de los Derechos Humanos es un largo proceso de intentos, pruebas y aportaciones que señalan al ser humano como centro y sujeto de una serie de tratamientos específicos por su propia naturaleza...

Sí y la lista de esos legados es larga. Hay una relación de personalidades que han ido aportando a través de los tiempos a la ingente obra de los DHP. Y quiero citarlos, no solamente como un recordatorio a sus esfuerzos sino también para llevar a la conciencia del lector la dimensión histórica de nuestra apuesta. Porque la gestación de los DHP no ha sido obra de unas pocas personas en un período de tiempo relativamente corto.

Y en este sentido, quiero poner especial atención en el pensamiento de eminentes figuras españolas.

No se puede hablar de DHP sin tener presente la persona y obra del padre Bartolomé de las Casas (1484-1216), defensor de los indígenas de América y permanente denunciante de los abusos y tropelías cometidos contra ellos por los conquistadores españoles. En 1542 publicó su *"Nueva Ley de Indias"* y en ella, contraviniendo su labor en pro de la consideración como seres humanos de los indios y, tal vez por exceso de pasión, propone llevar esclavos negros allí para que liberen a aquéllos de las fatigosas tareas impuestas.

Será Francisco de Vitoria (1483-1546) quien defienda al indígena como persona *sui juris,* es decir, como sujeto de derecho en igualdad a los demás seres humanos. Vitoria, junto con Domingo Soto, Francisco Suárez y Juan de Mariana, sientan las bases del Derecho Internacional que el holandés Hugo Grocio divulgará con mayor eco. Pero es Juan de Mariana el que llega a defender el tiranicidio como respuesta popular justa a la injusticia. Por su parte, Suárez defiende el origen popular de la soberanía y considera que la sociedad es producto de un pacto social. Junto a estos precursores hay que añadir la personalidad de Luis de Molina, defensor de la igualdad de los seres humanos sin distinción de razas.

Y a esta pléyade hay que añadir, en estos mismos siglos XVI y XVII las figuras de Alonso del Castrillo, Juan Luis Vives, Pedro de Valencia, Martín González y de Cellorigo, Lope de Deza, Miguel Caxa de Leruela, Francisco Martínez de Mata o Juan Francisco de Castro, todos ellos fervientes defensores de la propiedad colectiva de la tierra como consecuencia de la esencial igualdad humana. Para mayor justicia histórica, se debe decir que la inmensa mayoría de estos estudiosos fueron sacerdotes del clero secular y del regular.

Como tampoco podemos dejar de señalar a otras personas y a otros acontecimientos que influyeron en la lenta pero inexorable marcha hacia la igualdad legal de los seres humanos. Así John Locke (1632-1704) proclamó que la soberanía venía del pueblo y que eran derechos inalienables del ser humano la propiedad, la vida, la libertad y el derecho a la felicidad. Montesquieu (1689-1755) desarrolló posteriormente las tesis de Locke sobre la división de poderes.

Tampoco puede olvidarse el nombre de Césare de Beccaria (1738-1784), defensor de la abolición de la pena de muerte y convencido de que la sociedad se fundamenta sobre un contrato encaminado a salvaguardar los derechos de los ciudadanos. Su tesis sobre el valor educativo de la condena le hace el precursor de lo que hoy denominamos reinserción.

En fin, una lista de nombres que corona Juan Jacobo Rousseau (1712-1776), quien en su *"Contrato Social"* publicado en 1767 plantea que la libertad y la igualdad son inherentes a los humanos, convirtiéndose así esta obra en el fundamento más importante de la posterior Revolución Francesa de 1789.

Éstas fueron las primeras aportaciones como germen de los Derechos Humanos, pero nos encontramos a partir de finales del siglo XVIII los grandes acontecimientos que inauguraron una nueva era para la Humanidad y sus constantes anhelos de libertad e igualdad...

Efectivamente, a finales del siglo XVIII se producen dos acontecimientos que, por una parte, resumen y potencian en un salto cualitativo la herencia que se había venido acumulando y, por otra, inauguran una nueva era: la Declaración de Independencia de EEUU de 1776 y la Revolución Francesa de 1789.

Ya en el capítulo II hemos comentado los contenidos de ambos acontecimientos; pero ahora quiero llamar la atención sobre una cuestión que dimana de ellos y que queda indeleblemente incorporada al acervo político y jurídico desde entonces: el concepto ciudadanía. La transformación de los súbditos en ciudadanos. Y no decimos ciudadanas porque en lo tocante a la mujer tendrían que pasar mucha décadas para llegar a la igualdad legal con el hombre pese a los esfuerzos de Olympe de Gouges (1748-1793)[19].

Más tarde, el siglo XIX nos trae varios procesos y acontecimientos que tras intentos involucionistas, las monarquías de Luis XVIII y Carlos X en Francia o la de Fernando VII en España, terminan por restaurar sistemas liberales en lo político, aunque muy conservadores en los social; es la hora de las Internacionales Obreras y sus luchas por conseguir una serie de derechos laborales, cuando no la implantación de una nueva sociedad totalmente igualitaria. Recordemos el eco que tuvo la propuesta de Benjamín Constant (1767-1830) sobre el Derecho al Trabajo.

El XIX fue asimismo el momento del Manifiesto Comunista de 1848 y la Comuna de París en 1871. Y a todo lo anterior hay añadir las luchas obreras de todo el siglo, las experiencias de Saint-Simon, Cabet, Fourier, Owen y demás *socialistas utópicos,* la influencia de Marx, Engels, Proudhom, Bakunin, Kropotkin, etc.

Pero será en el siglo XX cuando se den los mayores pasos en lo referente a los derechos sociales y democráticos...

En los inicios del siglo XX se producen textos constitucionales y hechos revolucionarios que son el comienzo de una nueva era para la Humanidad en ese sentido.

---

[19] Olympe de Gouges redactó una adaptación de la Declaración de los Derechos del Hombre y del Ciudadano cambiando en muchos casos la palabra *hombre* por la palabra *mujer*.

La Constitución mejicana de 1917 junto a la Revolución Rusa del mismo año ponen el acento en aquello que se consideraba inseparable de las libertades: los derechos sociales. La Constitución Alemana de Weimar en 1919 representa un sólido avance que puede considerarse, *mutatis mutandi,* como los antecedentes del llamado Estado del Bienestar. Y la creación del Estado Soviético y la fundación de la III Internacional Comunista en 1921 definen una época que no puede entenderse sin observar el proceso de acumulación histórica que evidencian.

Y tras los períodos de tensiones bélicas de finales del XIX y principios del XX, colonialismos, nacionalismos, conflictos en los Balcanes, la Paz Armada y la I Guerra Mundial (1914-1918), aparece, como respuesta al horror de la guerra, la Sociedad de Naciones en 1919. En su fundación estuvieron 42 países, 26 de los cuales no eran europeos; el mayor número de socios se alcanzó con 57. Su objetivo era doble: uno, preservar la paz mediante el arbitraje y la conciliación, y si fueran precisas las sanciones económicas, sin descartar tampoco la intervención militar. El segundo objetivo estribaba en promover la cooperación internacional.

Pero cuando comienza la II Guerra Mundial (1939-1945) la Sociedad de Naciones estaba prácticamente disuelta; EEUU nunca se incorporó, Alemania sólo estuvo siete años, la URSS cinco, Japón e Italia se retiraron a los tres años de la fundación y solamente quedaban como potencias fundadoras Gran Bretaña y Francia, aunque ya sin interés alguno.

Este camino histórico que hemos recorrido, marcado por las aportaciones de personalidades y acontecimientos dirigidos a dotar a los seres humanos de derechos y libertades, es el baga-

je de ese primer conjunto de contenidos que entendíamos como germen de los Derechos Humanos. Pero te referías también a un segundo conjunto, a un paso más, que completa esa definición de lo que entendemos como DDHH...

Sí, porque todo ello, los DDHH, es también la suma de la Carta fundacional de la ONU en la Conferencia de San Francisco el 26 de junio de 1945; más la solemne Declaración de DDHH de 10 de diciembre de 1948; más el conjunto de tratados, pactos, declaraciones, agencias e instituciones que, teniendo su base en la solemne Declaración, desarrollan aspectos de aquélla; y junto a las organizaciones, plataformas, colectivos y organizaciones que en el presente y en el futuro hagan de los DDHH su razón de ser.

La II Guerra Mundial, con sus horrores, produjo en la opinión pública el mismo sentimiento que ya había producido el anterior conflicto bélico. Pero además, había una impresión cualitativamente negativa añadida: el holocausto perpetrado por los nazis. Tras una serie de conferencias y acuerdos que comienzan con la Declaración de las Cuatro Libertades de 6 de enero de 1941, la Conferencia de San Francisco antes mencionada, aprueba la Carta Fundacional del nuevo organismo, la ONU.

Que los tiempos habían cambiado algo lo indica el que, entre los numerosos tratados y acuerdos previos, se aprobase en Filadelfia el 10 de mayo de 1944, la Declaración de la Organización Internacional del Trabajo (OIT)[20].

[20] La OIT, hoy agencia de la ONU, fue creada por el Tratado de Versalles de 1919.

Ese compendio de contenidos tiene como documento fundamental, reconocido por todos, la Solemne Declaración de los Derechos Humanos de 10 de diciembre de 1948. ¿Cómo surgió?

Sin duda. El Consejo Económico y Social de la ONU creó en 1946 una comisión redactora presidida por Eleanor Roosevelt; en ella estaban René Cassin de Francia (premio Nobel de la Paz en 1968), Charles Malik del Líbano, Peng Chun Chang de China, Hernán Santa Cruz de Chile, Alexander Bogomolov y Alexei Paulov de la URSS, lord Dukerton y Geoffrey Wilson del Reino Unido, William Hodgson de Australia y John Peters Humphrey de Canadá.

La atmósfera internacional no era proclive al diálogo, ya que la Guerra Fría estaba en sus comienzos con el bloqueo de Berlín y comenzaba la carrera de armamentos estratégicos; además, las primeras luchas anticoloniales despuntaban, la Revolución china estaba en su apogeo, en Palestina árabes y judíos protagonizaban enfrentamientos sangrientos y en EEUU había motines sociales y raciales.

Por eso, constituye un estímulo para el ánimo y la esperanza el que aquella mujer y aquellos hombres consiguieran superar las tensiones que enfrentaban a sus respectivos países y llegasen, tras amplios y a veces tensos debates, a una redacción final. Así y tras más de 1.400 votaciones, la Asamblea General de la ONU reunida en el Palacio de Chaillot de París, aprobó la solemne Carta de DDHH.

De esa Carta de DDHH, ¿cuáles son, a tu juicio, los contenidos más importantes?

Creo que todos y cada uno de sus 30 artículos, sin olvidar el Preámbulo, merecen unan reposada y meditada lectura. Recomiendo a los lectores, sobre todo en los tiempos que corren, que dediquen un tiempo a hacerlo[21].

Pero, si hay que elegir, te diré los elementos que a mí me llaman más la atención. En el Preámbulo ya se habla de la *"dignidad intrínseca"* del ser humano. No hay ninguna referencia teísta ni deísta. Asimismo, recoge las necesidades y anhelos de la mayoría de la población mundial. Establece con solemnidad los principios y mandatos de la Justicia Social.

El artículo 28 es de un alcance extraordinario, ya que sobre él se fundamenta lo que hoy constituye un clamor: la ciudadanía y la jurisdicción penal, como universales. Y el artículo 29 plantea la cuestión de los deberes dirigidos a construir un nuevo mundo según el orden universal que establece la Carta.

Sin embargo, hay quienes aducen que la Carta es simplemente una declaración, que carece de valor normativo y por tanto no es de obligado cumplimiento...

Es verdad, la Carta como tal es un llamamiento a la conciencia de los seres humanos y los poderes económicos y políticos que los organizan. Pero ahí no quedó la cosa. Porque en diciembre de 1966 tuvo lugar en la ONU la firma de tres pactos con carácter vinculante para los Estados signatarios de los mismos: el Pacto Internacional de Derechos Civiles y Políticos, el Pacto Internacional de Derechos Económicos, Sociales y Culturales y el Protocolo Vinculante.

---

[21] El primer anexo de este libro (página 349) es la Declaración Universal de los Derechos Humanos.

En dichos textos son ratificados y ampliados los contenidos de la Carta y, además, con carácter obligatorio para los firmantes. En España, concretamente, entraron en vigor el 27 de julio de 1977. Y algunos de los contenidos que amplían y desarrollan estos textos sobre la originaria Carta son el Derecho de Autodeterminación; el derecho a la vida como inherente a la persona; pone cortapisas a la aplicación de la pena de muerte en aquellos países que todavía no la hubieran abolido; establece la prohibición de propaganda a favor de la pena de muerte; se establece un Comité de DDHH ante el cual cualquier ciudadano puede recurrir; y se ofrece garantías sobre la seguridad e higiene en el trabajo, así como sobre la remuneración del trabajo en los días festivos.

Seguramente que a algunas personas todo esto les parecerá corto e insuficiente. Sin embargo, no estaría de más que, tras la lectura de los textos, medite y los compare con la situación actual de dos tercios de la Humanidad o con la realidad de España, sin ir más lejos.

Hemos venido hablando de Derechos Humanos y su gestación, pero ya al inicio hemos colocado en paralelo los Derechos del Planeta. ¿De dónde surgen éstos?

Al hablar de DDHH se suele aludir a las dos generaciones de los mismos: los Derechos Políticos y los Derechos Sociales, en referencia a la secuencia temporal con que se han ido consolidando a través del devenir histórico, en la conciencia de la ciudadanía y en muchos textos constitucionales.

Por ello, en la solemne Declaración de 1948 no aparece lo que se ha convenido en llamar tercera generación de DDHH:

los medioambientales. Es verdad que tanto en la Constitución Española de 1978 en su artículo 45 como en el artículo 66 de la portuguesa de 1976, en quien se inspiró, aparece el medio ambiente como un derecho ciudadano a la par que el Estado se compromete a cuidarlo. Tampoco la ONU ha dejado de aprobar convenios, tratados y resoluciones sobre el medio ambiente; se trata de acuerdos sobre la contaminación marítima en el Mediterráneo y otros mares, en la Antártida o sobre la polución atmosférica transfronteriza.

Sin embargo, no ha habido hasta ahora ninguna declaración que, con la solemnidad de la de 1948 sobre los DDHH, marque unos principios y unas normas que puedan considerarse como una Carta de la tercera generación de DDHH. Y es que el cuidado, la atención y la consideración del medio ambiente necesitan, por su decisiva influencia en la vida y por ello en la vida humana, de tal reconocimiento. Y por ello, hay actualmente en curso toda una actividad de organizaciones ecologistas y culturales encaminada a incluir en la Carta de Derechos Humanos la tercera generación de los mismos.

Bien es cierto que, desde hace tiempo, la cuestión de la sostenibilidad está siendo considerada como lo más importante para la continuidad de la vida en el planeta. El trabajo de Donella Meadows (1941-2001) –científica norteamericana que, por encargo del Club de Roma, se dedicó a un estudio sobre las consecuencias para la Tierra del crecimiento económico industrial–, puso en marcha toda una concienciación que ha cuajado en un espíritu universal afincado en millones de personas. Por eso, el libro de Donella Meadows titulado *"Los límites del crecimiento"* (1972) puede ser tenido como precursor en las preocupaciones y dedicaciones de una parte importante de la Humanidad en torno al medio ambiente y su sostenibilidad.

Una preocupación que sí acabó logrando, recientemente, ese nivel de solemnidad de las dos generaciones anteriores de derechos. Porque los derechos medioambientales, los derechos del planeta, sí están ya reconocidos...

Permíteme que antes de explicarme sobre esto, esboce muy superficialmente un proceso que tiene su origen en 1987. En ese año la Comisión Mundial de Medio Ambiente y Desarrollo de la ONU hizo un llamamiento a la elaboración de una Carta que contuviera los principios fundamentales para una vida sostenible en el planeta.

Durante el desarrollo de la Cumbre de Río de Janeiro (1990-1992) no se consiguió el objetivo y solamente se llegó a consensuar la llamada *"Declaración de Río"* sobre el Medio Ambiente.

En vista de ello, los organizadores de la Cumbre y Mijail Gorbachov decidieron retomar el proyecto y poner en marcha un proceso reticular de participación, desde abajo, para redactar el documento. Este método de participación ya había sido expuesto por el Club de Roma al hablar de la *creación de redes.*

Y así, una comisión de 23 personalidades queda encargada de redactar entre 1995 y 1999 un proyecto de Carta con las aportaciones recibidas y las propuestas de sus miembros. En dicha comisión estaban Mijail Gorbachov, Leonardo Boff, Mercedes Sosa y Federico Mayor Zaragoza, entre otros. El documento resultante, llamado Carta de la Tierra[22], se presentó

[22] El segundo anexo de este libro (página 359) es la Carta de la Tierra.

a la opinión pública el 29 de junio del año 2000 en el Palacio de la Paz de La Haya.

La Carta de la Tierra es la plasmación de esa tercera generación de derechos, los derechos medioambientales y del planeta...

Sí, y puedo asegurarte que estamos ante el documento más importante producido por la Humanidad desde 1948 y que, en algunos aspectos, supera incluso a la Solemne Declaración de DDHH.

¿De tal magnitud consideras su relevancia?

Sí. La razón de mi afirmación se sustenta en los contenidos de la Carta, que consta de tres partes: un Preámbulo, un desarrollo de cuatro principios básicos y una Conclusión llamada *El camino hacia adelante.* Esos cuatro principios básicos son: *Respeto y cuidado de la vida, Integridad ecológica, Justicia Social y Economía,* y *Democracia, no violencia y paz.* Cada uno de los cuatro principios básicos se despliega en 16 principios generales y se desarrollan en 61 principios complementarios.

Sin tener que leer la Carta y ateniéndose exclusivamente a los títulos de los contenidos, observamos que estamos ante una visión integral del ser humano como parte inseparable de la Naturaleza. No se demanda únicamente que cuidemos al planeta porque es nuestro soporte físico, sino porque el planeta y nosotros somos una misma entidad.

Por otra parte –y en esto me apoyo al decir que en algunos aspectos puede considerarse de mayor entidad que la Declaración de DDHH de 1948–, esa entidad que formamos con el planeta Tierra necesita de un tratamiento común en sus principios y diversificado según sus ámbitos de aplicación. Quiero decir, que plantear Justicia Social y Económica al mismo nivel que la Integridad Ecológica y la Democracia, la no violencia y la paz, exige una política global e integral, un proyecto de carácter planetario y, a su vez, cercano e inmediato.

Se trata de una cosmovisión salvadora. Pero eso, que es su grandeza, es también su debilidad ante la política actual de intereses mezquinos, de corto vuelo y *políticamente correctos.*

¿Esos intereses de corto alcance no son compatibles con la visión integral y de gran perspectiva que plantea la Carta de la Tierra?

No, porque una visión integral como ésta y que además no admite demoras, es hija de una mentalidad que le da al ser humano la libertad de dirigir el camino de la especie y su hábitat. No depende de fuerzas extrañas a él sino de su propia voluntad y decisión.

Quiero decir que este proyecto, por otra parte ineludible, es incompatible con visiones de la economía basadas en las fuerzas incontroladas de los mercados en pos de una quimera alienante y nociva, el crecimiento sostenido, y con un mecanismo autodestructor y también destructor de las relaciones humanas: la competitividad. La trinidad capitalista, en resumen.

Es algo que plantea, al fin y al cabo, el poder del ser humano de tomar su propio camino, su elección, su contrato sobre cómo y de qué manera quiere vivir sus relaciones entre individuos y con el propio planeta. Y esto enlaza directamente con el espíritu de la propuesta de una III República...

Mira, en capítulos anteriores y al hablar del proyecto republicano y también de las dos Repúblicas que ha habido en España, he tenido mucho cuidado en insistir que la República es, deber ser, la respuesta a los problemas que amenazan a la humanidad en cualquier territorio específico y en este caso en nuestro país. La I y la II Repúblicas en nuestro país tuvieron que dar respuesta a las situaciones y problemas que tenía entonces la sociedad española.

Pues bien, ahora la III República, para afrontar la actual crisis, debe reconocer y defender que la economía está al servicio de la consecución de los Derechos Humanos y de los Derechos Medioambientales. Esta es la propuesta para cortar de raíz con la trinidad del capitalismo –mercado, competitividad y crecimiento sostenido– que han provocado la realidad que vivimos y ante la que hay que actuar.

Porque la República no puede consistir, simplemente, en que un Jefe de Estado coronado ceda su puesto a un Jefe de Estado elegido.

Si nada más cambia, la República es la coartada y la excusa de quienes quieren que todo cambie para que todo siga igual. Por eso, planteo esta modesta propuesta de contenidos para la III República.

VII
REPÚBLICA ES DEMOCRACIA PLENA E INTEGRAL

A la hora de establecer el modelo y los contenidos principales sobre los cuales gira esta propuesta de la III República en nuestro país, Anguita se detiene con especial empeño en el concepto de la democracia. Se muestra como firme defensor de ella, pero de una democracia con mayúsculas, donde el ciudadano sea protagonista y donde nos deshagamos de las actuales prácticas que hacen que sólo la vivamos como una mera concepción teórica que queda reducida, en la práctica, a la participación electoral cada cuatro años...

Cada vez que me veo en la necesidad de hablar de democracia en general o de democracia en la España de la Transición, me vienen a la mente dos períodos de tiempo vividos con la rabia y la pesadumbre de comprobar que el pueblo español era raptado, abducido, encantado, por el hechizo de ciertas palabras.

El más reciente en el tiempo, se ubica en la década de los 90 y colea un par de años de la siguiente: ha sido el discurso *europeísta.* El discurso oficial y multipartidario, coreado por medios de comunicación e intelectuales orgánicos del sistema, presentó al pueblo español la incorporación a la CEE, primero, y a la UE después, como la culminación de un designio dictado por la Providencia misma. Quienes tengan memoria y quieran hacer uso de ella recordarán los hechos con la misma sensación recibida cuando vieron en la pantalla *Bienvenido Mister Marshall.*

Fue aquél un discurso tramposo, tejido con demagogia, encantamiento, propaganda masiva y escamoteo de la realidad. Pareciera como si los dirigentes (políticos, empresariales y mediáticos) hubiesen recibido cursos del propio *flautista de Hamelin.* Mientras el discurso almibarado se repetía por mil voces y las promesas, sustentadas en alguna calderilla, velaban la realidad a los ojos de la ciudadanía, ésta, bien por arrobo bisoño o bien por obnubilación interesada, no veía el desmontaje que se estaba dando del tejido productivo, el desmantelamiento de la flota pesquera, las subvenciones paralizantes a la agricultura, las privatizaciones del sector público, las reformas del mercado laboral y como corolario, el enfeudamiento paulatino de la soberanía nacional en poderes, instituciones y centros de decisión inéditos para la democracia.

Las voces críticas eran acalladas con consignas descalificadoras que gobiernos y oposiciones (casi en su totalidad) entonaban al alirón y todo ello enmarcado en una opinión publicada fuera de sentido crítico y ponderación. Hasta en las cuñas publicitarias de las campañas, artistas invitados y hasta Presidentes del Gobierno, demandaban el voto basándose en que no habían leído lo que iban a votar.

La parte sustituía y desalojaba al todo; la UE era Europa, tres o cuatro países occidentales eran la comunidad internacional, los consumidores ocupaban, a efectos de estadística, el lugar de los habitantes y la política seguía secuestrada por el *lobby* bancario y financiero. Y todo ello ataviado con palabras sugerentes: modernidad, futuro, ciudadanía, hermanamiento, etc.

Pero comentabas que una situación similar, de encantamiento del pueblo sólo por las palabras, ya se había vivido de modo parecido en España ya en otra época...

Sí. En España la escena no era nueva, ya había tenido lugar en los comienzos de la Transición y duró más de dos décadas. La palabra mágica que arrobó entonces a la ciudadanía fue Democracia. Como años después la palabra Europa, esa palabra se erigió en el santo y seña para todos los consensos, los retrocesos y la connivencia entre concupiscencias.

Aquella ficción, defendida desde la comparación con el franquismo, no podía ocultar que la maniobra estaba en eso exactamente, en medirse con la dictadura. Así, el régimen de Franco, por comparación, se erigía en unidad de medida democrática.

El discurso oficial –que era unánime– celebraba los fastos de la recién estrenada democracia cuyos contenidos eran, por entonces y por mucho tiempo más, la posibilidad de hacer listas e ir a la contienda con una ley electoral que, cual baraja marcada por un jugador aventajado, hacía imposible ir más allá de los límites marcados.

Pero en aquellos momentos ¿eso no se percibió así? ¿O acaso quedó oculto?

Sí que se percibía, se veía. Te leo un párrafo de un artículo publicado en septiembre de 1977 en la revista LP de Córdoba:

"Ahí está la clave de de las frustraciones actuales, para el elector medio votar democracia significó votar contra el paro, la carestía de la vida, el caos económico y la corrupción; cuando ha visto que los problemas a los que quiso conjurar con su voto, no sólo no han desaparecido, sino que se han agudizado peligrosamente, comienza a sentirse estafado; empieza a desconfiar de la palabra Democracia y mira con ojo acusador a las fuerzas políticas que siguen usando y abusando de la palabra. Se puso demasiado entusiasmo en el poder taumatúrgico de un vocablo. También la izquierda tiene gran parte de responsabilidad en el malentendido; se prometió demasiado (la conquista del voto debe tener su ética); se dejó de explicar de manera clara, la diferencia entre un concepto y su falsificación".

Y es que desde entonces, el concepto Democracia ha quedado reducido, simplemente, a los momentos electorales. Recuerdo una intervención pública mía en la Plaza de la Corredera de Córdoba, allá por 1979. Quise combatir y denunciar la frivolidad y ligereza con la que se calificaba de Democracia a la situación que vivíamos –y vivimos aún–, y dije:

"No nos equivoquemos. La situación actual tiene de positivo que ya no pueden reprimirnos por hacer crítica pública o por tremolar nuestras banderas; nada más. La situación presente es un marco más cómodo y menos inseguro para nuestra tarea. La lucha por la Democracia plena debe continuar".

De alguna manera ahora se vuelve la mirada sobre esos dos momentos y una parte muy importante de la ciudadanía ve con ojo crítico lo que ocurrió, tanto en el tema europeo como en el de la Transición. Estamos sobre aviso. Ahora toca aprender del pasado para hablar del futuro. Y en ese ámbito se presenta la propuesta por la III República...

Esa es mi preocupación, que pueda pasar lo mismo con la III República y nos quedemos, únicamente, en el nombre y los símbolos, sin entrar en más profundidades.

Habría que hablar, entonces, de la Democracia con mayúsculas, de sus valores reales y de su práctica...

Sí. Y debemos hacerlo desde una idea rotundamente clara, Democracia es República y República es Democracia. Ambos conceptos comparten la misma esencia. No es mi intención hacer un recorrido histórico por las distintas formas en las que se ha desarrollado la Democracia; desde las más restringidas hasta las más amplias; pero sí es conveniente alzar la vista por encima de lo que vivimos cotidianamente y hacer algunas consideraciones.

Una de las obras que más influencia ha ejercido en el desarrollo político de las sociedades modernas es el *Contrato Social* de Juan Jacobo Rousseau. En el libro I de esa obra afirma que *"los hombres nacen libres e iguales por naturaleza"*. Hoy en día nadie se atreve a rebatir o negar ese principio; forma parte de las grandes declaraciones que ya constituyen un patrimonio de la humanidad. Sin embargo, la condición de *libre* e *igual* no tiene sentido si no se hace en relación con los demás; es decir, para que alguien sea libre e igual necesita de otros para serlo. Hablar de la libertad y la igualdad de un *Robinson Crusoe*, sólo en la isla, carece de significado.

En consecuencia la libertad y la igualdad del ser humano solamente se verifican en sociedad, junto con otros. Y ello exige unas reglas de juego, unas normas de convivencia y organización. Rousseau lo plantea así:

"Cada uno de nosotros pone en común su persona y todo su poder bajo la suprema dirección de la voluntad general, recibiendo a cada miembro como parte indivisible del todo".

Hablar de libertad, igualdad, fraternidad, incluso de Democracia, es tener que referirse, si no se quiere escabullir del compromiso, a cómo esos conceptos se realizan en la práctica. La muerte existe como concepto pero no como realidad; lo que vemos y percibimos son hombres muertos y mujeres muertas; lo mismo podemos decir del amor. Y desde luego la libertad y la igualdad existen en la medida en que se evidencian ante nosotros seres humanos libres e iguales. No nos quedemos en las palabras.

Y es aquí donde comienza el problema para ambos conceptos: su factibilidad, su posibilidad de concretarse aquí y ahora. Es también el problema que afecta a la Democracia, el de su posibilidad y su realización plena.

Decía Rousseau que *"la libertad subsiste gracias a la igualdad. Es precisamente porque la fuerza de las cosas tiende siempre a destruir igualdad, por lo que la fuerza de la legislación debe siempre tender a mantenerla".* Dicho de otra manera, sin igualdad no existe la libertad. Donde el autor dice *fuerza de las cosas* ponga el lector, dinero, poder, influencia, propiedad de medios de producción, acceso a la información o sistemas electorales, y tendrá actualizados los mecanismos que imposibilitan o degradan la libertad; y en consecuencia la Democracia.

Podemos decir que la Democracia necesita a la libertad y la libertad no se realiza sin la Democracia...

Mira, desde el mismo momento en que la libertad y la igualdad aparecieron en el frontispicio del templo de la revolución francesa, se produjo la lucha entre ambos conceptos y no porque ambos sean intrínsecamente antitéticos o excluyentes uno de otro, sino porque una sociedad de desiguales no permite la coexistencia armónica entre ellos.

La difícil y a veces imposible cohabitación entre libertad e igualdad está motivada por la existencia de poderes económicos y sociales que, basados en la desigualdad creciente, hacen de la libertad una caricatura. Y por consiguiente, hacen de la Democracia una ficción. Le ruego al lector que sea benevolente con estas disquisiciones, aparentemente gratuitas, pero sin ellas no puede entenderse el fondo del problema de eso que llamamos Democracia.

¿Y a qué llamamos Democracia? ¿Tiene alguna definición?

Si estimamos a la Democracia como el ámbito, el mecanismo, el objetivo, el instrumento y el principio ético con el que los seres humanos ponen al día su proyecto común, convendremos que podemos definir a la Democracia como *"el convenio permanente entre seres libres e iguales para seguir permanentemente conviniendo sobre el funcionamiento de su contrato social"*.

Y es que a lo largo de la Historia, los seres humanos en sociedad han buscado la manera de sentirse vinculados unos a otros por una norma o por una idea común. Esa búsqueda se ha concretado en tres maneras de formular la respuesta: la *voluntad de los dioses* transmitida oralmente de generación en generación; el acuerdo tácito expresado en la costumbre y el derecho consuetudinario; y el acuerdo expresamente manifestado en una constitución originada en la soberana voluntad popular.

Para nosotros, mujeres y hombres del siglo XXI, la última de las formas es la que puede, teóricamente, denominarse convenio ya que es la única justa y más conforme con los Derechos Humanos y del Planeta. Su existencia es relativamente breve, dos siglos, pero recoge toda una trayectoria de aspiraciones y luchas multiseculares.

¿Y dices "teóricamente" porque no ha sido así realmente en la práctica?

He utilizado la expresión *teóricamente* para señalar la pertinencia y validez del convenio como modelo de contrato o convenio hecho entre personas libres e iguales, pero sólo en principio sobre el papel, como hipótesis, y no como hecho contrastado todavía.

El problema consiste en pasar del plano teórico al plano práctico, es decir, si la idea de Democracia es una inquilina del universo platónico o, al contrario, puede encarnarse en modelos concretos y verificables o al menos viables, aquí y ahora. Responder a eso significa, entrando ya en el meollo del asunto, hacer posible la superación de dos problemas que hacen referencia a las dificultades que la Democracia tiene para realizarse en una sociedad concreta, en un momento específico y con las dificultades inherentes al desarrollo del propio modelo democrático.

Se trata de pasar del concepto a la realidad. Y a una realidad política, económica y social que nos rodea en la que parte de la ciudadanía empieza a decir que no se siente representada. ¿Es eso Democracia?

Desde luego es necesario entrar en las cuestiones concretas después de explicar el marco de análisis al que nos referimos en este capítulo. Pero en efecto, existen una serie de dificultades que la Democracia deba vencer para serlo realmente.

No hay Democracia ni puede haberla en el sentido profundo del convenio entre seres libres e iguales, mientras haya paro, precariedad, marginación, inseguridad laboral, pobreza, ignorancia, desinformación, violencia –terrorista, institucional, económica, social o política–, injerencia de poderes foráneos o internos constituidos con otros fines distintos a los de la Democracia y el desarrollo de la sociedad civil.

Porque todos sabemos que para dedicarse a la cosa pública, siquiera como ciudadano que se informa, opina, vota y participa con mayor o menor dedicación a la consolidación y perfeccionamiento del convenio, hay que disponer aunque sea moderadamente de aquellos bienes que le permitan un cierto tiempo libre y una seguridad, personal, familiar o colectiva. Pensar que un hambriento, un chabolista, un desahuciado, un desesperado a causa de una vida precaria, puedan dedicarse a algo más que buscarse cada día la manera de seguir viviendo, es casi delictivo.

Con este análisis llegamos a un terreno peligroso. ¿Acaso no hay Democracia en España?

No, no la hay, hay una caricatura. Hace tiempo que en Occidente, cuna de la democracia representativa, hay un proceso de involución cuyo objetivo es hacer de la Democracia una simple representación electoral que mantenga la ficción de que la ciudadanía decide.

Ahora se entiende por qué he dedicado unos párrafos a precisar el concepto de Democracia, el cual por otra parte no es de hoy; en la Constitución Francesa de 1793 las libertades iban ligadas a la lucha contra la pobreza y la abolición de la esclavitud. En las constituciones modernas junto a los Derechos políticos aparecen los económicos y sociales, los cuales hacen posible el cumplimiento de los primeros. Otra cosa es que se cumplan las constituciones y que lo que ha venido en llamarse Constitución Material, conjunto de poderes e intereses económicos y sociales, se imponga a la Constitución Formal, el texto escrito. Exactamente lo que está ocurriendo en España.

Pero eso significa que entramos en un círculo vicioso. No puede haber Democracia si hay una situación social que impide el interés por participar y estar presente como ciudadano activo. Y por otra parte y en consecuencia, al no participar, no es un posible un cambio del estado de cosas por sí solo. ¿Cómo rompemos el círculo?

Todo proyecto de cambio es siempre difícil. El Poder no va a dejar de ejercer sus prerrogativas de hecho; por eso, la cuestión para los partidarios de una Democracia plena es siempre contradictoria; si no participo les dejo el sitio perennemente y si lo hago, me tengo que ceñir, al menos en principio, a los cauces establecidos y lo que es peor, a las prácticas que esos cauces impulsan, realizan y defienden como *"males"* necesarios. Exactamente ahí, en esa argumentación, radica la justificación de la corrupción.

El caso es que debemos aceptar el marco de lucha mientras no haya otro; la fuerza que provocará esa otra situación no es otra que la ciudadanía organizada. Y ello vale también para la III República. Ninguna soflama republicana conseguirá nunca nada si no se consigue mediante la utilización de los puntos débiles del Poder y la movilización cívica.

Los republicanos, en esta coyuntura, debemos hacer uso alternativo del Derecho y de la Ley.

Hemos visto cómo señalabas que la Democracia es incompatible con situaciones económicas y sociales injustas. Pero aparte de eso, ¿existen más obstáculos e impedimentos para que una situación democrática sea tal?

Sí que los hay, evidentemente. El primero consiste en que, a través de procesos bien calculados y desarrollados, hay cuestiones que escapan del control ciudadano e incluso de las instituciones llamadas a encauzar las decisiones de la ciudadanía. El caso más flagrante es el de la economía. Mediante el proceso que antes aludía, las grandes directrices de política económica y los desarrollos normativos de las mismas han quedado en manos de *"técnicos"* supuestamente apolíticos.

Aquí ya empieza la primera gran mentira, porque no hay nada más político que la economía. En ese terreno se juegan los intereses de los poderosos y los de los de abajo. No hay ninguna decisión de política económica que sea neutral. Pues bien, ya se ha hurtado a la ciudadanía la posibilidad de intervenir.

¿Y cuáles son las razones que se aducen además de las *"técnicas"?* La primera de ellas consiste en hace recaer la responsabilidad en una instancia superior, foránea y todopoderosa. Es el caso de la UE y sus decisiones de política económica. Se difumina el hecho de que son los gobiernos de los distintos países los que han acordado esas directrices; pero es más cómodo para el Poder y para el Gobierno imputar la responsabilidad a un ente que se sitúa fuera de nuestro alcance.

El imaginario colectivo descarga entonces la crítica sobre Merkel, Draghi, Monti o el FMI.

En todo movimiento que tenga que ver con la economía hay que pensar... ¿alguien sale beneficiado con todo esto?

Claro, los actores principales de este drama. Desde luego el que más es lo que podemos llamar *"el Interés"*, que no es otra cosa que la economía vista desde la óptica capitalista. En ese sentido, el *Interés* son los intereses económicos de una capa pequeña de la sociedad. Para esa minoría, pero con influencia en el pensamiento de la ciudadanía, la economía es la manifestación del capitalismo.

Y así el capitalismo pasa por la única economía, al encarnarse en una ciencia termina por suplantarla y adquiere con ello el respaldo científico que eso le da. De este modo, capitalismo y economía son un todo, las dos formas de una misma cosa.

Al erigirse en ciencia, casi infalible, lo cual dista mucho de ser verdad, la Democracia queda relegada a un simple ritual que se realiza cada tiempo y sirve para cambiar los actores del escenario pero manteniendo la misma obra, la misma representación.

En la década de los 90, Alfonso Guerra dijo una frase que sonaba a tremenda y ante la cual muchos se rasgaron las vestiduras: *"Montesquieu ha muerto".* Es decir, una de las condiciones de la Democracia como es la división de poderes entre Legislativo, Ejecutivo y Judicial ya no tenía sentido. Pero, ¿qué quería decir Guerra? Estaba diciendo que cuando los poderes económicos y sociales se imponen en el funcionamiento de los mecanismos de la Democracia, la política queda en una representación teatral. No existe realmente la separación de poderes.

Y naturalmente que todo lo anterior se agrava cuando sucede un hecho de consecuencias imprevisibles: la cesión de soberanía. Entendemos por cesión de soberanía todo acto que conlleve, expresa o tácitamente, dejar sin control democrático contenidos y competencias que se recogen en la Constitución porque se han cedido a otra instancia, en este caso la UE. Cuando se aprobó el euro, el Estado Español cedió su derecho a acuñar moneda. Y en ese sentido, nuestro ingreso en el *"selecto"* club europeo ha sido una permanente cesión de soberanía.

Hay quienes justifican esa cesión de soberanía como medio para constituir una Europa federal o una alianza con otros países. Tú mismo defiendes la idea de una Europa federal. ¿Eso es posible sin que cada Estado ceda un parte de soberanía al conjunto?

Es una cuestión interesante la que planteas y que necesita de una aclaración. El problema de la cesión de soberanía debe ser tratado, en una Democracia, desde cuatro preguntas previas, ¿quién cede? ¿qué se cede? ¿a quién se cede? ¿para qué se cede?

El que cede soberanía no puede ser otro que el que la tiene, el pueblo español; y puede hacerlo a través de sus representantes constituidos en Cortes Generales, siempre y cuando sea consultado con información clara sobre el contenido de la cesión, el alcance de la misma y las consecuencias que de ello se derivan.

Pues bien, nada de ello se ha hecho. Las campañas han sido *"desinformativas"*, se han ocultado determinados extremos y se ha apelado a la confianza de los *"líderes"*. La llamada construcción europea es un monumento a la falta de información y de respeto a los pueblos.

Pero eso ya se adivinaba cuando se redactó la Constitución, en su artículo 93 que es la mayor vía de escape para la cesión de soberanía. En este artículo se establece que los tratados internacionales en los que se atribuye a una organización o a una institución internacionales el ejercicio de competencias derivadas de la Constitución, deberán ser autorizados median una Ley Orgánica. La aprobación de este tipo de leyes, tal y como indica el artículo 91 exige una mayoría absoluta. Mientras, en Dinamarca se exige una mayoría de 5/6; en Irlanda, Noruega, Austria, Suecia, Francia y Finlandia se necesita un referéndum; en Grecia los 3/5 de los diputados y en Holanda una mayoría de 2/3.

Pero la cesión de soberanía que no tiene parangón en ninguna otra constitución europea está recogida en el artículo

96.1 del texto constitucional de 1978. En virtud del mismo, las disposiciones de los tratados internacionales a los que España se sume sólo podrán ser derogadas, modificadas o suspendidas en la forma prevista en los propios tratados o de acuerdo con las normas internacionales del Derecho Internacional. Esto supone un *"atado y bien atado"* que deja sin papel alguno a otras Cortes Generales distintas de las que firmaron el tratado.

Por tanto, lo que se cede es soberanía, es decir, competencias que la Constitución, en nombre del pueblo soberano, tiene explícitamente, recogidas.

La pregunta que queda por dilucidar es ¿a quién se cede? La cuestión es sencilla, de pura lógica, solo se puede ceder soberanía a una instancia soberana emanada de la voluntad general que incluye a los que han cedido su parte correspondiente. Es decir, a una instancia votada, aprobada y asumida por la nueva depositaria de la soberanía; en este caso, los pueblos europeos.

Y ninguna de esas circunstancias concurre en la Comisión Europea, el Consejo Europeo, el Banco Central Europeo, la *Troika*, el FMI o el Banco Mundial.

En cuanto a la respuesta a la pregunta ¿para qué se cede? me remito al último de los ejes que desarrollaremos en el capítulo XII, *"Europa e Iberoamérica: un mismo proyecto"*.

Con todo esto, pareciera una carrera de obstáculos que impiden el funcionamiento democrático de nuestra sociedad...

Desde luego, porque aún hay más elementos que perturban ese funcionamiento democrático. Y además están a la vista en la España de nuestros días.

Como consecuencia de la práctica independencia de los mercados con respecto a la política, o lo que es lo mismo del control ciudadano a través de las instituciones emanada de su soberanía, el llamado imperio de la ley, el Estado de Derecho, queda laminado y subordinado a unos poderes oligárquicos que hacen pasar a sus intereses por los de la mayoría.

Constituyen focos de poder totalmente opacos a la acción de las instituciones y consiguen que se legisle en interés de ellos. Se benefician de indultos especiales, evaden fondos con destino paraísos fiscales y consiguen que sus desmanes sean amparados bajo el manto de las *"cuestiones de Estado"*.

Estos poderes constituidos en grupos de presión gozan de la obsequiosidad de los gobiernos y de las más altas magistraturas el Estado que son correspondidas con dádivas y regalos suntuosos. La delgada frontera que separa estas conductas de la corrupción es traspasada una y otra vez de manera que llegan a confundirse en una sola cosa. La corrupción se erige entonces como el camino más rápido y eficaz para conseguir sus fines convenientemente disfrazados de "bien común" y la ciudadanía recibe constantemente el mensaje de que no hay otro camino para triunfar que la conculcación de las leyes y los principios. Es la mayor de las corrupciones, la que hace de la ley de la selva la norma y guía de conductas "pegadas al suelo" y "eficaces".

Ese análisis y ese cúmulo de circunstancias sería una buena crónica de la España actual...

En este caso el relato va muy por detrás de la realidad. Cualquier persona que tenga memoria y edad suficientes para haber vivido la década de los 90 podría hacer un listado de escándalos, fraudes, financiaciones irregulares, desvíos de fondos públicos, sobornos, cohechos, malversaciones de caudales públicos y corrupciones en general desde entonces acá. Un listado del cáncer que es la corrupción y que está acabando con esta superficial Democracia.

Pero, por otra parte, tampoco hay Democracia cuando la información, manantial que da vida al sistema democrático, está aquejado de problemas y malas prácticas que desvían su función. Y es que el primer impedimento para una correcta difusión de información lo constituye la concentración de la propiedad de los medios de comunicación privados. Primero son absorciones, después grupos y en última instancia imperios mediáticos que expresan de una y mil maneras el mismo mensaje, la misma línea editorial, los mismos intereses.

Cuando esto ocurre, la información se transmuta en *"noticia"* –dato devenido en mercancía– por mor de la cuota de mercado. Y la transmisión de datos se confunde con la opinión en una amalgama que, desinformando, ciega los cauces que el ciudadano debiera usar para formar su criterio. Y otrosí puede decirse de los medios de comunicación de titularidad pública cuando se erigen en heraldos del Gobierno municipal, autonómico o central de turno, obviando lo que la actual Constitución en su artículo 20.3 dice en ese sentido.

¿Y no crees que, sobre esto, existe también un problema de formación de entidad ciudadana, de educación cívica al respecto?

Hay una concepción de la Enseñanza que limita su ámbito a lo puramente instructivo. Todo lo que se escape de las asignaturas clásicas es considerado como una "*maría*" o como algo puramente anecdótico. Paradójicamente, muchas de las personas que tal opinión mantienen, suelen recalcar el valor de la Educación como transformador social. Son los docentes que confían en que la escuela es la única que puede cambiar o "*redimir*" a la sociedad. Trabajan para que el alumno o la alumna sean buenos profesionales u "*hombres de bien*" como se decía no hace mucho.

Sin embargo, no caen en la cuenta que tan importantes para la sociedad es un buen médico, profesor, profesional, empleado o dependiente, como un buen ciudadano. Y llamo ciudadano o ciudadana a aquella persona que sabe conscientemente sus derechos y sus deberes y aplica ese conocimiento en todos los órdenes de su vida personal y social. Incluso las personas que a lo largo de su vida optan por negar el sistema en el que viven y proclaman la necesidad del cambio revolucionario de la misma, necesitan del conocimiento de las instituciones y sus mecanismos de operatividad que desean sustituir por otras.

La Democracia necesita de un sistema educativo que forme en valores y también en saberes, siquiera elementales, sobre el funcionamiento político, institucional y jurídico de la sociedad en la que viven. Yo no desprecio la instrucción, sin ella no hay ciencia ni formación intelectual ni tampoco cultura; lo que digo es que al mismo nivel que la instrucción debe situarse la formación cívica. En este aspecto lo que hizo la II República sigue siendo superior a lo que se ha hecho después. La Democracia debe crear la escuela que ella necesita.

Decías con anterioridad que la Democracia plena tiene como obstáculos para su implantación dos tipos de dificultades: las que existen en una sociedad dada, como la española, a las que ya hemos hecho referencia; pero por otro lado, ¿cuáles son las dificultades inherentes al funcionamiento propio del sistema democrático?

Bien, ese segundo grupo de obstáculos con los que la realización de la Democracia plena se enfrenta existe, pero hay que puntualizar que no son circunstancias claramente diferenciadas unas de otras; todas están interrelacionadas y llegan a confundirse, influenciarse y potenciarse mutuamente. Aunque, a efectos metodológicos del análisis, del comentario y para mayor claridad expositiva, las he querido separar.

De este segundo grupo de obstáculos, inherentes a la democracia, la primera cuestión que hay que abordar parte de un axioma: la soberanía es la expresión de la voluntad del pueblo. Y para que el pueblo se exprese con claridad, el vehículo para hacerlo debe ser fiel traductor de sus deseos, opiniones y mandatos.

No hay, todavía, otro mecanismo más correcto y fiel que los procesos electorales, siempre y cuando se atengan a la máxima de *"un hombre/una mujer, un voto"*. Quiero decir con esto que las leyes y los sistemas electorales deben trasladar con la mayor fidelidad posible la voluntad del pueblo soberano. Por eso, los sistemas electorales que, como el español, distorsionan esa voluntad, vulneran el primer principio incontestable de la Democracia: la fidelidad a lo manifestado por el pueblo. Un sólo dato lo ejemplifica; en las últimas Elecciones Generales, CiU con 1.014.263 votos obtuvo 16 diputados; IU con 1.680.810, tuvo 11 diputados.

El segundo obstáculo estriba en el procedimiento, en el mecanismo por el que el pueblo soberano se manifiesta. El ideal democrático plantea la democracia directa al modo de la antigua Atenas, en el ágora. Claro está que la población que votaba era una parte, ya que los esclavos y determinados extranjeros (una parte bastante considerable de personas) no tenían derecho a votar. Está claro que eso es imposible hoy; ni el número de habitantes ni la complejidad de los asuntos a tratar hoy en día lo permiten. A veces, se señala en este sentido el caso de Islandia; realmente es un modelo alentador pero se debe tener en cuenta que la población islandesa es menor, por ejemplo, que la del municipio de Córdoba con 330.000 habitantes.

En esta era de Internet, suele aducirse que la red haría el papel del ágora y, en consecuencia, la técnica devolvería la pureza a la asamblea popular deliberante y decisoria. Sin negar, en absoluto, el valor que para la difusión de informaciones, opiniones y creación de redes tiene Internet, hay que convenir que el debate cara a cara, en grupo y con la preparación y tiempo suficientes, no tiene sustituto posible.

También se plantea como alternativa a las dificultades que la actualidad tiene para practicar el modelo ateniense el *"asamblearismo"*, entendido éste como el funcionamiento reticular de las asambleas de base. Este método de impecable factura democrática teórica exige a la ciudadanía un permanente estado de vigilia y, además, eterniza la toma de decisiones. Pero considero que este método es insuperable para debatir y decidir sobre los grandes temas y las líneas maestras de una acción o una decisión, siempre y cuando la consulta total y definitiva se inscriba en un tiempo prudencial y operativo.

Nos queda, por tanto, lo que se ha llamado democracia representativa.

Sí, pero eso no significa que las dificultades se hayan resuelto del todo. Quedan problemas de calado. El primero de ellos, ya lo hemos comentado, la Ley electoral. Los demás devienen de las respuestas a cuatro preguntas: ¿Quién recibe el voto ciudadano? ¿Para qué? ¿Qué controles cívicos operan después sobre los electos? Y, ¿no hay, además, otros mecanismos que complementen, corrijan y supervisen el funcionamiento de la Democracia representativa? Se hace necesario ver todas estas cuestiones.

Los partidos políticos y, esporádicamente las agrupaciones electorales coyunturales, son los receptores del voto ciudadano. La Constitución de 1978 fue muy reduccionista al plantear en el artículo 6 que los partidos políticos *"expresan el pluralismo político, concurren a la formación y manifestación de la voluntad popular y son instrumentos fundamentales para la participación política".* Si de mí hubiera dependido la redacción del artículo, hubiese comenzado así: *"El ciudadano y la ciudadana son, por naturaleza, los sujetos de la participación política"*. Después, le añadiría el resto y cambiaría *fundamentales* por *importantes*.

¿No estás de acuerdo entonces con la concepción que ahí se refleja de los partidos políticos?

No estoy de acuerdo con la exclusividad práctica que se les otorga a la hora de la participación política; y digo *práctica* porque al residenciar en ellos el papel de actor principal, sin mencionar a la ciudadanía, terminan por ser los demiurgos de la actividad política.

Los partidos políticos son fundamentales en la medida en que aglutinan a personas con una misma ideología, un mismo programa y una organización adecuada a su implantación en la sociedad con la vista puesta en ser hegemónicos en ella. Esa pretensión es lícita, la tienen, sin excepción alguna, cualquier grupo humano, religioso, político, filosófico, etc. Pero por eso mismo tiene un papel de difusión de ideas, programas, valores, actitudes, prácticas y entrega cívica que los convierten en impulsores del pensamiento, la organización de actividades y, en su caso, de la concurrencia a los procesos electorales bien en nombre del partido o bien en plataformas más amplias formalizadas en torno a un programa específico.

No, no estoy en contra de los partidos políticos, yo soy miembro de uno de ellos. Lo que quiero es que, debido a la fijación en un sola actividad: la político-institucional, no se conviertan tal y como ahora ocurre, en simples máquinas electorales, exclusivamente.

Si el ciudadano fuese el sujeto preferente de la participación política, la cosa hubiera cambiado a la hora de redactar el texto de 1978. El referéndum hubiese sido vinculante en todos los casos, además de ser un mecanismo de uso más frecuente y aplicable a todo tipo de leyes sin excepción alguna.

Las Iniciativas Legislativas Populares necesitarían de menos avales porque al ser el ciudadano el principal sujeto de la participación política, la tarea legislativa les atañe de manera muy importante. Pero además, la participación ciudadana en todos los ámbitos de la política, estaría reconocida y reglada.

Y también se verían los casos, modos y maneras en que los electos podrían ser revocados por el soberano. Todo un giro copernicano en la concepción de la democracia representativa. Un giro que conviene profundizar más allá de los ejemplos que he expuesto.

Si nos atenemos a la segunda cuestión que planteabas en torno a la democracia representativa, ¿para qué se entrega el voto?

La respuesta no admite duda alguna: para cumplir milimétricamente tanto en el gobierno como en la oposición, lo prometido en las campañas electorales.

Constituye un auténtico escándalo la petición de voto sin más compromiso que el de usar de él para tomar posesión del tipo de acta que sea, concejal, diputado, etc. Esta perversión política se manifiesta incluso en el lenguaje; así se suele preguntar al político o éste a otro *¿usted que vende*? Es una concepción basada en que la política es una mercancía sometida a la ley de la oferta y la demanda.

Desde esa visión, no debe extrañar que el programa, el proyecto, la propuesta, carezcan de interés alguno. Cuando esto ocurre la captación del voto –que no debiera hacerse sólo en cada campaña sino cada día desde el ejemplo, fundamentalmente– se transforma en un espectáculo que necesita de cantidades ingentes de dinero para deslumbrar y bloquear la mente de los ciudadanos.

Pero con ser grave todo lo anterior, para mí lo más grave, lo que constituye materia de estafa y delito de lesa Democracia, es la degradación de la noble tarea de la Política en una competición de *trileros* y tunantes. La Política tiene, por aplicación consecuente de su definición, una carga didáctica que motive al ciudadano a intervenir activamente en ella. Y en que esto ocurra tiene también su alícuota parte de responsabilidad el pueblo soberano; aquellos que demandan *"dales caña"* o los que siguen votando a incompetentes, incumplidores de las promesas electorales y ladrones convictos, tienen mucho que ver con este triste espectáculo.

Podríamos decir que no existe ningún control real sobre los políticos votados, ningún mecanismo que les enfrente permanentemente con sus representados...

Los controles cívicos sobre los electos no existen en absoluto. Cada cuatro años se extiende un cheque en blanco y a esperar otros cuatro para, si se tiene memoria, retirar el apoyo.

Además, los controles que contempla la Constitución son puramente institucionales y son sólo dos: la Moción de Censura y la Cuestión de Confianza, que atañen ambas al Presidente del Gobierno. Por la primera, cualquier grupo de diputados puede pedir, con determinas condiciones, que el Jefe del Ejecutivo se someta a un debate en el que al final del mismo hay una votación sobre si la cámara vota al Presidente o al candidato que se ha presentado en nombre de un grupo de diputados y con un programa que tras su discusión es lo que se somete a votación. Se llama Moción de Censura *constructiva* y, en puridad democrática, es una tomadura de pelo.

La Cuestión de Confianza la plantea el Presidente del Gobierno para, tras un debate, someterse a la votación sobre si sigue o se va. Y sólo suele plantearse cuando se está seguro de tener los apoyos necesarios para continuar.

Por lo demás, los ministros no pueden ser revocados por la Cámara ya que al ser nombrados por el Presidente solamente responden ante él.

Resulta sorprendente que la tan criticada Venezuela contemple el llamado *referéndum revocatorio* por el que el Presidente, fuera del período electoral y en pleno ejercicio de su mandato, somete a referéndum su marcha o su continuidad. Chávez lo planteó una vez y lo ganó.

Yo creo que con los mecanismos de la Iniciativa Legislativa Popular convenientemente adaptada a lo que sobre ella he planteado anteriormente, se podría hacer que la ciudadanía revocase al Presidente.

Y también debiera contemplarse que, a través del Defensor del Pueblo y con existencia previa de un código deontológico y ético del cargo político, se pudieran demandar, vía judicial, los, incumplimientos de las promesas electorales.

Sobre éstas y otras cuestiones puede y debe hacerse un debate cívico que facilite el buen funcionamiento de la Democracia representativa. Y como consecuencia del debate acerca de la independencia del Poder Judicial y la real o supuesta injerencia del Legislativo sobre el mismo, recomiendo lo que señalaba la no aprobada Constitución de la I República, en su Título X, desde el artículo 72 hasta el 80.

En este análisis que acabas de hacer, has hecho a la vez algunas propuestas concretas. ¿A quién se las haces y para qué?

Desde luego van dirigidas al lector y a la lectora, al ciudadano y a la ciudadana. Estas propuestas constituyen parte de lo que creo deben ser los contenidos axiales de la Constitución de la III República Española, en el apartado dedicado a la Democracia y su desarrollo pleno.

A todos nos corresponde iniciar este debate.

VIII
LA PAZ COMO OBJETIVO, ÁMBITO Y PROGRAMA

La construcción que Anguita realiza del proyecto para una III República pasa por todas y cada una de las ramificaciones sobre las que un Estado debe asentarse, teniendo en cuenta además el entorno internacional actual. Y desde esa concepción, se aborda el papel que quiere ocupar este estado republicano en el ámbito de la seguridad y de la defensa, transformando su modelo en uno firme defensor de la Paz.

Existe un aforismo latino que ha venido perdurando a través de los siglos y que se formula así: *"Si vis pacem, para bellum"*. Si quieres la paz, prepárate para la guerra. Este aforismo, que sigue teniendo gran acogida entre los gobernantes, los militares y también entre una gran parte de la opinión pública, se ha demostrado que tenía un amplio respaldo de la experiencia histórica. Porque las guerras han sido frecuentes, continuas, cada una más feroz que la anterior, evolucionando desde el armamento primitivo hasta el más sofisticado a día de hoy.

Y tanto los gobernantes, los políticos como la opinión pública en general, siguen todavía comulgando con este principio: si queremos no tener enfrentamientos ni derramamientos de sangre, hay que armarse para que los demás nos respeten y, por tanto, no tengamos guerra.

Lástima que la realidad de estos miles de años de existencia de la especie humana hayan demostrado lo contrario.

Ciertamente esa es la realidad mundial que nos encontramos como asumida en un entorno internacional con continuos conflictos bélicos, pero ¿tiene que ser así forzosamente? ¿Hay que asumirlo así? ¿O es posible realizar otro planteamiento?

Creo que se puede, y se debe, apostar por otro modelo. El presente capítulo intenta esbozar las líneas maestras de una política de Paz que, depuradas y profundizadas, constituyan el tercer eje de la Constitución de la III República.

A lo largo de estas conversaciones y las anteriores, he planteado la labor didáctica, educativa, que una República de ciudadanos está obligada a impartir. Una labor de aportación de nuevos valores y nuevas prácticas que anuncien y preparen otro orden de cosas. Y en ese sentido, traigo de nuevo las palabras de Jacques Monod cuando hablaba de la opción que se le planteaba a la Humanidad: el Reino o las Tinieblas.

Y aquí, hay que tener muy claro que escoger el Reino significa escoger la Paz. Y eso es de una dificultad mayúscula. Porque en el lado de las Tinieblas, en el lado de la guerra, no solamente están las tendencias primitivas y posiciones inerciales del animal que aún somos, sino lo que es peor, los intereses económicos que siempre hay detrás de la guerra.

En consecuencia, al hablar de este ámbito del estado, tenemos que plantear la República como alternativa ética de modelo de sociedad, regido por unas relaciones que no sean de fuerza. Y esto nos lleva a hablar de una República en la que la igualdad *estricto sensu* sea la que presida su desarrollo.

Por tanto, hablemos de Paz como el ámbito en el que una sociedad y un Estado se inscriben para hacer imposible –o muy difícil– la guerra. Además, debemos asumir que la Paz es un contorno álgido de racionalidad, cooperación y desarrollo de la evolución de la especie. La Paz es un proyecto de modo de vida, de valores, de actitudes y de comportamientos.

Este sentido de la seguridad y de la defensa en un estado, de alguna manera ya se había planteado en la anterior República en España. ¿Podemos decir que la apuesta por la Paz es inherente al modelo republicano?

Nuestra memoria más reciente al respecto se sitúa en la Constitución de la II República Española que, en su artículo 6 señala: *"España renuncia a la guerra como instrumento de política nacional"*. Así de sencillo.

El artículo tenía una lógica no sólo inspirada en la apuesta por la Paz sino también en las campañas de Marruecos que durante parte de los siglos XIX y XX consumieron vidas humanas sin otro horizonte que las políticas de "prestigio" o las ambiciones de los militares "africanistas".

Pero hay más artículos de la Constitución de la II República que debemos traer a colación. Así el 77, en su apartado E dice: *"El presidente de la República no podrá firmar declaración alguna de guerra si no es con las condiciones que le prescribe la Sociedad de Naciones"*. Se trata de una supeditación clara de un gobierno a un organismo internacional reconocido por todos. Todo un ejemplo para los sucesivos Gobiernos de España y las guerras de agresión ocurridas en Yugoslavia, Irak o Libia.

Y respecto al inevitable uso de la fuerza, se plantea en el mismo artículo cuando dice que la declaración de guerra se producirá *"sólo una vez agotados aquellos medios defensivos que no tengan carácter bélico y los procedimientos de conciliación y arbitraje establecidos en los convenios internacionales de los que España fuera parte"*.

De estas líneas constitucionales ¿debe entenderse que la II República hizo una apuesta total por la Paz?

Creo que es algo más sencillo; debe entenderse que en aquel entonces había un sentido menos gregario y genuflexo de las relaciones internacionales. Tengamos presente que en la Europa de entonces los fascismos y su carrera de armamentos, estaban en auge. Así que aquella Constitución en España era todo un ejemplo de independencia de criterio.

Sin embargo la cuestión de la Paz como estrategia política de Estado es mucho más que recuperar aquellos incipientes pasos dados por la República de 1931. A mi juicio, en la actualidad, el proyecto republicano en torno a la Paz debe desarrollarse en torno a cinco ejes que de manera muy global voy a comentar. Ni el espacio ni el tiempo, ni tampoco mi falta de especialización en ellos, me permiten hacer otra cosa que proponer el debate, expresar algunas consideraciones y marcar lo que considero tendencias de futuro. Esos cinco ejes tratan la Paz como algo mucho más que la ausencia de guerra; la situación de las alianzas militares del Reino de España; la carrera de armamentos y el negocio que la potencia; los nuevos ejércitos; y finalmente, una Cultura para la Paz.

Empezando por el primer eje ¿a qué te refieres exactamente al decir que la Paz es mucho más que la ausencia de guerra?

Permíteme que antes de desarrollar la primera cuestión, subraye algo que se deduce de mis palabras pero que no deseo quede en una simple deducción. La Constitución de la III República debiera incorporar a su articulado la filosofía que informa los artículos 6 y 77 de la Constitución republicana de 1931. Pero además, debiera fijar con precisión la postura de la República ante lo que se denomina guerra punitiva en el marco de nuestra pertenencia a una organización manifiestamente mejorable como es la ONU.

Y entrando en la Paz como algo más que la ausencia de guerra, diré que, por principio, debemos tener claro que una idea, un concepto, no puede definirse en función de la no existencia de otro que se presenta como antagónico. Es lo mismo que decir que la vida es la ausencia de muerte; dicho así, aparecen la vida y la Paz como momentos o situaciones que sólo son posibles si el contrario no existe. Dependen pues de él, no tienen contenido específico más allá de lo que el otro les deje tener.

Sé perfectamente que durante milenios la guerra, la destrucción y la actitud depredadora de los seres humanos contra su especie y contra la naturaleza ha sido la normalidad. De esta manera, se definía a la Paz como el descanso entre dos guerras.

El ser humano ponía su inteligencia al servicio de sus deseos, pulsiones y ambiciones. Todas las guerras que en el mundo han sido, han tenido y tienen una base económica que se expresa en la lucha por la tierra, los rebaños, las aguas, la seguridad de la tribu o del clan en la antigüedad, y en el presente se traduce en la lucha por la energía, los alimentos, el agua, las redes de comunicación o simplemente por la conquista de mercados.

Esta base primaria sobre las que se asientan las guerras no suele aparecer en primera línea de las motivaciones; se oculta, se disimula o se justifica en función de "nobles ideas" como el patriotismo, el prestigio de la dinastía reinante, la religión, la raza, la libertad o la democracia. No digo que, a veces, estas formas justificadoras de la guerra cobran vida propia y parecen erigirse en las razones de fondo; pero es simplemente un espejismo. En la base de las guerras, siguen estando el hambre, la injusticia, y la marginación de unos frente a la explotación, el mantenimiento del estatus injusto y el expolio de recursos de otros.

Otrosí debe decirse de la violencia callejera o de la inseguridad en las calles. Erradicar en las relaciones internacionales y en las internas de cada país las abrumadoras diferencias, es empezar a construir la Paz.

Por eso, un orden internacional justo, sin intercambio desigual, una sociedad en la que las necesidades mínimas estén satisfechas, se coloca en la línea de salida hacia la conquista de la Paz.

Suele aducirse que la política de Seguridad de cada Estado o de cada conjunto de Estados es prioritaria; eso sería verdad si el concepto Seguridad perdiera su connotación militar y pasase a ser incorporada al lenguaje civil. Una sociedad segura lo es porque sus integrantes tienen asegurada la satisfacción de sus derechos más inalienables; una sociedad segura es aquella donde los Derechos Humanos y la Carta de la Tierra constituyen la norma a aplicar y desarrollar.

La Seguridad se basa en la Justicia. Pero todo esto, con ser muy importante no constituye por sí solo la realización plena del concepto Paz; es indispensable pero no suficiente.

Porque el concepto de Paz al que te refieres va mucho más allá... ¿A qué llamas la plenitud de la idea de Paz?

Mira, la Historia de la Humanidad es la historia de la evolución de un animal denominado racional; es la Historia inacabada de un proceso que contiene en sí mismo un universo de potencialidades. Piensa un momento en lo siguiente. Imagínate que en este planeta sus 7.000 millones de habitantes tuviesen resueltas las necesidades inherentes a su condición de humanos. Imagínate que en el mundo existiese un orden medianamente justo y equilibrado en el que la fuerza coercitiva de los Estados sólo existiera para dirimir conflictos derivados de las pulsiones instintivas dirigidas contra otros por cualquier persona o grupo y no derivadas de situaciones de necesidad o inseguridad. Imagínate en definitiva, el potencial de investigar, crear belleza, desarrollar conciencia colectiva sin por eso perder el yo y de facilitar la capacidad evolutiva de los humanos. A eso llamo Paz: no es sólo una necesidad; es también una meta, una norma de conducta, una ética, un proyecto de la especie. Es un proyecto racional, posible y deseable. Es, tal y como Monod apuntaba, el Reino.

Así considerada, parece que este concepto de Paz es, en primera instancia, una meta a la que se puede y se debe aspirar. Y para ello, habría que poner, desde ya, todos los medios para empezar el camino de su implantación...

Efectivamente, ese primer tramo de Justicia Social tendente a la igualdad y la libertad es clave para empezar a construir con buen pie una sociedad de Paz.

Pero debemos avanzar en el concepto y reflexionar sobre los otros cuatro puntos restantes en los que baso la Paz. Constituyen una materia sobre la que hay dos posiciones encontradas y bastante antagónicas; la una, desde la militancia apasionada, cargada de razones y evidencias documentadas; la otra, hermética, poco amante de debates sobre la cuestión, centra la defensa de su posición en la contundencia de los hechos consumados.

En primer lugar, debemos constatar que hay una corriente de opinión, bastante extendida que considera fuera de lugar la existencia de bases militares extranjeras en España. Es obvio que dichas bases han constituido y constituyen –las que están operativas– un pilar estratégico de primer orden para las operaciones de castigo realizadas por el ejército de EEUU. Y esa presencia americana en España tiene lugar desde la firma de los tres tratados de "cooperación" entre el régimen franquista y el Gobierno americano el 26 de septiembre de 1953.

Los argumentos dados entonces se basaban en el "peligro" comunista y, en consecuencia, además de crear la OTAN en 1949, los EEUU buscaron la manera de establecer una red de bases que potenciasen su capacidad operativa dentro del diseño de la política exterior tendente a hegemonizar el planeta.

Pero la desaparición de la URSS y del Pacto de Varsovia dejaban sin justificación alguna la permanencia de las bases; y es que, como se ha visto después, el objetivo era otro, que ya hemos comentado. En realidad, las bases forman parte de una filosofía fundamentada en la inevitabilidad de poseer la fuerza militar suficiente como única garantía de mantener la Paz, es decir, lo que ellos denominan Paz, la *Pax* americana.

Para un Gobierno republicano que vaya más allá de la simple sustitución en la Jefatura del Estado y asuma como metas los Derechos Humanos y los del Planeta, la cuestión de la presencia norteamericana en España debe ser abordada, por pura coherencia. No solamente por una cuestión de principios, sino por la experiencia vivida durante las campañas contra Yugoslavia o Irak.

En ese mismo sentido, ¿la III República se replantearía su pertenencia a la OTAN?

Sí, de la misma manera, debe abordarse nuestra presencia y nuestro papel en la OTAN. Parecen haberse olvidado dos cuestiones sobre este asunto que conviene recordar. La primera de ellas fue el incumplimiento total de las condiciones que figuraban en la pregunta sometida a referéndum y que resultó ganadora. El descrédito de la política es consecuencia del de muchos de sus agentes.

El segundo asunto turbio referido a la OTAN fue la reestructuración de la misma en 1999; tras ella, la organización cambiaba de estructura, ampliaba su ámbito de acción a todo el planeta, casi se independizaba de la ONU y se erigía en la ejecutora de los dictados imperiales y sus intereses económicos. Era, sobre el papel, otra OTAN.

En España, el debate parlamentario sobre ello pasó prácticamente desapercibido gracias a los *atlantistas* en el Congreso de los Diputados (casi todos) y también al silencio connivente de los medios de comunicación. Fue una segunda violación de los acuerdos del referéndum que pasó casi desapercibida.

Por tanto, desde un Gobierno republicano que haga de la Paz una apuesta firme, se deberán tomar dos medidas, anunciadas con antelación y realizadas según los tratados y el Derecho Internacional: la convocatoria de dos referéndums vinculantes acerca de la no renovación de los tratados con EEUU cuando caduque la fecha de los actuales; y el inicio del proceso por el que España se irá desvinculando de la OTAN.

El Gobierno de la III República procederá en consecuencia con lo que el pueblo español decida. Y corresponde al Gobierno de la III República exponer en toda su dimensión la importancia de la decisión, así como las ventajas que tal medida conlleva sin omitir por mor de claridad ante el pueblo, las dificultades derivadas del orden internacional existente, que podrían desembocar en una nueva visión de las alianzas y los tratados internacionales que las concretan.

Esto que propones es un paso de gran calado, de gran responsabilidad. ¿No temes que enfriara los deseos de cambio que puede haber actualmente?

Lo que no se debe hacer, sobre todo cuando hablamos de una nueva era política que tiene como núcleo a la III República, es utilizar un lenguaje oscuro, de doble significado y que engaña a la ciudadanía. El ejemplo de lo que hizo el PSOE con la OTAN no puede repetirse.

Y tras esa propuesta sobre las alianzas militares de una España republicana, ¿cuál sería el siguiente paso?

En mi propuesta sobre los contenidos de una política de Paz impulsada por la República no hay una gradación temporal que implique una sucesión de medidas según se vayan consiguiendo las anteriores. Desde las medidas dirigidas a conseguir una sociedad segura, según criterios civiles, hasta la revisión de las alianzas militares, pasando por las que a continuación propondré, todas se insertan en un único *tempus* de manera simultánea.

Precisamente, esta claridad con las que voy exponiéndolas, es la garantía de que, si la ciudadanía opta por República, no puede aducirse engaños, medias tintas o equívocos. Siempre quedará, claro está, la modulación que la ciudadanía introduzca en el proceso. Pero lo hará, si lo hace, desde la información más transparente y sin ocultamiento alguno.

Y en ese sentido, la siguiente cuestión que debe abordarse desde una óptica de Paz es la carrera de armamentos, el negocio de los mismos, su fabricación y su papel en la operatividad de los ejércitos.

Como anteriormente comenté, fue Eisenhower al despedirse de la Presidencia de EEUU quién alertó acerca del monstruo que ellos mismos habían engendrado: el complejo de la industria militar de aquél país. No había ninguna exageración en aquellas palabras. Hoy en día, el presupuesto militar de EEUU es la mitad de todo el presupuesto mundial de defensa.

Pero el problema no sólo estriba en la proliferación de armamento convencional, sino en la acumulación de armamento nuclear que actualmente se conserva y que puede ser utilizado en cualquier momento. Hagamos una pequeña reflexión sobre unos datos que nos dan la exacta dimensión del problema. Las bombas más poderosas de la II Guerra Mundial tenían una capacidad destructiva de una decena de toneladas de TNT; la bomba lanzada sobre Hiroshima en 1945 tenía 13.000 toneladas de TNT; en el momento presente, se dispone de cabezas nucleares con una capacidad destructiva de mil millones de toneladas. Todo ello, como consecuencia de una disparatada y demencial concepción de la Seguridad.

Desde luego, cuesta creer que todo eso se deba a una locura colectiva que se haya instalado en los gobiernos. Responderá a un objetivo...

No todo es locura, desde luego. La fabricación de armamento, junto con el narcotráfico, constituye una fuente de ingresos y negocios para estados y particulares de primera magnitud.

Por eso, los estados y los ciudadanos decididos a combatir la proliferación no sólo de las armas nucleares sino también de las convencionales, deben ser conscientes de los marcos legales y políticos en los que deben insertar su lucha para superarlos con posterioridad.

La magnitud de los gastos en armamento en el mundo es de tal calibre que parece imposible; pero según el Instituto de Estudios para la Paz de Estocolmo (SYRISA), el gasto mundial en armamento es de más de un billón setecientos mil millones de dólares; y el tráfico ilícito de armas –el que sostiene a los cuerpos paramilitares– de unos 55.000 millones de dólares.

En el caso de España, la clarificación exacta del gasto en armamento debe abordarse desde un doble observatorio: el de los Presupuestos Generales del Estado (PGE) y el del marco europeo. Por el primer frente de lucha conviene saber qué son gastos militares y qué son gastos en armamento, ya que no suelen ser la misma cosa. En los primeros se incluyen los de personal, mantenimiento, logística, compromisos de colaboración, etc. Son gastos corrientes que se reflejan en las partidas correspondientes de los PGE destinados a Defensa.

Los gastos en armamento pueden estar en otros lugares y bajo otros epígrafes presupuestarios como Industria, Investigación, Tratados Internacionales, etc. Por tanto, en una República con los valores de Paz como unos de sus ejes fundamentales, los gastos militares que durante un tiempo hayan de hacerse –y que veremos después–, deben estar consignados en un mismo epígrafe y perfectamente controlados por los órganos democráticos correspondientes.

Mira, en estos momentos, España tiene una deuda militar acumulada de 32.000 millones de euros a causa de los Presupuestos Especiales de Armamento (PEA). Se han dado casos en los que el material adquirido ha sido considerado inútil por la cúpula militar. Por ello, y basándose en razones de gasto, la III República debiera seguir una política de armamento cada vez más restrictiva y además transparente a la hora de las contrataciones, para evitar así posible casos de comisiones ilegales y corrupción. Claro está que la disminución en la producción de armamento en España, crearía problemas con respecto a los puestos de trabajo que pudieran perderse; en esto debe haber una posición tajante: cualquier reestructuración pasa, primero, por buscar acomodo y alternativas a los trabajadores cesantes.

Pero el gasto en armamento tiene, además, una cobertura legal que debiera ser objeto de consideración para dejarla sin efecto. Me refiero a la Agencia Europea de Armamentos (AEA) y los compromisos de adquisición de material bélico a través de la misma sancionados por el Tratado de Lisboa del año 2007. Según este tratado, la AEA tiene entre sus objetivos dos muy ilustrativos: uno, reforzar las capacidades industriales y tecnológicas de la Unión en el ámbito del armamento; y dos, promover la cooperación europea en el mismo ámbito.

No debe extrañarnos que Grecia en la situación que hoy conocemos, sea el país que porcentualmente tiene el mayor gasto en armamento de toda la UE. Por lo que se refiere a España el gasto militar para el 2013 es de 16.492 millones de euros, más del doble de lo que el Gobierno ha indicado. Por eso, insisto, en que se debe desglosar el gasto bélico en dos partes: gastos militares y gastos en armamento.

Pero por mucha transparencia que se haga en el gasto militar, hay que abordar la cuestión central. ¿Es necesario tal gasto en armamento?

El caso es que el gasto en armamento tiene un componente de compromiso en los tratados internacionales que la III República debiera ir eliminando con la mayor celeridad posible. Además, debe tenerse en cuenta que la mayor parte del armamento es de carácter pesado, es decir, para usar en intervenciones mal llamadas *"humanitarias"* que realmente no son otra cosa que operaciones de geopolítica muy ajenas a nuestros intereses como país.

Creo que también debe reflexionarse acerca de la "utilidad" del armamento comprado por la obligación contraída por los tratados internacionales. Si la misión del Ejército, tal y como se desprendía de los artículos 6 y 77 de la Constitución de la II República, es la defensa del territorio, la mayoría del arsenal armamentístico está sobrando. Porque si usamos la lógica y analizamos con serenidad, veremos que está demostrándose día a día que la victoria militar estriba en la supremacía aérea; desde los misiles hasta los ingenios volantes de última hora como los drones, pasando por toda la gama de cohetería y balística y las unidades aéreas, por no citar las armas química y bacteriológicas, el poder militar de EEUU, Rusia, China y unos cuantos países más es incontestable. A no ser que entrásemos en un delirio de gasto bélico a todas luces empobrecedor y además imposible.

Por otro lado, el factor humano que se introduce en el conflicto lo constituyen, además de los combatientes muertos en campaña, las víctimas de los llamados daños colaterales que multiplican por diez a los muertos con uniforme, y la ciudadanía que debe soportar las expediciones aéreas de castigo y los gastos bélicos que sobre ella gravan en función de su condición de ciudadanos y ciudadanas contribuyentes.

En consecuencia, la defensa de nuestras fronteras no puede consistir en un gasto armamentístico disparatado y que además sustrae a la ciencia de sus aplicaciones pacíficas para ser utilizada en ingenios bélicos cada vez más sofisticados, mortales e inútiles. La defensa de un territorio es factible con unas fuerzas armadas convencionales bien preparadas y con algo mucho más importante: la actitud ciudadana ante un hipotético invasor.

Quiero traer aquí las palabras de Robert McNamara, Secretario de Defensa de EEUU entre 1961 y 1968 sobre los gastos en armamento:

"Ningún gobierno puede sustraerse a la responsabilidad de asegurar un nivel apropiado, razonable, de defensa a su sociedad. En un mundo imperfecto, ello resulta necesario. Pero lo que resulta igualmente necesario es comprender que el concepto de seguridad abarca más que la simple fuerza militar, y que una sociedad puede alcanzar un punto a partir del cual las inversiones militares adicionales no produzcan una seguridad adicional".

En este contexto internacional, puede haber temor a que si España no se alía con un estado poderoso, estemos en riesgo de que otros usen la fuerza contra nosotros...

Creo que en este siglo XXI lo de "nosotros" debe ser considerado como algo más amplio que lo enmarcado por las fronteras llamadas nacionales. De hecho, se tiende a los grandes conjuntos territoriales y a la supresión de esas fronteras nacionales.

Lo que ocurre es que los grandes conjuntos en su lucha por las fuentes de energía, alimentos e intereses geopolíticos son unos aliados y unos protectores poco recomendables porque, entre otras razones, no tenemos quien nos proteja de los *protectores*. Quiero decir que, en consecuencia, no queda sino optar entre mantener nuestro criterio buscando alianzas sociales fuera de las fronteras y contando con un fuerte respaldo de la población, es decir, haciendo política internacional más allá del estrecho margen de las predeterminaciones actuales (OTAN, UE); o seguir en la espiral de una carrera de armamentos que, además de obstaculizar el avance hacia la Paz, lastran económicamente al pueblo soberano.

Queda claro entonces que la guerra sólo es asumida en el estado republicano como último recurso. Pero eso, en sí mismo, está planteando la necesidad de que el estado tenga un Ejército. No se plantea su desaparición, por tanto. ¿Cómo se concibe ese Ejército en la III República?

Bien. Es cierto que, si hablamos de entrar en guerra puramente defensiva aunque sea en última instancia y sólo se haga en el caso de ser agredido y dentro del marco de la Carta Fundacional de la ONU, el Estado, hoy por hoy, debe tener un Ejército. Pero con una función puramente defensiva. Y eso no significa que ese Ejército sea la mera suma de unas unidades militares que esperan en sus cuarteles a que el país sea agredido. No.

Un Ejército de carácter defensivo no es ni más ni menos que una concepción militar, que centra toda su estrategia en repeler una agresión, contando además con el respaldo operativo de la ciudadanía en la medida en que ella tiene clara la necesidad de defenderse. Esta idea no es la clásica concepción del Ejército como *el pueblo en armas,* pero sí la asunción cívica de que la defensa armada ha sido inevitable.

Es una forma de entender el Ejército, un modo de actuar, una logística y unas tácticas específicas muy alejadas de los planteamiento de las guerras *preventivas*, de *prestigio* o de apoyo a intereses geoestratégicos ajenos a nosotros. Y ello exige una concepción del Ejército distinta a la de instrumento exclusivo de violencia al servicio de ideas tan evanescentes como *patria, dignidad nacional* o *seguridad* (en el sentido militar del término). No hay que esforzarse mucho en analizar los hechos históricos para deducir que tras esas palabras se han ocultado casi siempre intereses inconfesables de determinadas minorías.

Se plantea entonces un cambio de modelo para el Ejército, una nueva orientación basada en la garantía de la seguridad del Estado y de la ciudadanía. ¿En qué se basarían ahora sus funciones? ¿Cómo se articularía ese cambio de modelo?

Ante nuestros ojos se están produciendo algunos cambios, tímidos pero en orden a una nueva concepción de los ejércitos y su misión. Pero estos cambios –que después comentaré a la hora de hacer una propuesta de ejército republicano– se ven oscurecidos ante hechos que surgen a la opinión pública y que dan medida del necesario cambio de modelo para el Ejército.

Cuando tiene lugar esta conversación se ha desatado un hipócrita escándalo a causa de las declaraciones de un general de división en la reserva –el general Chicharro–, acerca de la hipotética secesión de Cataluña. Ya hace unos años el teniente general Mena dijo más o menos lo mismo, es decir que el Ejército no podía tolerar la ruptura de la *unidad de la patria*. Estos hechos merecen una reflexión. En primer lugar ambos militares no han hecho otra cosa que aludir a un precepto constitucional, el artículo 8 que dice en su apartado 1: *"Las Fuerzas Armadas constituidas por el Ejército de Tierra, la Armada y el Ejército del Aire, tiene como misión garantizar la soberanía e independencia de España, defender su integridad territorial y el ordenamiento constitucional".*

Este artículo es una copia casi exacta del 37 de la Ley Orgánica del Estado, aprobada y vigente en la Dictadura; los cambios con respecto a ella estriban en que en la ley franquista figuraban además las Fuerzas de Orden Público y que en vez de *ordenamiento constitucional* se hablaba de *orden institucional.*

El "desliz" de ambos militares no está en la alusión a la Constitución, porque es un hecho evidente que se le encarga a las Fuerzas Armadas la misión de defender su *integridad territorial.* Los que redactaron la Constitución, los que la aprobaron en las Cortes y los que la refrendamos en referéndum tenemos nuestra responsabilidad. En esta cuestión como en muchas otras, la Constitución de 1978 fue una chapuza, redactada desde la presión y el "consenso", que al cabo de los años ha mostrado las debilidades, incoherencias y aplazamientos que ahora reivindican su cumplimiento.

El problema de las declaraciones de ambos militares estriba en una concepción que el general Chicharro ha explicitado con meridiana claridad: *"la Patria está por delante de la Democracia"*. Si el Ejército como cuerpo, como institución, sigue apelando a conceptos tan proteicos y tan poco concretos como *patria* para oponerlos a la *democracia* es que necesita una profunda remodelación tanto como institución como de las enseñanzas que se imparten en sus centros de formación y titulación.

Esto nos puede dar la medida de ese cambio necesario en el modelo de Ejército que la III República reivindica...

Sí, decía con anterioridad que había indicios de una nueva concepción del Ejército derivada de algunas misiones de las que se había hecho cargo. El 7 de octubre del año 2005, el Consejo de Ministros creó la llamada Unidad Militar de Emergencia (UME) cuya misión principal era la de acudir a resolver los problemas derivados de las catástrofes naturales y de las situaciones de excepción derivadas de accidentes y acontecimientos atmosféricos, terrestres o marítimos que afectasen a la seguridad ciudadana.

Estas misiones exigen una alta preparación técnica, la entrega de los militares, un sentido de la disciplina y del valor derivado de la gravedad de las situaciones a las que deben enfrentarse y, junto a todo ello, un sentido de labor colectiva entregada y dedicada a la seguridad ciudadana. El uso de determinadas maquinarias e instrumentos técnicos para abordar ocasiones de peligro generalizado, exigen una alta preparación técnica y una alta cualificación ética de sus componentes. El Ejército, así considerado y organizado, se constituye en el mecanismo democrático de abordar emergencias y situaciones de gravedad para la colectividad.

Y es desde los supuestos de defensa nacional y de emergencia social desde los que debe, a mi juicio, constituirse el nuevo Ejército en una República para la Paz.

Esta nueva visión nueva del Ejército necesita de muchos cambios, tanto en la mentalidad colectiva, como en las diversas instituciones y en la propia educación de la sociedad...

Sí, desde luego. Es obvio. Si tuviéramos que sintetizar el marco en el que inscribir esta nueva visión tanto en la conciencia ciudadana como en la mentalidad castrense lo haríamos en cuatro puntos básicos.

Por el primero, la III República debiera, desde el sistema educativo y los medios de comunicación de titularidad pública, crear una conciencia cívica de Paz y distensión en todos los ámbitos de la sociedad.

Como segundo punto y, a través de las actividades diplomáticas pertinentes, debiera planificarse toda una proyección de iniciativas y acuerdos tendentes al control de armamentos de cualquier tipo, empezando por las propias industrias nacionales.

Asimismo, se debiera crear un estado de opinión que se concretase en la reforma democrática de la ONU, así como de sus mecanismos de incidencia en las crisis. Y en ese sentido, trabajar en la sustitución progresiva de los ejércitos nacionales por unas fuerzas multinacionales de intervención para la Paz.

Y desde luego habría que delimitar las funciones de las Fuerzas Armadas, integrándolas en las preocupaciones de toda la sociedad, entre ellas, un esfuerzo colectivo por la Paz.

En este sentido, creo que los planes de enseñanza, a todos los niveles, debieran situar como actividad fundamental la orientación hacia la Paz desde todas y cada una de las disciplinas que se imparten en los centros educativos. Los saberes, tanto los tradicionales como los nuevos, cobran su exacto sentido desde la óptica de la utilidad pública. Y no cabe duda alguna que no hay mayor utilidad que la de la *PAZ*, con mayúsculas.

Y así, se debe abordar la reforma de la enseñanza de los centros de formación y capacitación militar. Precisamente, al ser el Ejército así concebido una institución que debe cooperar para alcanzar en su día una situación en la que no sea necesario –la Paz–, deben sus integrantes recibir una formación técnica y humanística de primera calidad.

El hombre o la mujer que escogen la milicia como profesión no hacen otra cosa que, realizándose, devolver a la sociedad la confianza y el reconocimiento que ésta ha depositado en ellos confiándoles un armamento entendiendo que éste jamás será empleado contra ella y sus decisiones democráticas.

IX
HABLEMOS DE AUSTERIDAD

En este momento, toca hacer parada en un pilar del "modus operandi" que para Anguita debe tener todo estado republicano: la austeridad, como una propuesta alternativa en sí misma del propio Estado. Sin embargo, el concepto de austeridad que aquí se defiende, se da de bruces con la actual manipulación que este término sufre por parte de los gobiernos, como sinónimo en la práctica de los recortes sociales que se están aplicando en esta crisis.

¿No causa miedo defender la austeridad, hoy en día, como un eje fundamental del proyecto de III República?

Debo reconocer que reclamar para un proyecto político de corte republicano el desarrollo del concepto austeridad en estos momentos es provocar, de principio, una animadversión por parte del lector. Y la razón es obvia, porque la palabra austeridad está siendo utilizada por los gobiernos de turno para llamar así a lo que son simplemente ataques contra el Estado del Bienestar, los Derechos Humanos y de la Tierra y la propia Constitución de 1978.

Y es que entre los diferentes, abundantes y continuos casos de corrupción hay uno más: la corrupción de las palabras. Vaciarlas de su contenido preciso e introducir en el continente ya vacío, un significado totalmente diferente.

Cuando hace años presentaba este proyecto republicano en distintos foros y auditorios siempre ocurría lo mismo al llegar a este punto. Había un rechazo por parte de la audiencia y una crítica que se expresaba así: *"En vez de hablar de austeridad, que da miedo, debes hablar de vivir bien".* Mi respuesta era siempre la misma: *"Precisamente a mí lo que me produce miedo es oír eso de vivir bien".*

Estaba claro que mis interlocutores usaban la palabra austeridad en el sentido negativo de los recortes y ataques al poder adquisitivo de la inmensa mayoría de la población. También estaba claro que yo me refería a lo que ha significado *vivir bien* en esta sociedad de derroche, consumismo e individualismo feroz. En conclusión, tanto mis interlocutores como yo usábamos las palabras con el significado que la manipulación y degradación del lenguaje ha producido esta sociedad o, mejor dicho, los que crean opinión, valores y pautas de comportamiento en ella. Ni la austeridad es sinónimo de políticas antisociales ni vivir bien debe ser sinónimo de alienación autista en el consumismo depredador.

Entonces, ¿cuál es a tu juicio la definición que tiene realmente la austeridad?

Si usamos el diccionario de la Real Academia de la Lengua Española, en su segunda acepción nos dice que austeridad es *"sinónimo de sobriedad, ausencia de adornos"*. Claro está que si hablamos de ausencia de adornos, podemos tener mentalmente una tendencia a creer que deben suprimirse determinadas cosas que le dan galanura o embellecimiento a cualquier objeto, situación o vivencia.

Pero el uso continuado de la palabra austeridad, tanto en obras literarias como en discursos forenses pasando por la utilización que de ella hacia el ciudadano medio antes de la corrupción semántica sobrevenida de un tiempo acá, la ha hecho sinónima de sobriedad, ausencia de cosas superfluas, no necesarias, perfectamente prescindibles. Ese es el sentido de la austeridad.

Y es evidente que la educación, la salud, la vivienda, el puesto de trabajo como derecho, la asistencia social, un salario digno etc. no son en absoluto cuestiones superfluas o innecesarias.

Siendo el significado de austeridad éste, ¿cuál es su sentido en la situación económica, política y social que vivimos actualmente?

Mira, entre los dirigentes y pensadores políticos de los que soy deudor, ocupa un lugar preeminente Enrico Berlinguer, que fue Secretario General del Partido Comunista Italiano (PCI) entre 1972 y 1984. En dos memorables asambleas en 1977 en Milán, una ante cuadros del movimiento obrero y otra ante intelectuales, Berlinguer, propuso y defendió como alternativa a la crisis económica de aquellos años el desarrollo de una política de austeridad. Y precisamente se la propuso a los trabajadores.

Berlinguer le dijo a la izquierda, especialmente al movimiento obrero, que debían asumir la política de austeridad para salir de la crisis y que fuera el propio movimiento obrero la vanguardia de esa salida.

No se trata de asumir la austeridad como resignación, sino como propuesta en positivo, de vanguardia. Ese giro es muy importante porque puede pensarse que la austeridad es la renuncia a determinadas cosas, o por el contrario como en este caso, la austeridad no es sino el pórtico para una nueva etapa.

Es curiosa cuanto menos su formulación. ¿Qué contenidos tenía y qué desarrollo tuvo esa propuesta de Berlinguer sobre la austeridad?

Para explicar esto, primero debo hacer una pequeña referencia histórica que ayuda a entender la posición de Berlinguer. Por encargo del Club de Roma, la profesora norteamericana Donella Meadows presentó en 1972 un informe sobre *"Los límites del desarrollo"* en el que advertía sobre el crecimiento paulatino de la civilización industrial y sus consecuencias sobre la sostenibilidad de la vida en el planeta. Ese informe causó un impacto enorme. Había nacido así la ecología política y con ella una nueva visión acerca del crecimiento económico, el consumismo y el despilfarro en un planeta que es finito.

Pues bien, con ese antecedente, Berlinguer planteó una serie de afirmaciones y propuestas a propósito de las conclusiones de aquel informe. Para el secretario general del PCI había llegado la hora de poner el acento en el consumo y no en la producción. Se trataba de definir las necesidades reales de los seres humanos frente a las necesidades artificialmente creadas por el sistema capitalista. Un sistema que había entrado en crisis estructural y de fondo, es decir, lo que ahora llamamos una crisis sistémica.

El capitalismo usaba la palabra austeridad para restaurar los viejos mecanismos económicos y sociales. Frente a esa concepción –que es exactamente la misma que la de los gobiernos actuales– Berlinguer definía el concepto austeridad en una doble serie de lo que no contenía y sí contenía ese concepto. Así, austeridad no podía ser derroche consumista e individualismo extremo. Tampoco podía consistir en nivelar en la indigencia a las poblaciones. Por supuesto que, además, no podía ser corrupción, laxitud y negligencia en la administración o en todos los órdenes de la vida social.

Berlinguer hacia sinónimo de austeridad el rigor, la eficiencia, la seriedad y la justicia. Igualmente señalaba que se debía consumir menos y mejor para que todos pudiesen consumir lo necesario. La austeridad era, en definitiva, el motor de la necesaria revolución democrática.

Pues bien, los años pasaron y el discurso de Berlinguer, no tenido en cuenta entonces, vuelve a planear sobre nuestras cabezas. En el capítulo de este libro dedicado a la crisis de civilización hay datos más que suficientes para evidenciar la perentoriedad de tener en cuenta la propuesta de este político.

Y en los momentos actuales, en la sociedad que conformamos y en la que vivimos, ¿estamos preparados para asumir esa austeridad como modo de vida del Estado y de la ciudadanía?

En los momentos actuales se da una tremenda situación que está forzando a la toma de grandes decisiones presididas por la austeridad. Sin embargo, una cosa es que objetivamente no haya otra solución y, otra cosa, es que queramos verlo así.

Comienza a intuirse por la mayoría de la población que la crisis no es como otras ya pasadas; sin embargo, todavía hay resistencias a asumir que la respuesta no pasa por las salidas clásicas. Da miedo abandonar las viejas y reconfortantes evidencias y comenzar un camino nuevo. Un camino que se llama austeridad.

Y ante ese camino, quiero señalar una serie de problemas y de aspectos de la realidad que la III República debiera asumir como propuesta a la ciudadanía. Quiero decir que expongo, desde el punto de vista de la austeridad, las medidas que debieran tomarse ante los problemas más graves. Medidas no desarrolladas exhaustivamente en este libro pero sí con la suficiente concreción para promover el debate.

En primer lugar, y como base para la reflexión y la toma de conciencia, debe quedar claro que ya no volverán los tiempos *dorados* del consumismo, del derroche y del dinero fácil más o menos generalizado, conviviendo con capas de la población instaladas en la precariedad y en la marginalidad.

Toda expectativa basada en el supuesto de un nuevo ciclo que repita el anterior es una quimera, cuando no puro escapismo.

Se trataría de abrir ese nuevo camino al que nos referíamos antes. ¿Pero cómo se aplica la austeridad en medidas concretas para detener y remontar la situación actual?

Desde el desarrollo del concepto austeridad, la III República debiera tomar una primera medida de profundas consecuencias en todos los ámbitos: reservar para los poderes públicos la macroeconomía y dejar para el sector privado la microeconomía que la desarrolla en aspectos concretos.

Se me dirá que ello ya ocurre en cierta medida, que los poderes públicos legislan, aplican y hacen el seguimiento de lo que la UE decide; es cierto, pero a medias, ya que lo que viene de Bruselas obedece, en última instancia, a concepciones de política económica exclusivamente favorecedoras a los grandes intereses del capital.

Desde la austeridad, el objetivo se representa por el siguiente polinomio: Desarrollo Sostenible (DS) + Reparto del Trabajo (RT) + Protección Social Plena (PSP) + Renta Básica (RB). Cualquiera de estos objetivos no es nada si no se imbrica en el desarrollo de los otros.

Naturalmente que abordar este polinomio supone la oposición de los intereses a los que afecte negativamente. Por eso, la III República debe basarse en una amplia plataforma ciudadana que se constituya en la fuerza cívica capaz de luchar conjunta, con el Gobierno. Una plataforma compuesta por la inmensa mayoría, que deben ser los beneficiados por esta política.

Y este plan exige una serie de medidas que podemos enumerar y argumentar brevemente. Desde luego, es inevitable hablar de Reforma Fiscal. Combatir el fraude, la evasión de capitales, implantar una reforma impositiva totalmente progresiva, etc. exige una potenciación de las infraestructuras hacendísticas y, desde luego, la colaboración activa de la mayoría de la población. Esa es la única manera de hacer posible, en principio, lo de la Protección Social Plena y la Renta Básica que dimanan directamente de la Declaración de Derechos Humanos de 1948.

El Desarrollo Sostenible debe fijar los objetivos de política económica en general y de política industrial, agraria y minera en particular, sin que las acciones que desarrollan estas políticas lo hagan a costa del Medio Ambiente. Y debe quedar claro que la creación de puestos de trabajo obedece a una política económica que base su actividad en torno a tres ejes de acción que, desde su cadencia de más a menos, son: los yacimientos de nuevos puestos de trabajo, el Reparto del Trabajo y la mejora económica general.

La creación de puestos de trabajo. Es el gran objetivo actualmente. Y emanarían de estas medidas de la austeridad bien entendida, muy al contrario de lo que ocurre actualmente. ¿Cómo sería viable?

En los tiempos que vivimos, ahora mismo, solamente hay tres grandes posibilidades de creación de empleo útil, necesario y en cierta medida inmediato: Sanidad, Educación y regeneración del Medio Ambiente como motor de una economía basada en el Desarrollo Sostenible.

Al hablar de Sanidad me refiero a médicos, enfermeros, cuidadores sociales, centros de salud, residencias de mayores, laboratorios, centros de rehabilitación y, en general, todo aquello que sirva para que la población esté perfectamente cuidada y atendida.

Cuando he mencionado la Educación he tenido, y tengo, en mente al profesorado, los auxiliares de la docencia, el personal de diversas actividades que permiten el funcionamiento y la asepsia de las instalaciones educativas y otras infraestructuras como centros culturales, de ediciones y divulgaciones, etc.

Y al hablar del Medio Ambiente quiero referirme a recursos hídricos y su conservación, a planes de urbanismo rigurosos, al cuidado de los montes, la reforestación, el uso de la naturaleza y la reposición de riquezas consumidas, formación cívica en este ámbito, el trabajo en cuencas fluviales, lagos, costas marítimas, sobre la polución atmosférica, etc.

Todo esto que supone una creación de puestos de trabajo notable sólo es posible si en el desarrollo de estas políticas los poderes públicos ocupan la centralidad tanto en su planificación como en su desarrollo, vigilancia y corrección. La iniciativa privada debe ser sólo complementaria.

Esos que señalas son los sectores concretos a partir de los cuales generar nuevos empleos. Y aquí topamos con ese otro concepto que ya has mencionado: el Reparto del Trabajo...

Decía anteriormente que, junto a los yacimientos de trabajo había que abordar precisamente una cuestión a la que se le da de lado sistemáticamente: el reparto del trabajo (RT). El pensamiento económico y social dominante proclama en teoría la vigencia de los Derechos Humanos y del Planeta –entre ellos el derecho al trabajo– pero, por otra parte, no sabe, no quiere o no puede ponerlo en práctica. Se alude a la crisis, al mercado o a imponderables que no saben explicar con claridad.

En consecuencia, el dilema está servido: derecho al trabajo o crisis económica permanente para restablecer la tasa de ganancia. Este libro y estas páginas están hechos desde la apuesta por los Derechos Humanos y del Planeta y, por tanto, de las consecuencias que de ello se desprenden.

No hay economista, sindicalista o estudioso de cuestiones económicas y sociales que no sepa la imposibilidad de que haya trabajo con una jornada de ocho horas, para todos y cada uno de los habitantes del planeta Tierra. Y esto que afirmo para el planeta lo afirmo para España. Por tanto, si el trabajo es un derecho, habrá que buscar la forma de que pueda cumplirse.

Basándome en esta idea y en nombre de IU-IC defendí en el Congreso de los Diputados un Iniciativa Legislativa Popular que recogió más de 750.000 firmas de apoyo, organizada por los sindicatos USO y CGT y varios colectivos más. Era el año 1997. Éste era, y sigue siendo aunque menos, un tema vidrioso y poco atractivo para muchas organizaciones políticas y sindicales. Y lo es porque al abordarlo, debe hacerse desde una visión alternativa a la sociedad existente: no es una reivindicación salarial ni laboral más. Es, sencillamente, una propuesta alternativa hecha desde el concepto de austeridad. El meollo de la cuestión estriba en tener que elegir, con las consecuencias que toda opción tiene.

¿Y cuál es el problema? Todos sabemos que el salario de un trabajador se compone de tres subsalarios: el directo o dinero en nómina, el indirecto o servicios como educación, sanidad, cultura, transporte, etc. y el diferido que toma la forma de pensiones y jubilaciones. Es indudable que, trabajando menos horas y por ello dando la oportunidad de cubrir más puestos de trabajo, se debe dar una opción en la que los tres subsalarios no pueden ser iguales.

Desde mi punto de vista, un Estado de Bienestar que vaya más allá del que están desmontando los gobiernos de estos últimos años, debe enfatizar el salario indirecto y el diferido y, a cambio, atemperar el directo, siempre y cuando, éste permita unas condiciones de vida dignas. Claro, esto implica un cambio que supone el cuestionamiento de los pilares del sistema.

Es poner en marcha, desde la sociedad de pleno, la máxima de que *"debemos vivir menos bien para que todos puedan vivir"*. Hagamos la reflexión desde la situación de paro actual tan grave y, sobre todo, desde el convencimiento de que debemos luchar por las generaciones de jóvenes que hoy carecen de futuro.

Nos encontramos con que el discurso oficial lleva años manteniendo la idea de que la recuperación está a la vuelta de la esquina. Pero no llega nunca...

Porque no es verdad y aunque lo fuera, no serviría para nada. Cuando se invoca al crecimiento como impulso de la creación de puestos de trabajo, se olvida que en los años del *ladrillazo* y el despilfarro, el paro nunca bajó de porcentajes de dos dígitos. En la economía capitalista, por definición, ya hemos visto que las crisis sirven para desmontar el aparato productivo y sustituirlo por otro con menos necesidad de mano de obra y además más barata.

Pero el que se afirme que la economía va a crecer no sirve en absoluto a los parados. Hablan de riqueza pero no de su reparto. La cuestión es otra. ¿Qué reformas económicas pueden hacerse desde ya para mejorar la producción, el empleo y el reparto de riqueza?

Pues bien, la reforma económica necesaria inmediatamente estriba en aumentar la capacidad de consumo de la población. Una capacidad de consumo que en esto momentos y debido a la situación de penuria serviría para beneficiarse de un alivio de las condiciones de vida de la mayoría.

Con ello me refiero al Salario Mínimo Interprofesional que propongo en 1.000 euros y para catorce meses. La pensión mínima, en igual cuantía y la instalación de la Renta Básica. Y para estimular el aparato productivo, se deben planificar la industria, los transportes, las vías de comunicación, la agricultura, la minería y pesca, el agua, la energía, los transportes, etc.

Esa planificación macroeconómica, siguiendo tu propuesta, debe entonces realizarla el Estado...

Ninguna empresa privada debe hacerse cargo de ello. Por definición la empresa privada busca el beneficio a la vez que da un servicio o unos bienes. Pero a la hora de optar se inclina por lo primero en detrimento de lo segundo. Es una cuestión de naturaleza. Y desde la afirmación que hice sobre la necesidad de que el sector público se encargue de la macroeconomía, se imponen la nacionalización de la energía, los transportes, los recursos y los grandes complejos que constituyan un sector estratégico de la economía.

Actualmente estamos ante una emergencia y no caben tibiezas o componendas. En un platillo de la balanza está la minoría económica y social; y en el otro la mayoría de la población. Mi opción es clara.

Pero todo esto sería imposible si no controlamos el crédito, sus flujos, sus grandes beneficiarios y sus negocios. Creo que se impone la creación de una Banca Pública tras haber nacionalizado la privada. Este momento es el mejor porque en el ánimo de los contribuyentes está saber lo que el erario público gasta y sigue gastando en reflotar a la banca de sus errores y alegrías con el dinero ajeno.

Cuando se escriben estas líneas, el Presidente del Gobierno ha presentado como un triunfo en el Debate del Estado de la Nación de 2013 el que el déficit haya bajado por debajo del 7%; sin embargo, no ha dicho dos cosas: una, que el compromiso con el que justificó los tijeretazos era de conseguir el 6'3%; y dos, que no ha contabilizado como déficit las ayudas a la banca que suponen un incremento del mismo hasta 6'7%.

Desde tu punto de vista, con esta serie de medidas que has expuesto, ¿se puede remontar la situación de crisis actual?

Se puede intentar. Pero queda una cuestión muy importante y una serie de medidas que en nombre de la austeridad servirán para recabar recursos para desarrollar lo que hemos expuesto anteriormente y, a su vez, educar en el rigor y la sobriedad.

Entiendo entonces que la has dejado para el final de tu exposición por su importancia...

Y tanto. Se trata de la madre de todas las medidas y todas las decisiones: salirnos del euro. Yo sé perfectamente que el lector o la lectora cuando hayan visto esto se habrán sentido inquietos, perplejos e incrédulos. Pero vayamos al grano. Cuando se planteó hace años esta posibilidad, las personas que lo hicieron –entre ellas bastantes economistas– sufrieron toda clase de críticas rayanas en el insulto. Hoy en día, se han ido sumando a esta tesis muchos más economistas y personalidades de la política.

¿Es malo aspirar a tener una moneda única para un conjunto de países que ya están ligados por una serie de tratados? Obviamente, la respuesta es que la moneda única así formulada es algo correcto.

El problema estriba en qué clase de moneda estamos inmersos y si el proceso que condujo a la misma se hizo con las garantías y precauciones necesarias para que el euro no se transformase en una moneda para países ricos en detrimento de los países pobres o menos desarrollados como es el caso de los del arco del Mediterráneo.

El euro ha sido el marco alemán cambiado de nombre. Las hemerotecas y el Diario de Sesiones del Congreso de los Diputados durante la década de los 90 y fechas posteriores, están llenos de referencia a debates sobre la conveniencia o no de entrar en ese tipo de moneda única. Los partidarios del NO –entre los que me cuento– aducían que para llegar a una moneda única que sirviera a diferentes países, debían previamente tomarse algunas medidas: un presupuesto para el funcionamiento de la UE que sirviera de corrector de los desequilibrios que iban a producirse, una política económica común o al menos en fase de convergencia entre los países integrantes del sistema, una convergencia social que significase que los usuarios del euro no sufriesen las consecuencias de las diferencias y vieran como las condiciones de vida y trabajo de la UE se iban acercando entre sí y, por último, una política fiscal común para los países integrantes de la eurozona.

Y el caso es que ninguna de esas otras medidas se ha llevado a cabo en paralelo a la creación del euro...

No. Y así, las diferencias entre países con una moneda única se trasladan a las condiciones de vida de sus poblaciones que sufren lo que se llama choques asimétricos; es decir, el perjuicio de tener una moneda sin que las diferencias se corrijan. España vio, cuando pasaron los días de vino y rosas, que el euro a 100 pesetas le perjudicaba tanto en la exportación como en la importación. Y si antes del euro nuestro país devaluaba la peseta para poder exportar, ahora con una moneda a la que no podía someter a esa medida, no le quedaba otro camino que abaratar los costes de producción y, entre ellos, los salarios.

El dislate del euro y el proceso puesto en marcha para llegar a él ha sido de tal calibre que los defensores de aquella medida se cuentan ya entre los críticos de la misma. El caso más paradigmático ha sido el del expresidente Felipe González quien el 20 de mayo del 2012 escribía en el diario *El País* que cuando construyeron la moneda única se les *"olvidó"* tomar determinadas medidas que corrigieran los efectos nocivos del proceso. Tales medidas son exactamente las que anteriormente he citado.

El disparate de construir una UE a golpe de propaganda, *moda europeísta* y bastante frivolidad se está haciendo sentir con toda su gravedad. Hoy, cuando todos nos escandalizamos por el tamaño de la deuda –la pública, la de las familias y la de las empresas– deberíamos recordar que el Tratado de Maastricht (1994) en su artículo 104 prohibía a los Gobiernos pedir préstamos a sus bancos centrales, que los otorgaban con 0´5% de interés.

Al prohibir tal posibilidad, los Gobiernos tuvieron que endeudarse con la Banca privada con unos intereses del 6% y el 7%. La diferencia entre lo que se ha pagado de interés a la banca privada y lo que se podía haber pagado al Banco de España ha sido en nuestro país sólo en el año 2011 de 48.000 millones de euros.

Si el criterio de austeridad hubiese sido el dominante tanto en los discursos como en las previsiones económicas, esto no hubiera pasado. Austeridad es rigor, seriedad, reflexión, ausencia de demagogia y buen juicio a la hora de plantear la política, sobre todo la económica.

Desde luego las consecuencias que estamos viviendo son estremecedoras. Pero, aun así, salir del euro da vértigo por la fuente de problemas que puede generar...

Evidentemente, pero no son mayores que seguir en él. Estamos ante una situación que nos obliga a tomar medidas drásticas. El Gobierno lleva tiempo tomándolas pero desde el punto de vista contrario a los intereses de la mayoría de la población. Ya hemos visto las consecuencias y las que todavía no han llegado.

Con un símil te pintaré la situación. Estamos ante un enfermo que lleva agonizando muchos años, cada día se pierden derechos y poder adquisitivo. Desahucios, paro y hambre constituyen hoy en día el horizonte cotidiano ¿qué más nos puede pasar? ¿Qué será del futuro del país que es la juventud? Siguiendo con el símil, la alternativa según el médico es doble: morir lentamente o irse a la mesa de operaciones y, tras una intervención laboriosa, seguir después un régimen austero con la seguridad de que se curará. Hay que optar. Quien piense que esto lo resuelven unas elecciones está en el error.

Y en ese camino hay que buscar alianzas y apoyos con partidos políticos y sindicatos de la UE que estén de acuerdo; sin olvidar, en absoluto, a movimientos sociales y a personalidades que ya se inclinan por tomar la única medida que puede parar la sangría económica y social que ha supuesto este proyecto de moneda única. Pero la mayor alianza, el mejor aliado para esta política económica de salvación nacional, es nuestro pueblo, esa inmensa mayoría que está sufriendo las consecuencias de una toma de decisiones basadas en los espejismos *europeístas* y en los intereses de una minoría.

Antes has comentado que habría que tomar otra serie de decisiones que acompañarían a las ya expuestas. ¿De qué tratan?

Sí. Mira, hay un problema que está ahogando las finanzas públicas: la deuda, tanto privada como pública. Pero centrándonos en la de la Administración General del Estado, hay estudios realizados por expertos hacendísticos que han señalado la existencia de una deuda que se llama ilegítima en España y odiosa en Iberoamérica.

Se trata de la deuda contraída por el Gobierno para cubrir las necesidades de una banca en crisis y además autora de desafueros financieros de toda índole. En un sistema que se pretenda democrático, es totalmente ilícito cuando no delictivo, que el dinero público pase a pagar los pufos y trapisondas de la banca española.

En consecuencia, el Gobierno de la III República debiera hacer lo que ya ha hecho, por ejemplo, el Gobierno de Ecuador: auditar la deuda pública y, a expensas de los resultados de la auditoría, no pagar esa deuda que en ningún caso corresponde a gastos para mejorar el funcionamiento de los servicios al ciudadano, obras públicas o infraestructuras. Y, además de eso, se debe renegociar la deuda que se considera lícita, es decir, replantearse plazos, ritmos y condiciones de pago a los acreedores.

Escuchando todas estas medidas, tu propuesta no deja de ser una especie de terremoto económico y social. ¿Eres consciente de eso?

Lo único que propongo es combatir el terremoto de la política económica y social que ha producido el neoliberalismo, las políticas *europeístas* y el egoísmo de una minoría. Invito a los lectores a que se formulen dos preguntas. ¿Pensaban ustedes hace sólo diez años que era posible llegar a esta situación? ¿Se les pasó por la cabeza que, en un momento dado, se produciría una reforma constitucional por la que el pago de la deuda –la lícita y la ilícita– a bancos españoles, alemanes, franceses, etc. sería prioritario a la atención de las necesidades de la población?

El auténtico tsunami que se ha llevado por delante los Derechos Humanos y del Planeta y también la Constitución lo han producido los que han gobernado y gobiernan en función de los dictados de los mercados y no dudan en traicionar a su propio pueblo.

Si seguimos hablando de austeridad como medio para el reparto de los recursos, es verdad que existe una tremenda diferencia entre poblaciones en el consumo de cosas que consideramos necesarias y vitales para el desarrollo de la vida, como es la luz eléctrica, la alimentación, los recursos naturales...

Sí, una injusta distribución que de por sí nos indica que hay gentes que derrochan en cosas superfluas que ni siquiera necesitan. Y si hablamos además de la distribución de la renta *per cápita*, del reparto de los bienes o del acceso a la cultura, las cifras se desorbitan en un abismal desequilibrio. Así, en una parte del mundo hay un exceso de recursos ociosos que se destruyen, para que no incidan en los equilibrios de los mercados, en su oferta y demanda. Mientras, en otra parte del mundo, hay una necesidad imperiosa de esos mismos recursos.

Por eso creo que hay que citar el problema de la austeridad en el sentido que creo que hay que considerarlo. Esto se ve en un dicho que se ha extendido desde hace poco tiempo: *"Consumir menos para consumir todos"*. En este sentido, hay que plantear la austeridad como concepto que estructura una visión del Estado que, no es, ni más ni menos, que hablar de una variante de la justicia social.

Eso nos pone delante otro problema que sobreviene de la reiteración del discurso oficial sobre el *Estado del Bienestar*. Este es un término polisémico, que se presta a distintas interpretaciones y es hora de hacer un intento de acercarnos al mismo con rigor.

Hay quien piensa que el Estado del Bienestar es el exceso de utilización de recursos. Pero si observamos los contenidos del Estado del Bienestar, estos se limitan a una serie de servicios, de necesidades que podemos describir así: alimentación, salud, educación, empleo y seguridad, entendida ésta no como una cuestión de orden público, sino como la creación de un hábitat social capaz de surtir y socorrer las necesidades que en estos campos el ser humano necesita.

Obviamente, una vez cubiertas esas necesidades imperiosas que dimanan de la propia naturaleza del ser humano, hay otras que deben ser incluidas en el Estado del Bienestar como son la cultura, el fomento de las relaciones sociales, el fomento del sentido de colectivo, la racionalidad y, naturalmente, todo ello en el marco de una democracia plena[23].

En consecuencia, plantear el Estado del Bienestar real significa atender esas necesidades que son inherentes a la dignidad humana y que no suponen ningún exceso, ni monetario ni económico, en el amplio sentido de la palabra.

Planteado así, el Estado del Bienestar debería ser, entonces, un estado consecuente con los Derechos Humanos que, a su vez, son uno de los pilares fundamentales de la propuesta de III República...

Sí, consecuente con los Derechos Humanos y con los del planeta. Porque, además, todo esto supone otra derivación. La austeridad no es ni más ni menos que la consecuencia de la más extrema racionalidad. Darle a cada uno lo suyo, practicar la justicia distributiva, garantizarle al ser humano un mínimo acorde con su dignidad intrínseca... Eso es austeridad. Es algo ligado a la supervivencia de la especie humana, teniendo en cuenta la limitación de los recursos del planeta.

Racionalidad en el uso de unos bienes públicos que son de todos y para todos. O así debería ser....

En efecto, habida cuenta de que estos bienes públicos se crean por las personas, se distribuyen por las personas y se

---

[23] Anguita se refiere aquí a la definición de democracia que él mismo ha acuñado y que se ha reproducido en capítulos anteriores: *"Llamo democracia a un convenio permanente entre seres libres e iguales para seguir permanentemente conviniendo sobre su contrato social".*

consumen por las personas: por la ciudadanía. Es decir, se trata de un proceso en el que el que genera las condiciones de su bienestar, lo controla, está permanentemente atento, para que no haya un desequilibrio en perjuicio de una parte.

Y esa tarea lleva aparejado un debate de ideas y de valores sociales y también, por qué no, de ética, ligado a la democracia.

Porque la austeridad no es posible sin la democracia plena, sin la participación del ciudadano. En el momento en el que no haya participación ni control, ni fijación de normas, ni reflejo de modelos sociales, por la propia inercia se tiende a la acumulación de bienes a través de instrumentos de poder torticeros como las dictaduras, las tiranías, etc. Solamente es el control ciudadano el que hace de regulador para que el principio de la austeridad se pueda llevar a cabo.

Fuera del funcionamiento puro de la economía, ¿nos encontramos con otros ámbitos de aplicación de esa austeridad?

La austeridad es una cultura que tiene su raíz básica en la Ética. Es el ejercicio consecuente del reconocimiento de la dignidad intrínseca del ser humano. Y de la misma manera que se habla de las virtudes cívicas de solidaridad, participación en la cosa pública, honestidad, etc. hay que hablar de esa virtud cívica llamada austeridad.

Es decir, el rigor en los planteamientos, la sobriedad en los gastos públicos, la transparencia administrativa, la democracia consecuente, la eficiencia en la administración pública, la seriedad tanto en el discurso como en la práctica política, etc.

¿Y cómo se manifiesta todo eso en lo diario, en la cotidianeidad del día a día?

En ese sentido, voy a limitarme a dar una serie de líneas de acción que afectan tanto a la administración pública como a la actitud cívica de la ciudadanía. Constituye una obviedad que la autoridad a la que aluden muchos cargos públicos deriva del recto ejercicio de la función para la que han sido elegidos. Autoridad, en consecuencia, no es otra cosa que la visualización permanente del ejemplo.

Por eso, el cargo público debe saber que no tiene vida privada, es decir, que no hay parcelas de su vida que permanezcan ocultas, especialmente las fuentes económicas de su existencia como ciudadano. Constituye un deber cívico por parte de los demás detenerse en los umbrales de aquellos aspectos de la vida que forman parte de la intimidad y de la dignidad de cada persona.

El político es el portador de un mensaje, de una propuesta de sociedad que se manifiesta desde el discurso hasta en la vivencia de quien la representa.

Seguir esa austeridad debe tener su reflejo entonces, de alguna manera, en la actividad pública no personal...

En referencia a eso hay que ver algunas cosas. En primer lugar, constituye ejercicio de colisión con la austeridad el despilfarro de las campañas electorales. Es el peor de los gastos inútiles. Me preguntarás cómo difundir entonces las ideas que se someten a la consideración pública. Pues poniendo a disposición de las candidaturas los medios de comunicación de titularidad pública con todas sus infraestructuras y potencialidades.

Las Administraciones Públicas pondrían sus infraestructuras de locales y medios técnicos con la aportación mínima, justa e indispensable del personal necesario para el uso de los mismos. Quedarían prohibidas las donaciones de cualquier tipo, especie u origen. Y el Tribunal de Cuentas, convenientemente reforzado, supervisaría en todo momento la anterior prohibición.

A este somero listado de propuestas hay que añadir todas aquellas que conduzcan a la idea de que la mejor campaña electoral es el ejercicio diario de la actividad política. La austeridad no es sólo económica, también lo es el discurso sobrio, racional, reflexivo y concreto. Aunque esto ya es una cuestión optativa que los electores valorarían.

Todo eso en cuanto a los partidos políticos... ¿Y en las administraciones?

En mi propuesta, las instituciones públicas de las tres administraciones que conforman el Estado, no podrán nombrar, contratar o incorporar a las plantillas, fijas o eventuales, a personas bajo el epígrafe de cargos de confianza, asesores o expertos coyunturales. Una ley regularía la aplicación de esta norma. El principio que informa la propuesta no es otro que impedir la escandalosa duplicidad de personas para una misma función; la creación de una administración paralela afecta a la *causa.*

Asimismo, quedaría prohibida en todas las administraciones la externalización de servicios, funciones, trabajos y proyectos que son competencia de las mismas. En aquellos casos que por tratarse de competencias sobrevenidas o accidentales imprevistas, se acudirá a la citada externalización, pero con el tiempo justo y necesario para crear el servicio en la administración correspondiente. Y de la misma manera, deben prohibirse los procesos y procedimientos que conllevan la subcontratación de cualquier obra o servicio impulsados por la administración.

¿Y dónde quedan entonces las privatizaciones de servicios que muchas administraciones aplican?

Ni que decir tiene que la privatización del servicio público también está contra el principio de austeridad que defiendo. Eso no puede darse en un estado republicano. Porque hay funciones propias de las administraciones públicas que deben asumir ellas y no pueden delegar en empresas privadas. Y eso lo estamos viendo ahora mismo en nuestro país[24].

La razón estriba en que la empresa privada que realiza un servicio público busca, como es natural, la obtención de un beneficio. En el caso de conflicto con sus trabajadores y las consiguientes irregularidades en la prestación del servicio –incluidas las huelgas– el servicio deja de prestarse y la administración pública que tiene la obligación de hacerlo se encuentra que, por una parte, el servicio no se realiza y, por otra, ella tiene la responsabilidad de que funcione. Al final resulta

[24] En los días en que mantenemos estas conversaciones, los trabajadores de los hospitales de la Comunidad de Madrid están en pie de guerra contra la privatización que el gobierno autonómico quiere hacer en gran parte de los centros sanitarios madrileños.

que son la administración pública y los usuarios, a los cuales se les suben los precios del servicio, los perjudicados.

Siempre que se habla del gasto en las administraciones públicas surge el tema de las duplicidades de funciones entre Estado, autonomías, diputaciones, ayuntamientos... ¿Qué se debería hacer al respecto?

En esto hay algo importante. El actual Estado de las Autonomías, hijo del *"café para todos"* de Adolfo Suárez y la consiguiente tensión con las nacionalidades, no ha terminado de cuajar en una estructura estatal capaz de servir a una coordinación jerarquizada de funciones y competencias. Creo que ya es tarde para que lo haga. Lo que tenemos por delante es asumir consecuentemente una realidad y dar paso a un Estado Federal Republicano. Pero independientemente de que tal cuestión sea tratada en otro capítulo, es obvio que se impone una clarificación en el funcionamiento de la situación actual.

Por racionalidad, por austeridad y por sentido de la eficiencia hay que acabar con las duplicaciones y triplicaciones de transferencias así como con esa inercia burocrática y clientelar de otros tiempos que son las Diputaciones.

Y por supuesto, las subvenciones a partidos políticos, sindicatos, organizaciones de empresarios, organizaciones deportivas, culturales y de cualquier otro tipo serán objeto de una ley en la que los criterios de austeridad, utilidad, transparencia y control público permanente, sean los vectores fundamentales. Igualmente quedarán suprimidas las subvenciones, donaciones o exenciones de tributos a las distintas organizaciones religiosas, cuestión que veremos detenidamente en el capítulo siguiente.

Una de los asuntos que por mi experiencia municipalista siempre me ha interesado más es el siguiente. En los presupuestos de cada administración hay dos capítulos fundamentales el I y II. El primero lo constituyen los gastos de personal y el segundo lo que se llamaba antes bienes y servicios, es decir, la actividad de la administración dedicada a proveer de utilidades al administrado. Tanto en tiempos de penuria como en los que la austeridad sea la norma, una buena rentabilidad del capítulo I complementa y a veces sustituye a gastos del capítulo II.

Quiero decir que en el funcionamiento de las administraciones públicas –por cierto muy disminuidas en personal– tiene que ser ejemplo de eficiencia, rigor, entrega y ejemplo.

Un cargo público o un funcionario son la manifestación exterior de la dignidad del trabajo, la responsabilidad cívica y el sentido de servicio a quien le paga: el ciudadano y la ciudadana. Adquirir la condición de servidor público no es instalarse en una canonjía o en una prebenda.

Y de otro lado, el *faraonismo* ha resultado ser una enfermad político-institucional con bastante implantación en nuestras administraciones. Es hija de la política espectáculo tan ligada a la concepción de permanente campaña electoral basada en la imagen y en los impactos mediáticos. Bastantes cargos públicos sueñan cual faraón con dejar para la posteridad su propia pirámide, sea esta un aeropuerto, un complejo turístico, un instalación deportiva, un quilombo de juegos de azar, un palacio de congresos o cualquier otra exhibición de *prestigio político* que son flor de un día y han despilfarrado caudales públicos.

Corresponde a la ciudadanía, desde su asunción del concepto de austeridad, poner coto a estos desmanes, vía participación ciudadana y/o vía sufragio universal.

Ese mismo concepto de austeridad, ¿sería posible aplicarlo fuera de las administraciones públicas y hacerlo, de alguna manera, también en el sector privado?

Si de ahorrar se trata, hay un aspecto donde sí se puede legislar para terminar con una economía instalada en el "compre-use-tire". Sobre esto, recuerdo que a mediados de la década de los 90, Izquierda Unida incorporó a su discurso y a su propuesta programática combatir lo que se denomina Obsolescencia Programada; es decir, la fabricación de bienes con una caducidad prevista para que tengan que ser prontamente sustituidos por otros. Me refiero a una cosa muy sencilla: hoy en día, las cosas se fabrican para que duren un tiempo, se rompan y se compren otras nuevas.

Es decir, la obsolescencia está programada, hay un plazo de caducidad. Y está demostrado que hay productos (coches, frigoríficos, lavadoras, bombillas o lo que se quiera) que podían durar muchísimo más, con tendencia a lo que dura una vida humana, pero se hacen con defectos para que se rompan antes, que duren un tiempo determinado, y así el círculo vicioso "compre-use-tire-y vuelva a comprar", montado en el despilfarro, funcione.

Hay que luchar contra eso. Y medios hay para ello. La ciencia y los servicios técnicos conocen que un producto puede durar mucho más. Pero estamos en un sistema instalado en la caducidad de los productos y la eterna rueda de comprar y tirar.

Podemos decir que para todo ello debe reglarse una planificación global de funcionamiento y de acción, desde luego empezando por la propia administración, para que ésta sea la primera que dé ejemplo y no haga un gasto superfluo de sus propios recursos. Debe ser eficiente...

Debe ser eficiente, y no simplemente eficaz. Estos dos conceptos suelen confundirse, muchas veces de manera interesada, pero ni mucho menos son lo mismo.

La eficacia simplemente es la correcta adecuación entre el fin perseguido y el instrumento que se utiliza para conseguirlo. Ejemplos de eficacia: la guillotina fue un instrumento eficaz, porque permitió matar más gente, más rápidamente y, por tanto, de manera más productiva según el fin que perseguía. Siguiendo con el mismo y bárbaro ejemplo, no se puede negar que las cámaras de gas de Hitler eran eficaces porque mataban a muchas personas, pero constituyeron una muestra de lo más miserable que puede haber en el ser humano.

Porque la eficacia, en sí, no es un valor. Sólo define una relación entre un objetivo y un instrumento, independientemente de cualquier consideración moral o ética, como demuestran estos dos ejemplos que he citado.

La eficiencia, por el contrario, es una eficacia guiada por fines morales. Es decir, persigue un fin correcto a la luz de los derechos humanos y unos medios acordes con ese fin.

Por tanto, la austeridad que defiendo como eje de un Estado republicano nunca debe hacer de la palabra eficacia bandera u objetivo, sino que debe guiarse por la eficiencia, aplicada al bienestar de los ciudadanos. No es una sencilla distinción de conceptos, sino también una muestra de cómo, muchas veces, en el uso de las palabras nos jugamos las visiones políticas y el desarrollo de las sociedades.

X
LA REPÚBLICA ES LAICA

Las conversaciones que en este capítulo se reproducen abordan un tema que Anguita defiende como una necesidad para que un futuro estado republicano moderno lo sea de verdad: la separación real del Estado y de la Iglesia. Abordamos este asunto en un país de tradición sociológica ligada al catolicismo donde su Historia ha estado marcada más que por la religión, por lo eclesial visualizado como poder. Como un poder y no como una opción privada del ser humano dentro de su esfera personal...

Empezar hablando de laicidad como uno de los ejes de un proyecto republicano, es entrar como Daniel en el foso de los leones. Porque, desde el emperador Teodosio (347-395) hasta hoy –y con el brevísimo paréntesis de las dos Repúblicas– las relaciones entre el Estado Español y la Iglesia Católica han sido las relaciones de una unión hipostática[25] entre ambos, siguiendo la terminología teológica al uso.

El profesor García Santesmases, con profundo conocimiento de nuestra Historia, señala que son tres las cuestiones que han dividido históricamente a los españoles desde el siglo XVIII: la forma de Estado (monarquía o república), la arti-

[25] El catolicismo define la unión hipostática como la unión de las esencias divinas.

culación interna del Estado (centralismo o federalismo) y la identidad del mismo (confesionalismo o laicismo). Pues bien, este libro es una decantación por la opción republicana, el capítulo siguiente por la federal y éste lo es por la opción laica. Por mucho que queramos evadirnos de esta dicotomía trinitaria, ella siempre ha estado y está omnipresente. Es hora de superarla desde la razón, el diálogo, la firmeza democrática y, sobre todo, por lo que desde el Renacimiento se ha venido en llamar Modernidad.

El laicismo es una actitud ante la institucionalización política de cualquier religión. Considera que la opción personal acerca de una apuesta por algo *extraempírico* como son las bases de cualquier fe religiosa, se inscribe en el terreno de lo privado, de la conciencia. El Estado, a través de sus tres poderes (Legislativo, Ejecutivo y Judicial) representa, articula, regula, legisla y vigila que se cumpla la ley que da cohesión y marco de relaciones a las acciones del pueblo soberano, de quien proceden tanto el Estado como sus tres poderes. Y ese Estado entiende de realidades concretas, mensurables y evidentes por sí mismas. Incluso debe tener en cuenta, para su acción, sentimientos, aspiraciones y valores que existen en la pluralidad social, siempre y cuando hagan referencia y se sustenten en ámbitos de la realidad que constituyen el origen de su existencia y de su función.

Solamente el hecho religioso puede merecer la atención estatal cuando del ejercicio privado o público de cualquier credo religioso se deriven actos, comportamientos y actitudes que incidan en el funcionamiento jurídico-orgánico del Estado de Derecho y su fundamento último: los Derechos Humanos y del Planeta.

Desde la visión de la laicidad, lo que has dicho parece correcto y razonable, pero el caso es que aquí en España la visión laica del Estado está truncada por debates muy cargados de filias y fobias que, en última instancia, dificultan una exposición razonada. ¿Cómo plantear esta cuestión sin prejuicios de uno u otro tipo?

Acepto el reto. Mi exposición se va a centrar en tres reflexiones: una sobre la Historia del cristianismo y su relación con el poder político en España; la segunda sobre los fundamentos y propuestas del laicismo a lo largo de los tiempos; y la tercera sobre las propuestas concretas para una III República laica.

Antes de empezar, quiero hacer dos aclaraciones previas: el laicismo es una posición ante cualquier religión. Si hablo de cristianismo en su versión católica, es porque es con quien se ha producido el problema debido al peso de lo eclesial en la Historia de España. Y una segunda aclaración para llamar la atención sobre la enjundia e importancia de este tema y el poco espacio de un capítulo de un libro dedicado a ello. Mi exposición será sintética y global, aunque intentaré marcar las líneas que ayuden a que el lector profundice por su cuenta en esta cuestión.

Hechas estas aclaraciones, empecemos a hablar sobre la Historia del cristianismo y su relación con el poder político...

Debemos empezar señalando que el cristianismo primitivo es un movimiento que lentamente se va extendiendo por el Imperio Romano y esa incardinación territorial marcará fuertemente la organización de la futura Iglesia. Desde el Papado y sus denominaciones hasta el Sacro Colegio Cardenalicio y su origen y funcionamiento, pasando por una innumerable lista de ritos, costumbres y liturgia, con su lenguaje incluido, no serían los que son si el catolicismo se hubiese desarrollado en otro lugar del mundo, por ejemplo en Galilea, Samaria, Judea o Perea o Constantinopla o el Asia Menor.

Eso nos debe llevar a deslindar lo que hay de creencia en Jesús de lo que se deriva de las influencias político-culturales en las que el cristianismo primitivo se desarrolló en Occidente. Es decir, las diferencias entre el cristianismo primitivo y la institución llamada Iglesia Católica.

En relación al segundo aspecto sobre el que debemos reflexionar, los fundamentos del laicismo a lo largo de los tiempos, curiosamente éstos vienen dados por el origen y el motivo de las persecuciones hacia los cristianos en determinados momentos del Imperio Romano. Independientemente de la sevicia y crueldad de la esclavista sociedad romana y sus dirigentes, el cristianismo con su negativa, por otra parte lógica, a dar culto al emperador divinizado, se enfrentaba al fundamento mismo del estado romano. No negaban la autoridad del Emperador sino su divinidad. Es decir, preconizaban la separación entre la esfera de lo terrenal y político de lo religioso y espiritual. Y además sin contradicción alguna. ¿No había dicho Jesús que había que dar al César lo que era del César y a Dios lo que era de Dios? Pues el cristianismo primitivo resultó ser un adelantado con respecto a los planteamientos del laicismo moderno en la medida que se inspiraba en la separación de las creencias y sus manifestaciones públicas del Estado.

En ese sentido, ¿cuándo comenzaron a cambiar las cosas y a no delimitarse tal separación?

La extensión del cristianismo y su evidente peso en determinadas capas medias de la sociedad condujo a que en el año 313, mediante el llamado Edicto de Milán, el emperador Constantino pusiera fin oficialmente a la persecución de los cristianos y los favoreciera. Como señal y prenda de la nueva situación, donó al Papa Silvestre I un palacio que había pertenecido al emperador Diocleciano (gran perseguidor de los cristianos) y que, con el tiempo, llegaría ser la Basílica de San Juan de Letrán. Asimismo, mandó construir sobre una de las siete colinas de Roma en el año 324 –la que la tradición situaba como el lugar del martirio y tumba de San Pedro, llamada Vaticana– un templo que con el tiempo se convirtió en la Basílica de San Pedro, en el Vaticano.

Posteriormente, en el año 380, el emperador Teodosio, de nacimiento hispánico, mediante el Edicto de Tesalónica declaró al cristianismo como religión oficial del Estado. Esta decisión de Teodosio intentaba poner fin a una crisis que afectaba a la unidad del cristianismo a consecuencia de la llamada herejía arriana, la cual no creía en la divinidad de Jesús.

Fue el obispo cordobés Osio (256-357) quien durante el reinado de Constantino redactó en el Concilio de Nicea el texto del Credo como respuesta a los arrianos. Y en un enfrentamiento en el año 356 entre el emperador Constancio II (317-361) que era filoarriano y él, llega afirmar algo que viene al pelo de la cuestión que estamos tratando: *"Ni a nosotros es lícito tener potestad en la tierra ni tú, Emperador, la tienes en lo sagrado".*

Este relato de hechos históricos nos sirve de introducción para reflexionar sobre el asunto que nos ocupa. Un recorrido histórico que, desde luego, tiene muchos siglos...

Cierto, mi intención es incidir en aquellos momentos que son claves para la génesis y el desarrollo del catolicismo. Mostrar su origen como movimiento religioso y su transformación en poder en el Estado.

A partir del relato anterior, la Historia de Iglesia, con sus luces y sombras, es la de una institución incardinada totalmente en lo terrenal, en el poder político. Desde sus abundantes y variadas crisis en la Edad Media como los dos cismas: el de Oriente (1054) y el de Occidente (1376-1417) –éste último con tres Papas simultáneos excomulgándose entre sí–, hasta el integrismo más intolerante como el Syllabus y la encíclica Quanta Cura de Pío IX en 1864, pasando por la permanente lucha del Papado durante siglos en busca de fortalecer el poder territorial, económico y suntuario de la Santa Sede, a base de guerras entre los ejércitos pontificios y otros ejércitos de la cristiandad, la Historia de la Iglesia, aún con sus mártires y personajes benéficos, no difiere en absoluto de los avatares por los que ha pasado cualquier ideología, movimiento, causa e incluso partido político.

El que ella se reclame de origen y fundación divino es, por la inconsistencia probatoria del argumento, irrelevante a la hora de exigir un trato especial y diferente al de otras organizaciones. Incluso la pretensión de igualdad con otros en lo referente a sus relaciones con el Estado queda invalidada mientras no base sus demandas en propuestas contractuales circunscritas, en sus medios y fines, exclusivamente al ámbito de lo terrenal.

Pero para terminar esta brevísima reseña histórica, conviene hablar de las relaciones entre la Iglesia Católica y el Estado en España, siquiera de manera esquemática y muy por encima.

Desde luego, materia sobre este aspecto hay para un análisis pormenorizado. Pero, ¿cuáles son las claves, a tu juicio, de esta relación entre el Estado español y la Iglesia Católica?

Una parte de mi exposición la desarrollaré en el capítulo siguiente sobre el Estado Federal para tratar algunas cuestiones como la referente al llamado *problema de España* en la que deberé volver a las relaciones Iglesia-Estado en nuestro pasado.

Pero si comenzamos echando una mirada a la hagiografía de los Reyes Católicos tan delirante en ditirambos, loas y exageraciones sin cuento, veremos que no repara en que el catolicismo y la Iglesia que lo representaba, fueron la excusa perfecta para intentar conseguir un Estado unitario en lo religioso, ya que en lo político era bastante difícil.

Y no es que la jerarquía fuera engañada, al contrario, aquella opción política le procuraba, como en los tiempos de la llamada Reconquista, prebendas, sinecuras y poder terrenal. El Catolicismo se unía al Estado en perfecta unión hipostática como ya dije al comienzo del capítulo.

El acomodo eclesial, afianzado y consolidado, obnubiló la sensibilidad evangélica y la memoria histórica del cristianismo primitivo y así donde en Roma fueron Nerón, Diocleciano o Domiciano, en Granada eran los Reyes, llamados católicos, y el Cardenal Cisneros quienes, violando el acuerdo de rendición firmado con Boabdil, obligaban a convertirse a la fuerza a la población islámica, inmensamente mayoritaria.

Asimismo, la colonización de América y las guerras de prestigio de la Casa de Austria son inseparables de la espada y la cruz, también inseparables entre sí. El que personas como Bartolomé de las Casas, Francisco de Vitoria o Luis de Molina, tres versos sueltos de su época, defendieran la igualdad intrínseca de los seres humanos, no impidió la esclavitud y la explotación.

Las guerras de religión, trasunto de las guerras de prestigio por mor de la aspiración imperial de Carlos I, futuro Carlos V Emperador y después por el mantenimiento del inmenso poder de la Majestad Católica española de turno –enfrentada siempre con el Cristianísimo Rey de Francia–, tuvieron como justificación principal la lucha contra el luteranismo y sus derivaciones representadas por Zwinglio y Calvino. Los reinos de la Corona de Castilla y Aragón, mucho más los primeros que los segundos, pecharon con los gastos de unas guerras que la plata americana, que apenas llegaba a Sevilla se iba para los Países Bajos, no alcanzaba a financiar. Y el catolicismo y el Estado, en simbiosis perfecta, fueron sinónimos de Contrarreforma y estática división de la propiedad de la tierra entre nobleza, clero y municipios.

Si avanzamos en la Historia y llegamos a los siglos XVIII y XIX, la cuestión sigue los mismos derroteros...

Desde luego. La revolución francesa apenas pudo traspasar el cordón sanitario impuesto por los afrancesados (los *progres* de la época). Y salvo algún que otro Padre Feijóo –sensato más que librepensador– y algunos pinitos de profilaxis social junto con alguna medida copiada del Portugal del Marqués de Pombal como la expulsión de los jesuitas, la piel de toro era un terreno yermo, católico y misoneísta.

Pues bien, esta herencia se refleja mejor que en otro sitio en el papel que la religión católica y sobre todo la Iglesia que la encarna, ocupa en las diversas constituciones que ha habido desde el atormentado siglo XIX hasta hoy. Repasemos muy por encima una historia bastante ilustrativa.

Hablas de la Iglesia en los textos constitucionales de nuestro país. Una religión hecha norma legislativa...

Así es. Tras el Motín de Aranjuez (17-18 de marzo de 1808) Carlos IV se vio forzado a abdicar en su hijo, Fernando VII. Napoleón llamó al depuesto monarca para que se reuniera con él en Bayona (Francia). A finales de abril, Fernando fue también llamado por el Emperador. La insurrección del pueblo madrileño del 2 de mayo fue utilizada por el francés para que Fernando VII devolviese la corona a su padre y de él pasó a Napoleón, a cambio de una cuantiosa suma de dinero y de que en el futuro "*nuestra sagrada religión ha de ser no sólo la dominante sino también la única que ha de observarse en todos los dominios de la monarquía*".

En ese momento, el emperador cedió inmediatamente la corona a su hermano José I el cual promulgó una Carta Otorgada llamada impropiamente *Constitución* de Bayona en la que se comprometía a que la Religión Católica, Apostólica y Romana sería la del Rey y la de todos los dominios de la Corona.

Si seguimos analizando los textos constitucionales, veremos que la Constitución de 1812, la famosa *Pepa*, ya decía así en el preámbulo: *"En el nombre de Dios todopoderoso, Padre, Hijo y Espíritu Santo, autor y supremo legislador de la sociedad".* Luego, su artículo 12 definía que *"La Religión de la Nación Española es, y será perpetuamente la católica, apostólica, romana, única verdadera. La nación la protege con leyes sabias y justas y prohive* (prohíbe) *el coercicio* (ejercicio) *de cualquier otra".*

Este mismo texto constitucional, al legislar sobre los procesos electorales, especificaba en el artículo 47 que las sesiones para nombrar compromisarios debían ir precedidas de una misa de *Espíritu Santo.* En el artículo 86 se prescribía que, cuando los compromisarios fueran a elegir a los diputados, tendría lugar *"una misa solemne de Espíritu Santo y el Obispo o en su defecto el eclesiástico de mayor dignidad, harán un discurso propio de las circunstancias".*

Desde luego, queda muy a las claras la estrecha vinculación que el Estado tenía con la religión católica... Y si seguimos la Historia, nos encontramos con más ejemplos...

Ciertamente. La Constitución de 1837, de carácter progresista, decía en su artículo 11 que *"La Nación se obliga a mantener el culto y las instituciones de la Religión Católica que profesan los españoles".*

En la de 1845, de carácter conservador, se reconocía en su artículo 11 que *"La Religión de la Nación Española es la Católica, Apostólica y Romana y el Estado se obliga a mantener el culto y sus ministros".*

Si pasamos a ver la Constitución progresista de 1856, llamada *non nata* porque nunca llegó a aplicarse, veremos que decía en su artículo 14 que "*La Nación se obliga a mantener y proteger el culto y los ministros de la religión católica que profesan los españoles*". Y más de lo mismo se ve en la Constitución progresista de 1869, que señalaba en su artículo 21 que "*La Nación se obliga a mantener el culto y los ministros de la religión católica*".

Sería la Constitución Republicana de 1873, que no llegó a superar la fase de Proyecto de Ley, quien rompiera la línea seguida hasta entonces. Y así en su artículo 34 se decía que "*El ejercicio de todos los cultos es libre en España*"; en el 35 que "*Queda separada la Iglesia del Estado*". En el artículo 36 se señala que "*Queda prohibido a la Nación o al Estado Federal, a los Estados regionales y a los Municipios subvencionar directa o indirectamente ningún culto*". Y por último, en el artículo 37 se dice que "*Las actas de nacimiento, de matrimonio y defunción serán registradas siempre por las autoridades civiles*".

A todas luces, fue esa Constitución Republicana de 1873 la que rompió el vínculo histórico de unión entre Estado e Iglesia. Pero, al igual que la propia República, la duración de esta separación duró muy poco...

Sí, porque la Constitución de 1876 que pretendía legitimar el golpe de Estado del General Martínez Campos en 1874, proclamando rey al Alfonso XII y que presidía la llamada Restauración, proclamaba en su artículo 11: "*La Religión Católica, Apostólica y Romana es la del Estado. La Nación se obliga a mantener su culto y sus ministros. Nadie será molestado en el territorio español por sus opiniones religiosas ni por el ejercicio de su respectivoculto, salvo el respeto debido a la moral cristiana. No se permitirán, sin embargo, otras ceremonias ni manifestaciones públicas que las de la religión del Estado".*

Será con la II República cuando haya otra manifestación de laicidad en el Estado. Y así, la Constitución de la II República en su artículo 3 afirmaba que *"El Estado español no tiene religión oficial".* Pero era en el 26 y 27 donde se fijaban los criterios del Estado sobre la cuestión religiosa. Y así, el artículo 26 recogía la prohibición de mantener, favorecer o auxiliar a las instituciones religiosas por parte de las administraciones públicas de entonces. Y disolver a las órdenes religiosas que tuvieran, aparte de los tres votos canónicos (pobreza, obediencia y castidad) un cuarto de especial obediencia *a autoridad distinta de la legítima del Estado.* Basándose en este artículo se procedió a la expulsión de los jesuitas de España. El resto del artículo pormenorizaba el tratamiento que debía darse a las órdenes religiosas.

Mientras, el artículo 27 reconocía la libertad de conciencia, la laicidad de los cementerios, el reconocimiento a la libertad de celebrar el culto privado y, en cuanto a las manifestaciones públicas, se remitía a la autoridad gubernativa. Y, finalmente, se señalaba que nadie podía ser obligado a manifestar públicamente sus creencias, así como que las mismas no podían ser "*circunstancias modificativas de la personalidad civil ni política".*

Pero toda esta legislación que apuesta por la separación entre Estado e Iglesia se vuelve a desmoronar tras la Guerra Civil...

Así es. Como muestra basta consultar el Fuero de los Españoles de la dictadura franquista vigente desde el año

1945, que decía en su artículo 6: *"La profesión y práctica de la Religión Católica que es la del Estado Español, gozará de la protección oficial. Nadie será molestado por sus creencias religiosas ni el ejercicio privado de su culto. No se permitirán otras ceremonias ni manifestaciones* exteriores *que las de la Religión Católica".*

Y como etapa final de este recorrido histórico por los textos constitucionales en España, debemos ver lo que manifiesta nuestra actual Constitución, de 1978, en su artículo 16: *"Se garantiza la libertad ideológica, religiosa y de culto de los individuos y las comunidades sin más limitación, en sus manifestaciones que la necesaria para el mantenimiento del orden público protegido por la ley".*

También recoge que: *"Nadie podrá ser obligado a declarar sobre su ideología, religión o creencias".* Y asimismo se señala que: *"Ninguna confesión tendrá carácter estatal. Los poderes públicos tendrán en cuenta las creencias religiosas de la sociedad española y mantendrán las consiguientes relaciones de cooperación con la Iglesia Católica y las demás confesiones".*

Puede decirse, vistos los textos constitucionales a lo largo de la Historia de España que, en general, la Iglesia Católica en sus relaciones con el Estado ha estado acostumbrada a un cuidadoso y especial trato...

Sí, desde luego. Y aparte de ello, todavía faltan algunos datos más que van a permitir calibrar si el laicismo es una exageración, un capricho, una manía o, más bien, la respuesta necesaria en el siglo XXI a algo que debía haberse abordado y solucionado ya en el XIX.

No siempre las relaciones entre la Iglesia y el poder político fueron amigables y correctas, sobre todo por parte de la Iglesia, pese al tratamiento que las constituciones no republicanas le otorgaban. Dos hechos ocurridos en la primera década del siglo XX nos sirven de muestra para avalar esta afirmación.

Desde el Concordato de 1851, la Iglesia estaba obligada a cumplir la ley de Asociaciones de 1887 por la que las distintas congregaciones religiosas debían inscribirse en el registro correspondiente. En 1901, el Gobierno se lo recordó de nuevo. A la necesidad por parte del Estado, de conocer cuántas instituciones religiosas y cuantos sedes había en España, se había añadido la llegada de los jesuitas y otras órdenes expulsadas de Francia por las leyes de Jules Ferry y a ello se añadiría la venida de otro contingente de regulares lanzados de Portugal por la revolución.

Así las cosas, el Gobierno pidió negociaciones con el Vaticano, siendo Papa León XIII, y le dio dos meses de plazo para ver cuál era la tercera orden religiosa que el Concordato había dejado sin nombrar. Pues bien: la respuesta del Vaticano no mencionaba la tercera orden, negaba al Gobierno español la capacidad jurídica para hacerlo y afirmaba que el Concordato protegía a todas. Y ahí, el Estado español claudicó. Ante la gravedad del asunto y siendo Canalejas Jefe de Gobierno, se aprobó en diciembre de 1910 la conocida como *Ley del Candado* por la que durante dos años no se permitiría la inscripción de más congregaciones religiosas. Pasado ese tiempo, y sin prórroga posible, quedaría establecido el *statu quo* anterior. Una victoria pírrica.

Otro ejemplo. En 1906 estaba vigente un Código Civil que en su artículo 42 especificaba que la Ley reconocía dos clases de matrimonio: el canónico para los que profesasen la religión católica y el civil para el resto. Si en una pareja de contrayentes católicos ambos, manifestasen su deseo de casarse por lo civil, debían obligatoriamente y ante el encargado del Registro Civil, declarar que no profesaban religión alguna. Esto era llana y sencillamente pedirles apostasía pública ante una sociedad fuertemente anclada en tradiciones de catolicismo sociológico y cultural.

Ante esta situación de violencia legal, el Conde de Romanones, Ministro de Gracia y Justicia en 1906, a través de una Real Orden de 27 de agosto de aquél año dejaba sin efecto la obligación de los contrayentes a declarar sobre sus creencias. Pues bien, la derecha clerical (prácticamente toda) se lanzó a la calle, llegó a hablarse de "guerra civil" y el nuncio exigió la anulación de todos los matrimonios realizados sin la abjuración previa. Romanones se mantuvo firme, pero al año siguiente el marqués de Figueroa, nuevo Ministro de Gracia y Justicia en el Gobierno de Maura, revocaba la Real Orden de aquél.

Desde luego, una simple mirada a toda la Historia, llena de argumentos a la defensa de un Estado laico...

Por eso lo hago. No obstante al terminar esta parte histórica quiero entrar en la cuestión del laicismo como visión alternativa a este estado de cosas. Pero antes, y para terminar, debo referirme a los Concordatos entre los Gobiernos de España y la Santa Sede y a alguna que otra decisión de los Gobiernos españoles de la *Democracia.*

El Concordato de 1851 firmado entre el Gobierno de Bravo Murillo y la Santa Sede, con el Papa Pío IX como Pontífice, interesaba a la monarquía de Isabel II por dos razones.

En primer lugar, para mejorar las relaciones con el Vaticano deterioradas a causa de las desamortizaciones eclesiásticas de Mendizábal y Espartero y así conseguir un apoyo explícito al trono de la Reina, ya que el Vaticano se había mostrado *neutral* entre ella y los carlistas alzados en armas. Para facilitar la negociación se había aprobado con anterioridad la Ley de Donaciones de Culto y Clero por la que devolvían a la Iglesia las propiedades desamortizadas que aún no se hubiesen vendido. Y así, los contenidos de mayor alcance del Concordato fueron: el derecho de la Iglesia Católica a fiscalizar la enseñanza de los colegios privados y públicos –cosa que se reflejaría en la Ley Moyano de Enseñanza de 1857–. En este punto el Gobierno consiguió parar los deseos del Vaticano que pretendía nombrar los maestros, profesores y aprobar los libros de texto tanto en los centros públicos como en los privados.

Pero no se quedaban ahí las pretensiones eclesiásticas en materia de enseñanza. También se acordaba que la instrucción en Universidades, Colegios, Seminarios y Escuelas públicas o privadas fuera en todo conforme a la doctrinas de la Iglesia. Y en consecuencia, los obispos o sus delegados podrían en todo momento, velar por la pureza de las doctrina, la fe y las costumbres.

Además la Iglesia conseguía jurisdicción propia y el ejercicio de la censura. Se le permitía volver a tener propiedades con el compromiso del Gobierno de que nunca jamás serían desamortizadas.

Y por último una cuestión a la que anteriormente se ha hecho referencia al hablar de la Ley del Candado. Se autorizaban tres órdenes religiosas masculinas: San Vicente Paul, San Felipe Neri y una tercera que se determinaría *"en su momento"*. Los apremios de los Gobiernos posteriores para concretar el nombre de esa nueva orden produjeron las tensiones que ya hemos vista anteriormente.

Escuchando esos privilegios de la Iglesia en relación a la enseñanza nos damos cuenta de que se ha avanzado muy poco desde entonces. La Historia provoca siempre una reflexión...

Sí, de eso se trata. Y para continuar esa reflexión, analicemos ahora el Concordato de 1953. En 1951 Franco escribió al Papa Pío XII recabando de él la negociación de un nuevo acuerdo. Estaba claro que el dictador buscaba, igual que en su momento Isabel II, un reconocimiento internacional que el Estado Vaticano podía iniciar. Antecedentes en ese sentido referidos a regímenes vencidos en la II Guerra Mundial ya los había: en 1929 el Vaticano y el régimen fascista de Mussolini habían llegado a los acuerdos llamados Pactos de Letrán. Y en 1933 con Alemania, siendo Canciller Adolf Hitler, Presidente de la República Von Hindenburg y el Cardenal Eugenio Pacelli, futuro Pío XII, Nuncio Apostólico.

Pues bien, en 1953 se aceptaron por Roma las conversaciones con el estado español y en ese año se firmó el nuevo Concordato. Los acuerdos más importantes fueron la ratificación de la confesionalidad del Estado, la ampliación de los privilegios del clero, la exención de censura para con la Iglesia, la libertad de movimientos y actividades a los grupos de Acción Católica y la validez del matrimonio canónico.

Pero además había otro acuerdo que, proviniendo de la Edad Media, Franco recobraba: el Derecho de Presentación de Obispos. Eso significaba que, cuando quedase una sede episcopal vacante y hubiera que nombrar al siguiente obispo, el Papa haría la elección de entre los tres candidatos que Franco le presentase. Con esta capacidad de colocar tres candidatos adeptos al régimen la seguridad de que no podía haber sorpresas era total. Así se explicitaba que la identidad entre el Estado y la Iglesia eran totales.

Es curioso cómo la Iglesia se encarga de establecer lazos y autoridad con el poder político, que recuerdan muy poco a aquello de "mi Reino no es de este mundo"...

Desde los inicios hasta nuestros días. Tras la muerte de Franco pudiera pensarse que en memoria de todo lo anterior y del nefasto papel de la Iglesia durante la Guerra Civil –calificada de Cruzada por la Jerarquía católica– y también durante la postguerra, las aguas no volvieran a su cauce multisecular. Pero las dudas que pudiera haber se disiparon con el Concordato de 1979.

Y es que desde 1976 se venía negociando entre la Santa Sede y un conjunto de políticos vinculados a la Asociación Católica Nacional de Propagandistas fundada por el Cardenal Herrera Oria. La inminencia de los cambios políticos no iba a pillar desprevenidos a los intereses eclesiales de un lado y otro, o mejor de un lado único. Así el 3 de enero de 1979 se firmaba en la Ciudad del Vaticano un conjunto de cuatro acuerdos –se ha evitado siempre hablar de Concordato– que comprometiendo internacionalmente la voluntad del Estado y generando responsabilidad por su incumplimiento, no puede ser denunciado unilateralmente ni revocado sino por otro acuerdo entre las partes.

Entre los contenidos más relevantes de estos acuerdos figura que la Iglesia quedaba excluida de impuestos como el IRPF y el IVA, de pagar contribuciones urbanas por sus edificios de todo tipo, de pagar impuestos reales sobre la renta y el patrimonio, de donaciones y sucesiones, no paga el IBI por sus edificios, etc.

Asimismo, se estipulaba que hasta 1982 debían prepararse las condiciones para que la financiación de la Iglesia se hiciera por la vía de la declaración voluntaria en el IRPF. Pero al día de hoy se sigue sosteniendo a la Iglesia a través de los Presupuestos Generales del Estado. Sobre este asunto hay una picaresca que empalidecería de envidia a los más avispados truhanes de nuestra literatura del Siglo de Oro. Los pagos anteriormente citados se hacen bajo la condición de adelanto sobre lo que corresponda tras la Declaración de la Renta; el Estado entrega siempre más que lo recaudado por ese concepto y así se va acumulando una deuda de miles de millones que aparentemente no inciden en el déficit.

Esta realidad se ha hecho más presente en estos días en los que los recortes, el déficit, las subidas de impuestos, etc. nos afectan a todos los ciudadanos. Pero la Iglesia mantiene esos privilegios acordados con el Estado...

Y los aumenta; queda el meollo, la cuestión estratégica fundamental. Se plantea que toda la educación impartida en los centros públicos *"debe ser respetuosa con los valores de la ética cristiana".* La asignatura de Religión Católica es una asignatura como las otras y aunque no es obligatoria para el alumnado, hay una serie de ardides y tretas que condicionan la libertad de los padres y los alumnos. Si unos padres deciden que sus hijos no reciban enseñanza religiosa, el centro debe procurar una alternativa para ellos en ese tiempo. Pero esa otra asignatura o actividad no debe ir en detrimento de los que están en clase de religión porque se supone que están perdiendo algo importante para su formación. ¿Qué hacer entonces? Pues inventar alguna *maría* en la que se pierde el tiempo mientras los de religión hacen lo que han elegido.

Por supuesto, el profesorado de Religión será escogido por el obispo de la diócesis, serán miembros de pleno derecho de los claustros y los contenidos de la asignatura, libros y material didáctico serán, obviamente, de la responsabilidad de la autoridad diocesana.

Y también vemos cómo en los actos oficiales de un Estado que se dice *aconfesional* suele haber solemnes ceremonias religiosas, Ejército y Fuerzas y Cuerpos de Seguridad del Estado intervienen con efectivos humanos y materiales en manifestaciones religiosas, las *imágenes* son saludadas a la entrada y salida de su templos con el Himno Nacional, etc. ¿Es esto constitucional?

Una vez te pregunté sobre una frase de Castelar en la que afirmaba que España había cansado a la Historia. Me respondiste que aquél ilustre catedrático de Historia y último Presidente del poder Ejecutivo de la I República se refería a que nuestra Historia se repite una y otra vez, cansina, invariante, pétrea. Creo que todo esto es una muestra clara de ello. ¿Nos queda algo más por descubrir?

Sí, algo más escandaloso todavía. La Ley Hipotecaria de 1946, vigente aún, decía en su artículo 199 que, cuando no constase en el registro correspondiente el propietario de una finca, se podría proceder a su *inmatriculación* a nombre de quien hubiese realizado la misma. ¿Quiénes y cómo debían proceder para ello? Pues el artículo 206 señalaba que *"El Es-*

tado, la provincia, el municipio y las Corporaciones de derecho público o servicios organizados que forman parte de la estructura política de aquél y las de la Iglesia Católica, cuando carezcan del título escrito de dominio, podrán inscribir el de los bienes inmuebles que les pertenezcan mediante la oportuna certificación librada por el funcionario a cuyo cargo esté la administración de los mismos en la que se expresará el título de la adquisición o el modo en que fueron adquiridos".

Pues bien, en 1998 el Gobierno del PP cambió la redacción en una parte sustancial. En el párrafo anterior, la nueva redacción a partir de *Iglesia Católica* quedó así: *"de inmatricular fincas, cuando carezcan de título escrito de dominio, mediante certificación del funcionario competente en el caso de organismos públicos, o del Obispo en cuya Diócesis se encuentre radicada la finca, en el caso de la Iglesia católica".* Así, los obispos se equiparaban a funcionarios del Estado y suplían sus funciones.

Por este sencillo procedimiento un obispo podía *inmatricular* cualquier tipo de bien sin necesidad de la necesaria supervisión y fe pública dada por el funcionario correspondiente. Los bienes así adquiridos han sido ingentes.

Pero faltaba algo más. En el primitivo texto de 1946 y en el artículo 206 quedaban exceptuados de esta operación los templos dedicados al culto católico. Pues mediante Real Decreto que no pasó por el Congreso de los Diputados, la excepción quedó invalidada y de esta manera, por ejemplo, la Mezquita Catedral de Córdoba ha pasado a propiedad de la Iglesia por la módica cantidad de 30 euros.

Desde luego todo esto parece inconcebible en un Estado que según su Constitución afirma que ninguna confesión tendrá ca-

rácter estatal. ¿Pero son estos argumentos suficientes para justificar la laicidad del Estado?

La laicidad del Estado no puede basarse en corregir este bochornoso estado de cosas. Es mucho más que eso. Estos desmanes deberán ser objeto del tratamiento constitucional correspondiente, en base a la más elemental Justicia Distributiva.

Pero la laicidad, tal y como dijimos al empezar la conversación, es una filosofía de la vida basada en la Ciencia y en la Ética que tiene como aval y antecedentes la Ilustración y el Siglo de las Luces. Y antes que eso, la Modernidad que exalta la razón, la humanidad y el gusto por la vida. De ello se han derivado el pensamiento científico, los Derechos Humanos y los del Planeta, y la tolerancia como ámbito de diálogo para buscar la aproximación al conocimiento de la Naturaleza y el papel que el ser humano ocupa y puede ocupar en ella.

Es un hecho constatable que la religión es algo que está ahí, que en nuestro país tiene multitud de seguidores y que no se puede obviar. ¿Cómo se responde entonces a esa realidad por parte del Estado republicano laico?

Efectivamente eso es así. Un Estado que pueda surgir desde esta concepción republicana y laica debe ser conocedor de que sus ciudadanos –los que sean creyentes– practican distintas religiones, unas mayoritarias y otras minoritarias. Pero deben practicarse como parte de la condición humana, de su esfera personal, que puede sintonizar con otros miembros también en esa esfera personal. El Estado tiene que reconocer, permitir y regular el funcionamiento en la comunidad de las creencias religiosas. No puede ser hostil, desde luego, pero sí debe ser independiente y separar ambas esferas: la pública de la privada.

Desde luego, esto conlleva un cambio, sobre todo en nuestro país, radical. Para empezar, al hablar de la financiación. En España, la Iglesia Católica ha sido un poder, un poder ideológico y político, pero desde luego un poder económico de primera magnitud.

Se trata, por tanto, de que un Estado moderno tiene que suprimir cualquier tipo de concordato con la Iglesia. A no ser que el Estado Vaticano haga un concordato con el Estado español como lo pudiera hacer cualquier otro Estado en materia de política internacional o de intercambios entre las altas partes que no impliquen consecuencias contrarias a la ley. En eso no hay nada que objetar, porque serían relaciones entre dos estados soberanos que se comprometen a unas determinadas acciones comunes. Lo que no puede ser es que esas relaciones signifiquen que el Estado Vaticano perciba una cantidad económica por hacer proselitismo en el Estado español.

Es decir, hay que romper esa tradición que hasta ahora ha sido muy perjudicial para nuestro país. Porque, además, la Iglesia, desde la Contrarreforma hasta el siglo XIX, ha intentado impedir todas las manifestaciones de la libertad de pensamiento.

La laicidad de un país supone una vertebración del mismo en base a esa separación de Estado e Iglesia que ahora no existe en España. Por tanto, como inicio de ese camino, sería necesario desarrollar una legislación acorde con todo ello.

Para empezar, creo que el marco que señalan los artículos 26 y 27 de la Constitución de 1931 sigue siendo válido. La laicidad supone que aquellas funciones que son competencias inalienables del Estado, entre ellas la enseñanza, tienen que ser desarrolladas por el Estado. Y desde luego, que éste sea un Estado en el que se destierre de la Enseñanza Pública cualquier religión o su influencia.

De igual manera, y en contra de lo que se dice en la propia Constitución española, existen actos oficiales que implican rituales como asistencia a misas, la formulación de actos religiosos públicos, etc. que tienen que ir cambiando. Y dejar el ámbito de lo religioso en la esfera de lo personal, de lo colectivo privado y de las manifestaciones públicas con los permisos pertinentes como cualquier otra actividad social.

Claro, soy consciente de los problemas que esto plantea, algunos de orden económico. La Iglesia dice que ella, en estos momentos, está dedicándose a la enseñanza y que si se cerrasen los centros que tutela en nuestro país –que tutela pero para lo cual percibe dinero público–, se crearían grandes problemas. A eso hay que decir que el Estado debe encargarse, poco a poco, de crear los centros públicos precisos para dar cobertura a la enseñanza, si que hicieran falta. Y que las personas que, en el uso de su libertad, quieran recibir educación religiosa, que se la adquieran con su esfuerzo pecuniario personal.

Y asimismo, un estado que sea laico no tiene por qué poner en marcha ese porcentaje del IRPF que *"libremente"* se le dice al contribuyente que puede dedicar a la Iglesia católica. Eso es una renuncia por parte del Estado a recaudar lo que le corresponde. El contribuyente, si quiere darle algo a la Iglesia católica, que se lo dé de su dinero, pero no del dinero que, como impuestos, pertenecen al Estado, que somos todos.

Por tanto, lo que no puede ocurrir es que un Estado como el español legisle sobre materias que son de la libertad estricta del ciudadano en función de criterios religiosos que chocan contra el avance de la ciencia. Y esto ha sido una constante en nuestro país.

Pero sin querer remover más –dejemos la Historia como ha sido–, el planteamiento de un estado laico lleva consigo clausurar vestigios de otros momentos históricos. Porque supone vertebrar la constitución de la sociedad en torno a ideas, principios y valores hijos de la Modernidad, es decir, de la centralidad humana. Y toda aquella relación o dependencia de supuestos poderes sobrenaturales, repito, queda en el terreno de lo estrictamente personal.

Habría entonces que establecer desde la propia Constitución de una III República española la laicidad del Estado y el desarrollo de unos contenidos concretos al respecto como instrumento democrático que separarían claramente lo religioso de lo público...

En efecto y, en ese sentido, mi propuesta significa una serie de puntos que serían esos contenidos básicos de una Constitución republicana en relación a la laicidad del Estado. De hecho, la Constitución de la III República debe abordar con la misma claridad que lo hicieron la I y la II Repúblicas españolas la cuestión de la laicidad del Estado. Y ello conlleva, además de enunciarlo así en el texto constitucional, medidas como la separación total entre el Estado y las distintas iglesias e instituciones de carácter eclesiástico. Asimismo, hay que acabar con la financiación y las fuentes de la misma mantenidas hasta ahora para la Iglesia.

Igualmente, proponemos la asunción por parte del Estado de la enseñanza en todos sus grados, especialidades y ramas. Quienes escojan para sus hijos la enseñanza en centros religiosos la costearán de sus ingresos particulares. Y en consecuencia, quedaría abolida la enseñanza de cualquier religión en los centros de enseñanza del Estado o públicos. En los privados, la Enseñanza religiosa no puede entorpecer o retrasar las tareas y trabajos considerados como didácticamente necesarios para una correcta formación.

Y asimismo, en la Constitución de la III República, no podrá contemplarse la posibilidad legal de establecer Concordatos especiales con la Santa Sede y otras iglesias, salvo que las mismas tengan la entidad de Estado y estas relaciones se establezcan como tales: diplomáticas, políticas, etc.

Todas esas medidas concretas que propones, ¿se deberían fundamentar en una Constitución de la III República que tuviera presentes una serie de principios de laicidad?

Principios de laicidad que vertebrara el espíritu de dicha Constitución y que recogiera, por ejemplo, que la laicidad se apoya en dos pilares: la Ética, en sí misma libertad absoluta de conciencia, y el status cívico que define la separación de las iglesias del Estado.

Al igual que serían principios de ese texto constitucional que la laicidad establece estrictamente la diferencia entre dos universos distintos: el interés general y la convicción individual. O que la laicidad es explícitamente consustancial con la República. El Humanismo laico reposa sobre el principio de libertad absoluta de conciencia y la laicidad dirige todos sus esfuerzos para liberar a la infancia y a los adultos de todo aquello que les aliene o pervierta su pensamiento, especialmente de las creencias atávicas, los prejuicios, las ideas preconcebidas, los dogmas, las ideologías opresoras, las presiones de orden cultural, económico, social, político y religioso.

Debiera verse también que la laicidad sostiene el desarrollo del ser humano en el marco de una formación intelectual, moral y cívica permanente, en el espíritu crítico y en el sentido de la solidaridad y fraternidad. Que el ideal laico es inseparable del rechazo al racismo y todo tipo de segregación en todas sus formas. Y que en una sociedad laica el único medio de desarrollo social es la integración –diferente a la asimilación–, la participación de todos y todas en una colectividad de ciudadanos libres e iguales en derechos y deberes. Los únicos grupos sociales aceptables reposan sobre la alternativa, la libre pertenencia y la apertura.

No debería olvidarse tampoco que la Ética laica conduce inevitablemente a la Justicia Social: la igualdad de derechos, la igualdad de deberes, la igualdad de oportunidades. La instrucción laica, la escuela, el derecho a la información y el aprendizaje de la crítica son las condiciones de esta igualdad.

XI
UN ESTADO FEDERAL, PLURINACIONAL Y SOLIDARIO

En el momento en que iniciamos las conversaciones sobre este capítulo, en España es tema de actualidad el planteamiento hecho por el "president" de Cataluña, Artur Mas, sobre la convocatoria de un referéndum para que el pueblo catalán decida cuál va a ser su destino. Esta no es la única propuesta de la misma índole que ha aparecido en los últimos años. Hace unos cinco, el entonces lehendakari Juan José Ibarretxe, planteó también la cuestión del derecho a decidir del pueblo vasco. Éstas son cuestiones que nos sirven para enraizar la propuesta de un modelo de Estado federal, sin obviar la realidad de los distintos territorios que conforman España y que hay que analizar a lo largo de la Historia...

A la hora de abordar la construcción del Estado Federal Plurinacional y Solidario –el nombre no es un capricho, como más adelante se verá– es conveniente, necesario e indispensable hacer un desarrollo lógico que parta de los hechos históricos y desemboque en una propuesta de convivencia bajo unos criterios, unos valores y unas metas compartidas y consensuadas por la ciudadanía, por las ciudadanías, por los pueblos.

Todo ello, en el buen entendido de que los Derechos Humanos y del Planeta, como objetivo y materia básica del acuerdo en lo referente a su desarrollo inmediato y permanente, son irrenunciables e insustituibles. Por lo menos, para los que esto defendemos.

Sin embargo, la propuesta de Artur Mas, como en su día la de Juan José Ibarretxe, se ha erigido, tanto por méritos propios como por la inflación de debates mediáticos y farragosos, en el tema central. Lo que ocurre es que dichos debates, cargados de filias y fobias apriorísticas, ayudan poco a entender al otro. Se huye de la comparación entre propuestas y argumentos, y se tiende a un regodeo en lo trivial y anecdótico. Tres cuartos de los mismo ocurre en los debates políticos que, en vez de diálogos, son monólogos a una, dos, tres o cuatro voces.

Y como de todas maneras esta propuesta de III República tendría que abordar dicha cuestión, he preferido mostrar mi opinión desde el principio para que, una vez despejado el camino o la dudas que hubiera, podamos proseguir con la argumentación de esta propuesta para una III República.

He de decir que mi militancia, tanto en el PCE como en IU, me sitúa entre quienes defienden el derecho de los pueblos a decidir; y en consecuencia, en este caso concreto, el derecho del pueblo catalán a decidir sobre su futuro. Eso sí, ateniéndose con toda responsabilidad a las consecuencias de su decisión libre y respetada por los demás.

Ese argumento clarifica tu postura pero, ¿en qué basas tu posición además de por tu militancia política?

El 16 de diciembre de 1966 se firmaron en el marco de la ONU tres importantes pactos que desarrollaban la Solemne Declaración de Derechos Humanos de 1948: el de Derechos

Civiles y Políticos; el de Derechos económicos, sociales y culturales; y en tercer lugar, el Protocolo Vinculante por el que se organizaban los procedimientos y mecanismos mediante los cuales cualquier ciudadano de un país firmante de los Pactos pudiera dirigirse a la ONU en demanda de aplicación de los acuerdos en su país o, en caso contrario, plantear la denuncia pertinente contra el Gobierno incumplidor.

Estos pactos entraron en vigor para España el 27 de julio de 1977. Pues bien, en los dos primeros había un mismo artículo 1 en el que podía leerse en el apartado 1.1: "*Todos los pueblos tienen el derecho de libre determinación*". En el apartado 1.3 se decía que "*Los Estados Partes en el presente Pacto, incluso los que tienen la responsabilidad de administrar territorios no autónomos y territorios de fideicomiso, promoverán el ejercicio del derecho de libre determinación y respetarán este derecho de conformidad con las disposiciones de la Carta de las Naciones Unidas*".

Ruego al lector que reflexione acerca de lo que quiere decir esa palabra: "*incluso*". Porque para mí significa que hay *otros* a los que esto afecta.

¿Otros países? ¿Otros pueblos? ¿Cuáles son esos otros a los que alude el texto del pacto?

Comoquiera que el texto reproducido creaba problemas en varios estados, la ONU a través de su resolución 154 de 14 de diciembre de 1960 señaló que "*todo intento encaminado a quebrantar total o parcialmente la unidad nacional y la integridad territorial de un país es incompatible con los propósitos y principios de la Carta de las Naciones Unidas*".

Nadie podrá negar que los documentos de las Naciones Unidas son, a veces, como los de cualquier otro tipo, contradictorios entre sí, porque se han escrito en coyunturas distintas y bajo condiciones distintas. En consecuencia, la resolución del conflicto queda en la órbita exclusiva de la política, es decir de la negociación, de la voluntad de acuerdo, de superación de la coyuntura y, lo que es inexcusable, de la identidad en un objetivo común de carácter general.

Sin embargo, y por otra parte, ejemplos como la desmembración de Yugoslavia *manu militari* con un alto nivel de consenso entre la media docena de países que se constituyen en *comunidad internacional* cuando conviene, a lo que se añade el futuro y negociado políticamente referéndum en Escocia, nos demuestran que estas situaciones o las resuelve la política o no tienen solución.

El ejemplo de la provincia de Quebec (Canadá) a la que por dos veces se le ha permitido un referéndum sobre su independencia (1980 y 1995) es también bastante ilustrativo. Y para mayor abundamiento, el Parlamento Canadiense ha reconocido en 2006 que Quebec es una nación dentro del Estado canadiense.

Por eso, el tremendismo gubernamental español y también el del PSOE imputando al Gobierno catalán aviesas intenciones no se entiende con una historia de apoyos por parte de CiU tanto a investiduras como a políticas de recortes o a posiciones bélico-atlantistas de ambos partidos. Que una hipotética independencia de Cataluña esté liderada por una fuerza política como CiU, aplicadora a machamartillo en su territorio de las directrices de Bruselas, el BCE, el FMI, el Banco Mundial o el Gobierno español en cuestiones de recortes, es algo que los trabajadores y asalariados catalanes sopesarán, supongo.

Pero, en todo caso e independientemente de lo anterior, el derecho a decidir, lo plantee quien lo plantee, tiene fundamento, es legítimo y sólo puede ser combatido con las armas de la política o, en su caso, ser objeto de diálogo y, negociación.

Lo que ocurre es que el ordenamiento constitucional vigente impide cualquier salida en el sentido de que se produzca una consulta sobre este asunto que, además, ¿sería o no sería vinculante?

Pobre ordenamiento constitucional tan confuso, tan contradictorio y tan vulnerado por los gobiernos de turno. Tu pregunta planea sobre una serie de interrogantes, zonas oscuras y hechos consumados sobre los que se debe reflexionar. Y con estas reflexiones empezamos entrar en la cuestión del Estado Federal.

El artículo 2 de la Constitución dice que *"reconoce y garantiza el derecho a la autonomía de las nacionalidades y regiones que la integran y la solidaridad entre todas ellas"*. La siguiente pregunta es de lógica: ¿quiénes son *nacionalidades* y quienes son *regiones*? Todo el mundo sobreentiende que al hablar de nacionalidades se está hablando de Cataluña, Euskadi y Galicia. ¿Por qué? Pues en esto, como en otras muchas cosas más, hay que pedir ayuda a la Historia.

Cataluña ha tenido a lo largo del siglo XX tres Estatutos de Autonomía y uno en el presente. El primero en el año 1919 se enquistó en Madrid para su aprobación definitiva y no pasó de Proyecto. El segundo entró en vigor en el año 1932. En ese Estatut podía leerse en el artículo 1 que "Cataluña se *constituye en región autónoma dentro del Estado español*". Posteriormente, el Estatut del año 1979 se refería, también en el artículo 1, a *Cataluña "como nacionalidad y para acceder a su autogobierno se constituye en comunidad autónoma de acuerdo con la Constitución*". Luego, en el del año 2006, se habla de "*Cataluña como nacionalidad que se constituye en comunidad autónoma*". Este último ha sido enmendado por el Tribunal Constitucional.

¿Y qué nos dice la Historia más reciente del resto de nacionalidades en España?

Por su parte, Euskadi ha tenido dos Estatutos: el de 1936 y el 1979 llamado de Guernika. En el primero, en su artículo 1 se lee que con arreglo a la Constitución de la República y el Estatuto, *"las provincias de Álava, Guipúzcoa y Vizcaya se constituyen en región autónoma dentro del Estado español"* adoptando la denominación de País Vasco.

En el estatuto de 1979 puede leerse que El País Vasco o Euskal Herría como "expresión" de su nacionalidad y para acceder a su autonomía *"se constituye en comunidad autónoma dentro del Estado español"*. Además se abre la puerta a que Navarra pudiera formar parte del País Vasco.

Y en cuanto a Galicia, hay que recordar que ha tenido dos Estatutos. El primero, que tras su aprobación en referéndum se depositó para su debate en las Cortes el 15 de julio de 1936, no llegó a discutirse a causa de la sedición del general Franco. En el texto del artículo 1 podía leerse que Galicia se constituía "*como rexión autónoma* dentro del Estado español". Mientras, en el Estatuto de 1981 y también en el artículo 1 se expone que *"Galicia, como nacionalidad histórica, se constituye en comunidad autónoma para acceder a su autogobierno de conformidad con la Constitución Española y con el presente Estatuto..."*.

A simple vista, comparando los textos de la época republicana y los actuales podemos ver dos diferencias fundamentales. Una es que en los primeros documentos Cataluña, País Vasco y Galicia se constituían en regiones dentro del Estado Español. Y la otra es que, en los redactados ya en la Transición, las tres autonomías se declaran nacionalidades y sólo una de ellas, la vasca, sigue considerándose parte del Estado Español. ¿Qué ha pasado entre aquella época y ésta?

Han pasado bastantes cosas pero antes de contestarte, y para tener más elementos de juicio, debo hacer otro relato.

El artículo 11 de la Constitución republicana de 1931 autorizaba a constituirse en regiones autónomas *"para formar un núcleo político administrativo dentro del Estado español"*. La posibilidad de desarrollar este artículo tuvo desigual acogida. Y así, Aragón entregó en las Cortes el día 15 de julio de 1936 su Proyecto de Estatuto; Andalucía había aprobado en la Asamblea de Córdoba celebrada en enero de 1933 un Proyecto de Bases que se retrasó en su desarrollo por disensiones provinciales y, pese a esfuerzos posteriores de la Junta Liberalista Andaluza y de Blas Infante, no consiguieron avanzar más en el proceso. Por su parte, Castilla la Vieja, Valencia, Canarias y Baleares con distintos grados de elaboración de estatutos no terminaron ninguno.

La sublevación de Franco acabó con el proceso autonómico. En todos los documentos manejados, los aspirantes a la autonomía se denominaban regiones dentro del Estado español. Y Andalucía, tal vez como reflejo de la Constitución republicana de 1873, permitía más de una comunidad autónoma en su territorio.

Pero tras la época franquista, es evidente que la Transición superó en profundización y extensión el proceso autonómico con respecto al de la II República...

Sí. A mi juicio las causas son varias y todas ellas están en el origen de la situación presente. El franquismo, con su persecución a sangre y fuego de la *anti-España* y *los separatismos,* ayudó a dar el paso cualitativo que en los casos de Cataluña, fundamentalmente, y de Euskadi aunque menos, ya se había producido con anterioridad.

Los Gobiernos de España en la Transición, sobre todo en su fase última, no han aprendido esa lección que la Historia les ha estado dando; la política no puede sustituirse por el garrote aunque de vez en cuando se le ponga una zanahoria. El que tanto González como Aznar, sobre todo este último, hayan necesitado de CiU y PNV para ser elegidos Presidentes de Gobierno les ha obligado pactar, ceder y negociar sobre precios a los apoyos que no se correspondían con el discurso mantenido en otros foros y en otros tiempos.

Así no podía organizarse un proyecto de Estado; salvo que llamasen proyecto a la Constitución de 1978. No es de extrañar que así, en determinada discusión política habida entre un alto dirigente político y yo mismo sobre Euskadi, mi interlocutor me aseverase que los vascos tenían el Estatuto de Guernika a causa de la acción de ETA.

Pero no solamente la experiencia franquista con su sanguinaria y torpe represión había potenciado lo que perseguía. Los nacionalismos de tipo tradicional habían estado en la lucha antifranquista y, sobre todo, eran una alternativa emotivo–patriótica para lo que se quería evitar a toda costa: la izquierda que unía la lucha por la autonomía con la lucha por superar el sistema capitalista.

Así, Suárez y Tarradellas en Cataluña, supieron entenderlo perfectamente. La Constitución introdujo la categoría de nacionalidades y regiones, pero los sucesivos Gobiernos de España huyeron como de la peste a la hora de sacar conclusiones y precisar dónde estaba la diferencia.

Los juegos malabares con la semántica no podían borrar lo que uno de los padres de la Constitución, Jordi Solé Tura, catedrático de derecho constitucional, explicaba: "nación y nacionalidad son la misma cosa". La negativa a aceptar esta evidencia radicaba en lo que el término nación conlleva en relación con el de libredeterminación o autodeterminación, según los Pactos de 1966 ratificados en la ONU por el Reino de España en 1977.

Pero no se puede negar que a los otros territorios de España se les permitió, constitucionalmente, el acceso a la autonomía.

No se hizo otra cosa que desarrollar lo que en la República ya se había iniciado sin límites previos. Ahora, con la Constitución en la mano, se marcaban dos vía de acceso: los artículos 143 y 151 que implicaban dos clases distintas de autonomía. Así, la autonomía de dos velocidades, asentada sobre el *"café para todos"*, era como esas obras de las que se dice *"tente mientras cobro"*.

Y en este punto, cuatro realidades, unas latentes y otras nuevas, vinieron a incidir sobre la estructura de aquel proyecto hecho a golpes de improvisación: Andalucía, ETA, la entidad histórica de Cataluña y las huidas hacia delante de muchos territorios. Veámoslo someramente.

Lo de Andalucía no estaba en el guión previsto; apareció como aquellas fuerzas telúricas que se creían dormidas pero que emergen e irrumpen de manera imparable. Lo que comenzó siendo una idea-sentimiento de unos profesionales regeneracionistas amantes de su tierra y en algunos casos con notable visión de futuro, se convirtió en una inmensa hoguera que se extendió por toda Andalucía.

Blas Infante, símbolo del proyecto y mártir, la bandera blanquiverde y el pueblo andaluz (nunca se ha utilizado con mayor propiedad esa expresión) arrasaron previsiones, campañas y tecnicismos de leguleyos. El Gobierno de Suárez se opuso porque comprendió el potencial de cambio para toda España que allí se encerraba. Una autonomía del artículo 143, con cerca de siete millones de habitantes, una lista de agravios larga, un arrebato hacia un cambio de mayor envergadura que el previsto y con una exhibición de masas nunca vista, entraba el selecto club de los *históricos*, por la vía del artículo 151.

Lo que aquello podía significar –un cambio para toda España– lo entendieron los del Gobierno pero también los llamados a gobernar. Lección aprendida. Tras el 23 F y su triunfo visible del día 24 en la Zarzuela, llegaron las LOAPAS, los frenos y, en Andalucía, la autocontención institucionalizada.

No se había hecho una Transición *modélica* para acabar, al fin y a la postre, en lo que no se quería acabar.

Hablemos ahora de la irrupción y el papel de ETA en todo este proceso. ¿Cómo afectó?

ETA y sus acciones terroristas introdujeron en la política de Euskadi y en la española una variante que escapaba a lo previsto: el no consenso violento, la dislocación de las relaciones normalizadas y regladas. Por primarios o violentos que sus discursos y actos fueran, tenían eco en una determinada parte de la población vasca. Una parte activa, combativa, casi omnipresente en la lucha de calle.

Sus asesinatos individuales o colectivos obligaron a un acuerdo que muchos de sus firmantes, mediante la restricción mental correspondiente, se comprometieron a no cumplir apenas se levantaran de la mesa de firmas: los Pactos de Ajurianea y Madrid de 1988. Como ETA hablaba de Eukalherría libre y autodeterminada, toda propuesta política que plantease lo mismo era terrorismo o connivencia con él.

Estaba claro que contra ETA se vivía mejor. Y si esta afirmación parece osada, recordemos los acontecimientos de los últimos tres años. Recordemos la turbamulta de declaraciones, imputaciones y ruido mediático cuando el *lehendakari* Ibarretxe pretendió hacer de manera más mesurada, lo que está haciendo ahora el *President* Artur Mas.

Porque también te refieres a Cataluña que ha tenido su particular evolución en este proceso...

Cataluña tiene una historia que se debe conocer para calibrar mejor lo que está ocurriendo. El nacionalismo burgués catalán ha estado y está ligado a las dos bases que lo constituyen: la lengua y la clase social surgida del maquinismo y la industria de los telares en el siglo XVIII.

La tensión con Madrid ha estado dominada durante el siglo XIX por los opuestos intereses entre esa burguesía y la oligarquía castellano-andaluza del cereal, el olivo y la dehesa. Proteccionistas los catalanes, librecambistas los otros; los enfrentamientos entre Laureano Figuerola, catalán y Ministro de Hacienda en 1868 (año en el que se empieza a usar la peseta) y sus paisanos sobre esa cuestión son ilustrativos.

Pero siempre ha habido eso que ellos llaman *seny,* sentido común, tendencia al pacto. Desde Cambó y mucho antes, sus enfrentamientos con Madrid se atemperaban ante dos situaciones: las concesiones de aquél o el frente común ante el movimiento obrero y sus reivindicaciones. Además, en Cataluña hay también una actitud que ellos llaman *rauxa*, rabia, encono, enfado justificado o no. Pero también la *rauxa* es la firmeza con que se expresan principios, visiones sociales y lucha por la *entidad nacional.*

Cuando el general Prim, catalán de Reus, habla en la tribuna del Congreso sobre el centralismo y su presión sobre Cataluña, sus palabras desde luego no son de *seny: "Los catalanes ¿son o no son españoles? ¿Son nuestros colonos o son nuestros esclavos?... Son los catalanes españoles? Pues devolvedles las garantías que les habéis arrebatado...Si queréis continuar la política de Felipe V, de ominosa memoria...sea Cataluña talada y destruida y sembrada de sal como la ciudad maldita; porque así y solo así, venceréis nuestra altivez así y solamente así domaréis nuestra fiereza".*

Pues bien, en marzo de 1892, la Lliga Regionalista de Prat de la Riba promovió lo que se ha llamado las Bases de Manresa sobre las que habría de asentarse un autogobierno catalán dentro del Estado español. Sus contenidos son rotundos: solamente catalanes podrán desempeñar funciones derivadas de la administración, incluso de la administración central del Estado, entre esas funciones están los cargos militares. Por otra parte, Cataluña es soberana en cuestiones de gobierno interior; la enseñanza debe ser adecuada a las *necesidades y características de la civilización de Cataluña.*

El alcance de esas medidas daba la exacta dimensión de una conciencia nacional con proyecto político. Cuando el 14 de abril de 1931 tiene lugar la proclamación de la II República en Madrid, inmediatamente después el coronel Maciá de Estat Catalá proclamó la República catalana *"que procuraremos integrar en la Federación de Repúblicas Ibéricas".*

La inmediata intervención mediadora de dirigentes republicanos catalanes como Marcelino Domingo produjo la renuncia de Maciá a cambio de la promesa de que se diese luz verde en las Cortes a un futuro Estatuto de Autonomía para Cataluña. Poco más de dos años después y como consecuencia del triunfo de las derechas en las elecciones generales de 1933, con la incorporación de ministros de la CEDA, Lluis Companys, *President* de la *Generalitat* proclamó el 6 de octubre de 1934 el *Estat Catalá* dentro de la República Federal Española. Luego, la intervención del general Batet bajo las órdenes del Gobierno de Madrid puso fin a aquella situación.

Parece claro, entonces, que lo que vivimos ahora no surge de la nada sino que hunde sus raíces en la Historia. Sin embargo, para muchas personas puede parecer que lo que en los medios de comunicación se nos presenta sobre este asunto es una situación totalmente nueva y propia de políticos enajenados.

Sí y así nos va. Pero quiero aludir ahora a una cuarta incidencia sobre el desarrollo autonómico que hay que comentar: la huida hacia delante. Muchas autonomías actuales han pasado por el *sarampión* de creer que cuanto más se acercaran al techo competencial del artículo 151 y cuanto más hicieran para adquirir el estatus de nacionalidad, eso se reflejaría en la calidad de vida de sus habitantes, en las posibilidades de desarrollo económico y en el *prestigio institucional*.

Nunca han tenido presente que la entidad política no es una cuestión de estatus legal sino de peso específico en economía, base social, historia y voluntad organizada de la mayoría plasmada en hegemonía. Solamente eso puede ser suplido por un proyecto de cambio incardinado en un proyecto estatal de mayor entidad. Si no es así, el espectáculo de las declaraciones personales e institucionales en busca de una *nacionalidad* que nunca existió son penosos y estériles, sobre todo cuando no llevan, como casi nunca llevan detrás de sí, una propuesta de cambio profundo, una nueva situación y una fuerza adecuada para ello.

Al final lo que hay es un auténtico pandemónium de competencias que no son subvencionadas, políticas de faraonismo personal, despilfarros que rozarían el ridículo si no fuera porque antes rozan lo delictivo, etc.

Los complejos de inferioridad cultivados con el abono del agravio comparativo como únicas bases de proyecto político terminan en el caos de esta hora de España. La gran niveladora a la baja de competencias y servicios, la mal llamada austeridad, se lleva por delante el cuento de la lechera. Y es que el planteamiento del Estado Autonómico no ha pasado de una etapa puramente reivindicativa, sindicalizada, sin contrapropuesta.

Con esta realidad cultivada durante años en distintos terrenos y con distintos abonos, ¿ahora qué? ¿Cuál es la propuesta para el futuro?

Ahora toca la propuesta del Estado Federal Plurinacional y Solidario. Pero no sin antes ir delimitando y marcando los caminos que nos llevan a ello. Y la primera cuestión que debe quedar dilucidada es la de las raíces de esta opción.

Cánovas del Castillo (1828-1897) mantenía que hay una serie de *verdades-madre* que están por encima de la voluntad de los seres humanos. Una de esas *verdades-madre e*s la de Nación; decía que las naciones son obra de Dios o en su caso de la Naturaleza y responden a un plan divino y no a la voluntad de la mayoría como dice la Ilustración. Cánovas no niega la cultura común o las experiencias colectivas que han cristalizado en ese precipitado histórico llamado Patria. El problema que tiene esta concepción no es otro que el del *traductor* o *traductores* de esa voluntad divina; porque Dios siempre está callado y por él hablan los que dicen ser sus heraldos.

De un tiempo a esta parte, desde conferencias dadas por ex Presidentes en universidades extranjeras hasta declaraciones de algún que otro cardenal de la Iglesia Católica, pasando por la escalada en el integrismo nacional-católico, la cuestión de la *esencia* de España como entidad incuestionable y fuera de discusión ha vuelto por donde solía.

Cuando Menéndez Pelayo (1856-1912) pontificaba sobre España *"luz de Trento, martillo de herejes"* y concluía con aquello de que *"no tenemos más unidad que la católica"*, estaba sentando las bases de una visión que, eludiendo la complejidad en el origen y desarrollo de lo que hoy se denomina *España,* ha querido resolver el problema por la vía de la unidad de la Fe.

¿Te refieres a la fe, la creencia religiosa, como base de la unión de distintos territorios?

Mira, la difícil y no conseguida trabazón económica, social y de política exterior, incluida las relaciones con el Nuevo Mundo reservadas exclusivamente a los castellanos, quisieron realizarla Fernando e Isabel mediante la unidad religiosa y, en consecuencia, con la expulsión de los moriscos y judíos y el establecimiento del Tribunal de la Santa Inquisición en 1478.

La importancia de este instrumento de pretendida cohesión social se manifiesta con toda su identidad en un episodio ocurrido en la época de Felipe II. Antonio Pérez, secretario del Rey tuvo que huir a Aragón, de donde procedía; cuando la Justicia Real quiso prenderlo, éste se acogió a la tutela y protección del Justicia Mayor de Aragón (especie de Defensor del Pueblo actual) que velaba por los fueros y libertades de los aragoneses. La imposibilidad de que la justicia real pudiese actuar obligó a Felipe II a usar el único tribunal con jurisdicción en todos los Reinos: el de la Santa Inquisición. Pues bien, este episodio ilustra sobre la no conseguida unidad política de los distintos reinos y su sustitución por la unidad religiosa.

E igualmente son esclarecedores los acontecimientos políticos vividos en torno a las dos primeras décadas del siglo

XIX. El pueblo que se levanta contra Napoleón lo hace no solamente por ver a su país en manos de un ejército extranjero sino también espoleado por aquella parte del clero que luchaba contra los herederos de la Revolución.

Tras la expulsión del ejército francés, el Rey Fernando VII maniobró hasta conseguir la abolición de la Constitución; los liberales, llamados *negros* por los realistas fueron perseguidos y castigados. Y en muchos lugares de España las gentes, bien aleccionadas, se echaron a la calle gritando *¡Vivan las cadenas!* Este grito ha pasado al conocimiento para la posteridad; sin embargo, lo que le seguía es menos conocido: *¡Muera la Nación!* Y es que Nación en el sentir constitucional significaba soberanía popular; ahí estaba el problema.

Cuando Fernando VII tuvo que transigir con la Constitución de 1812, tras la sublevación de Riego en Cabezas de San Juan (1820) la Santa Alianza reunida en el Congreso de Viena, cual OTAN de hoy, envió un ejército francés a España para restaurar el absolutismo. Los Cien Mil Hijos de San Luis, como así llamaron a los invasores, entraron en España y sin apenas resistencia llegaron a Andújar (Jaén); el clero esta vez no agitó al pueblo, porque venían a reponer a la monarquía por derecho divino.

Por eso, en las raíces de todo esto, son clarificadoras las palabras de Antonio Alcalá Galiano en la sesión del Estamento de Procuradores en 1835: *"Uno de los objetivos principales que debemos proponer nosotros es hacer a la nación española una nación que no lo es ni lo ha sido hasta ahora".*

Analizando estos hechos históricos, ¿quieres decir que lo que denominamos España no ha tenido una realidad conceptual como la tuviera Francia, Alemania, ni otras naciones?

Quiero decir que se viene arrastrando desde siglos un problema grave: la construcción de una unidad político-territorial surgida de la voluntad explícita del soberano o de los soberanos. Por eso, el profesor Bosh Gimpera se refería en 1944, con gran lucidez, a *"España, complejo político-nacional que no ha encontrado todavía la fórmula de equilibrio y de una organización estabilizada (...)"*.

Pero la invocación a la patria, a España, como una realidad existente desde siempre, parece tener en algunos sectores de la población un gran arraigo...

Claro. Y en el campo de la izquierda no hay reparo alguno cuando se habla de la República Española. Cuando se habla de España yo me doy por aludido y concernido. Lo que ha ocurrido es que en nombre de España se han destrozado las posibilidades de una convivencia entre los pueblos que la componen.

El franquismo, con su visión imperial y resucitadora de los peor de la Historia del XIX, gangrenó aún más una herida no cerrada. Lo malo de la palabra España es cuando es usada como visión excluyente y no como síntesis acordada. España, Hispania, Iberia son palabras que todavía pueden concitar energías para un proyecto que en esta época de fronteras permeables tenga sentido. ¿Y qué proyecto? Pues el que comparten hoy muchos ciudadanos y ciudadanas El Estado Federal Plurinacional y Solidario.

Decía Eliseo Reclus que *"el federalismo está escrito en la geografía española"*. Esta verdad geográfica está además reforzada por la singular historia que durante siglos han tenido sus territorios. Los siglos de coexistencia, convivencia y tensión bélica entre cristianos y musulmanes de un mismo reino contra cristianos y musulmanes de otros reinos, coronados por eso que impropiamente se ha venido en llamar *Reconquista*, han creado un precipitado histórico en el que la idea de federalismo ha tenido siempre gran predicamento.

Recordemos cómo en el capítulo dedicado a la herencia republicana marcábamos como seña de identidad del republicanismo español la idea federal. Lo que ocurre es que tras la desgraciada experiencia del cantonalismo durante la I República, la concepción federal es denigrada como sinónimo de caos.

Pero si miramos a nuestro alrededor, no hay más que ver estados federales como Estados Unidos, México, Brasil, Argentina, Alemania, India, Rusia, etcétera.

Efectivamente, son países federales y no han perdido por eso el sentido unitario de su colectividad. Ahora mismo el Estado de las autonomías en España contiene elementos de un federalismo avanzado.

El Estado Federal es sencillamente un Estado unitario que basa su unidad en el pacto, en el acuerdo, en la coincidencia de un objetivo común participado y desarrollado. La experiencia de 1873 estaba condenada en la medida en que, como ya dijimos, la República vino de las manos de los monárquicos y se pasó a una Constitución republicana sin solución de continuidad con la anterior. Y además sin un proceso constituyente que hubiera construido el bloque cívico necesario para sustentar el proyecto.

Tanto la II República como la Transición redactaron sendas constituciones (la de la Transición de una manera muy *sui generis)* y a partir de ellas se organizaron las autonomías. El proceso así concebido tenía una característica más descentralizadora que otra cosa, salvo en el caso de Cataluña. La Constitución de 1978 y su proceso autonómico tuvo una lectura de ajuste de cuentas con el *ominoso centralismo de Madrid,* un error mayúsculo porque la esencia del centralismo no consistía en una especie de covachuela gigantesca, de oficina siniestra macrocéfala. La esencia del centralismo era y es, la conjunción de intereses y poderes económicos provenientes de todas partes; la carencia de controles democráticos sobre la economía, el poder, los mecanismos de organización, el funcionamiento de los tres poderes del Estado, etc.

Por eso cada autonomía estableció con Madrid una relación de permanente reivindicación y cuando la conseguía no sabía hacer otra cosa que reproducir el modelo. Piensen los lectores cómo las CCAA están reproduciendo con respecto a los ayuntamientos las mismas pautas de comportamiento que ellas denunciaban de Madrid. Concebido así el proceso autonómico, no debe extrañar que casi todo haya quedado en fragmentar el modelo y acoplarlo a 19 pequeños moldes –autonomías y ciudades autónomas.

Muy al contrario, la federalidad es construir desde las partes. En el modelo autonómico español, el paradigma estaba previamente diseñado. En la construcción del Estado Federal se define desde las partes; y esa definición es hija de un proceso que llamaríamos constituyente y que es el objeto del último capítulo de este libro.

Diseñar conjuntamente un modelo que nos une. A simple vista, la tarea que se propone no es sencilla, ¿no crees?

Efectivamente, para poder concitar voluntades es preciso proponer para qué proyecto. No se trata de las competencias futuras de los entes federados o de la centralidad federal; se trata de aquellos principios, valores y objetivos que deben ser asumidos como comunes y puestos en común. Para mí son cuatro: la eliminación de las desigualdades sociales; la eliminación de los desequilibrios territoriales; la garantía del ejercicio pleno de los derechos individuales y colectivos de los ciudadanos y ciudadanas; y en cuarto lugar, el mantenimiento o corrección en su defecto, del equilibrio medioambiental y la condiciones del hábitat para la vida.

En resumen, se trata de hacer una concreción aquí y ahora de los Derechos Humanos y del Planeta. Estos cuatro principios y objetivos constituyen el Poder Federal.

Queda claro el objetivo. Pero tan importante como el objetivo es el proceso. ¿Quiénes deben hacerlo? Y sobre todo, ¿cómo?

Para ello, debemos aprender de la experiencia de estos años y saber conjugar lo que tenemos ya dado con lo que aspiramos a construir. Y para eso, a mi juicio, deben quedar claras algunas ideas.

En primer lugar, los interlocutores fundamentales, imprescindibles, son los ciudadanos y las ciudadanas. El proceso debe arrancar desde ellos y sus organizaciones básicas; las organizaciones políticas, sindicales, cívicas y de todo tipo se podrán insertar en el debate y en la construcción de consensos, acuerdos y diseños. Las instituciones, cuando ellas y los demás lo crean oportuno, se incorporarán con los mismos derechos y deberes que los otros.

Sin embargo, y para establecer unos mínimos que indiquen voluntad de abordar la federalidad, creo que se deben asumir dos principios que son consustanciales con el Estado Federal y la realidad presente: el reconocimiento de la plurinacionalidad del Estado y el reconocimiento del Derecho de Autodeterminación.

Y así, los conjuntos que concurren al proceso se corresponden con las actuales comunidades autónomas. Debe tenerse en cuenta la posibilidad que en este proceso haya reestructuraciones y cambios en cuanto al número y composición de los conjuntos, debido a voluntades democráticamente manifestadas y aceptadas como tales por el resto.

Pero hay una propuesta que he dejado para el final y no precisamente por falta de importancia. Constituye una apuesta que quiere corregir lo que la Historia nos negó por causas diversas y que tiene la virtud de preparar un futuro que seguramente no va a ser tan halagüeño. Me refiero a la creación de la República Ibérica formada por los dos Estados que coexisten: el portugués y el español.

Y en todo esto, las organizaciones republicanas –como ya se verá en el último capítulo– tienen aquí un ámbito de trabajo y de hermanamiento de primera magnitud.

Con todo ello, están planteados los fundamentos del estado federal, los principios y los sujetos. ¿Nos queda algo más por tener en cuenta en esta propuesta?

Con lo expuesto hasta ahora he acabado de plantear los primeros pasos del proceso. Si éste se produce, desde luego vendrán los debates y propuestas sobre el desarrollo del mismo y la estructuración del futuro Estado Federal Plurinacional y Solidario.

Sin embargo, quisiera exponer, para terminar este asunto, algunos puntos de vista y algunas propuestas sobre ese Estado Federal. Son propuestas que se contienen en el gran trabajo realizado en IU por Jaime Pastor, primero, y Luis Carlos Rejón después, que al frente ambos de equipos de compañeros y compañeras consiguieron en 1998 un Proyecto de Estado Federal aprobado en Izquierda Unida por unanimidad en aquella fecha. Creo que es todavía, una fuente imprescindible para quien quiera documentarse sobre el tema.

Pues bien, en un futuro Estado Federal debieran constituirse en referencias y guías para el funcionamiento de las administraciones que lo compongan, una serie de principios y ejes de actuación que se desprenden de lo que hemos denominado anteriormente Poder Federal.

El primero es el principio de Subsidiariedad que consiste en que cuando una función o competencia puede ser atendida con toda eficiencia en el nivel más bajo de la administración no debe ser asumida por el superior.

También está el principio de Suficiencia Financiera, que estriba en que cada nivel de la administración debe tener presupuestados y reconocidos por el nivel superior los recursos económicos necesarios para desempeñar su función y sus cometidos.

Por el principio de Solidaridad los territorios federados y los ciudadanos que en ellos habitan deben beneficiarse de una política de redistribución de recursos suficiente para cubrir los servicios que la Federación reconoce con carácter general.

Y por último, el principio de Nivelación de Servicios que consiste en el establecimiento de unas asignaciones comunes y básicas para todos los entes territoriales de un Estado que garanticen el mismo nivel de bienes y servicios públicos a la ciudadanía de ese territorio.

¿Qué cambios crees que habría en un Estado Federal como el que se propone con respecto a la actualidad?

Supongo que sí que habría cambios y que el proceso produciría seguramente cambios sustantivos.

No obstante, yo creo que hay cambios que ya deberían estar resueltos en el Estado de las Autonomías. El primero consiste en la desaparición de las Diputaciones Provinciales mediante un proceso que, con amplia participación municipal, vaya transfiriendo competencias, recursos y servicios a entes de carácter supramunicipal: comarcas, mancomunidades, áreas metropolitanas, etc.

Asimismo, creo que el Senado como cámara de segunda lectura es totalmente inútil. En una República Federal debiera transformarse en la cámara territorial tal y como está en EEUU y en otros estados.

Además, por el principio de subsidiaridad, los ayuntamientos deberían asumir competencias para las que estén suficientemente capacitados. Y así, deben desaparecer de la Administración, ahora autonómica, fondos y partidas de uso discrecional y graciable para convertirse en fondos de cooperación, reglados por ley.

Sobre el panorama municipal español, hay que decir que se caracteriza por un abigarramiento de municipios sin población y sin recursos. En España el 85% de los ayuntamientos tiene menos de 1.500 habitantes. Eso no puede seguir así; se imponen unidades mayores y con más recursos. No es una cuestión de tijeras disfrazadas de austeridad, sino de eficiencia y racionalidad.

Asimismo se impone una Reforma de las Administraciones Públicas que racionalice funciones, competencias y evite duplicaciones a la hora de prestar servicios. Pero no participo en absoluto de la idea de que hay un exceso de funcionarios; las estadísticas comparativas con la UE lo desmienten.

Y desde luego, a estas alturas, es indispensable una ley de Financiación del Transporte Público, cuya demanda viene arrastrando desde 1979.

Éstas son las razones que, a mi juicio, avalan la propuesta de III República Federal. Unas son de carácter histórico y otras se derivan de la experiencia de estos años del Estado de las Autonomías. Como hemos dicho con anterioridad, esta propuesta no es sino un proceso constructivo, con una nueva relación entre territorios, instituciones y ciudadanía.

En todo caso, a partir de aquí, el debate queda abierto...

Desde luego, el debate está abierto. Sin embargo quisiera desterrar la connotación exclusivamente académica de esta palabra. El debate, por otro lado tan necesario, tiene sus foros y sus tiempos, nunca cerrados ni herméticos sino impulsores de la curiosidad y el estudio. Pero el debate que de manera inmediata se debe hacer, al cual el otro debe prestar su fuerza creadora, es el debate ciudadano.

Y precisamente aquí y ahora; en los tiempos que corren. No puede haber más dilaciones.

XII
EUROPA E IBEROAMÉRICA: UN MISMO PROYECTO

La realidad actual de un país, de España, sobrepasa sus propias fronteras. Es por eso que este capítulo se dedica a la esfera internacional que albergaría la III República, insertada en la Europa actual, la de la unión económica y monetaria, que pasa por una crisis generalizada que afecta a todo el sistema europeo. Pero la propuesta republicana quiere rescatar también el papel de España como parte de Iberoamérica donde, el presente y también el futuro, son más esperanzadores.

Ciertamente, hablar de una realidad supranacional desde España no depende exclusivamente de nosotros, ya que nos referimos a una realidad en la que hay muchos más sujetos cuyas decisiones están en sus propias manos. Pero sí se pueden introducir cambios en nuestra política exterior; cambios que, sin duda, estarán condicionados por circunstancias y situaciones ajenas a nosotros. Condicionar no es determinar; en ese margen que existe entre esas dos palabras nos deberemos mover.

Tampoco conviene olvidar que, como integrantes de un conjunto como es la Unión Europea, estamos facultados para establecer alianzas, impulsos, relaciones y corrientes de conexión no sólo con las cancillerías y los gobiernos sino también con otros agentes.

Creo que el afán por la *construcción europea*, la fiebre europeísta, casi siempre cargada de ilusionismo fácil, devenido posteriormente en desilusión, está cuanto menos en cuarentena, aparcado sin fecha de continuidad y mucho menos de reconsideración. Al eurocentrismo propio de nuevos ricos y de *parvenus*, le ha sucedido la amargura que produce comprobar la inconsistencia de un proyecto por el que se apostó hasta la camisa.

Por otra parte, los otrora despreciados países BRICS –países emergentes– (y entre ellos los iberoamericanos), aparecen como interlocutores gracias a algo que en esta Europa de mercaderes seduce: su crecimiento. Pues bien, a esa realidad hay que mirar cara a cara, pero en absoluto como el plan B sino como algo que, al menos los países ibéricos, teníamos delante y no quisimos ver. No es una cuestión, insisto, de agarrarse al clavo ardiendo, sino de apostar por la consolidación del multilateralismo plural.

Y téngase presente lo que en el anterior capítulo hemos expuesto sobre el horizonte que la III República debiera tener siempre presente: la Federación Ibérica.

Sin embargo, e independientemente de nuestra vocación iberoamericana, lo que sí es cierto es que estamos implicados en Europa, en un proyecto denominado Unión Europea, que es el marco internacional más próximo en el que se inserta la propuesta de la III República.

Sí, desde luego, pero ya va siendo hora de tener el valor y el deber de mirar cara a cara la realidad. ¿En qué momento estamos? Permíteme una reflexión que quisiera compartir contigo y con los lectores. En los procesos históricos, quince o veinte años son menos aún que un simple átomo comparado con nuestro planeta. Sin embargo, en ese lapso de tiempo se ha producido un cambio total en la percepción de la UE.

Hace poco tiempo, el debate sobre Europa, aunque muy aristocrático, traslucía a la opinión pública; los Consejos Europeos se constituían en referencias obligadas, el debate sobre las velocidades en la construcción de la UE trascendía en editoriales de prensa y la polémica en torno a la necesidad de más referéndums sobre el proceso estaba viva. La cuestión del desarrollo de los tres pilares de la Unión estaba en candelero, se urgía a caminar de una vez a la unión política y se insistía en que el proyecto europeo tuviera, al fin, una Política Exterior y de Seguridad Común (PESC) que fuera eficaz, válida para toda la UE y con voz propia. En fin, al menos se hablaba de fases, plazos, cooperaciones reforzadas, cohesión económica y social o desequilibrios regionales.

En cambio, ahora, la UE se reduce a dos siglas –FM (Fondo Monetario) y BCE (Banco Central Europeo)– y dos nombres –Draghi y Merkel–. Y como muro que encierra esta pobreza tres palabras: déficit, deuda y austeridad.

¿Qué ha pasado? ¿Por qué? ¿Es ésta una fase transitoria o es la cosificación de un mal proyecto? Responder a esto es una cuestión básica para optar en el sentido que se anunció antes o bien para seguir en el empeño. Y como siempre, debemos llamar en nuestro auxilio a *Clío*, la musa de la Historia.

Me imagino que en tu pensamiento están las primeras ideas que surgieron en la Historia sobre la unión de Europa y cómo esa idea ha ido evolucionando hasta la realidad que hoy vivimos...

Sí, creo que es necesario hacer un breve recorrido histórico sobre el pasado más reciente para demostrar dos cosas: una, que el proyecto europeo de verdad, el que se ha impuesto, no tenía nada que ver con los discursos e incluso con los documentos; y dos, que ese proyecto, tal y como está, es irreversible, no admite cambios en el sentido de favorecer los intereses de la mayoría ciudadana europea.

Existe un trasfondo de deseos a lo largo de siglos de construir una unión europea, sobre lo que las bellísimas palabras de Víctor Hugo (1802-1885)[26] acerca de su deseo sobre Europa nos aportó una idea matriz. Luego, tras una tarea ingente de personalidades políticas y de la cultura, esa idea cuajó por fin en 1957 con la firma del Tratado de Roma, que fue el comienzo del proceso que desemboca en la actual UE. Posteriormente, la Cumbre de la Haya de 1969 autorizó al Consejo para preparar la Unión Económica y Monetaria y, además, encargó a los Ministros de Asuntos Exteriores la preparación de la unificación política.

Ese comienzo estaba lleno de ilusiones y abarcaba tanto la unión económica como la unión política de los países europeos. Era el sueño de muchos europeos y, como hemos visto, del propio Víctor Hugo...

Efectivamente eso era así. Y, sobre todo, cuando la Cumbre de París de 1972 ratificó los acuerdos de la anterior cum-

---

[26] *"Un día vendrá en que las bombas serán reemplazadas por el venerable arbitraje de un Senado soberano que será para Europa lo que la Asamblea Legislativa es para Francia (...) Un día vendrá en que habrá dos grupos inmensos: los Estados Unidos de América y los Estados Unidos de Europa" (Víctor Hugo).*

bre con respecto a caminar hacia la unión económica pero también política de toda Europa. Es más, el Parlamento Europeo aprobó en 1984 un proyecto de Tratado de la Unión Europea que, recogiendo las tesis de un luchador europeo incansable, Altiero Spinelli, proponía un Parlamento y un Gobierno europeos con los mismos poderes que los nacionales, de manera que se pudiera abordar así una política económica y de exteriores comunes.

Pero cuando todo parecía encaminado a ese fin, tuvo lugar la elaboración y posterior aprobación del Acta Única Europea en 1986. Este tratado basaba su contenido en dos pilares: el Mercado Único y la Cohesión Económica y Social (fondos FEOGA, FEDER, etc.) De hecho, el Parlamento europeo consideró como retroceso la aprobación del Acta Única. Un Acta Única que ya firmó España puesto que fue en ese mismo año cuando nuestro país entró en el entonces Mercado Común Europeo.

Poco después, en 1990, tuvo lugar en Roma un encuentro de parlamentarios de las distintas cámaras de los países comunitarios, lo que en el argot de la UE fue conocido como las *assises de Roma*. Pues bien, de los 189 asistentes, 150 votaron a favor de una resolución que trasladaron a sus respectivos parlamentos nacionales; en ella se recogía que la Unión debería transformarse en una federación de países. Una Unión que tendría una Política Exterior y de Seguridad común. Y a la que proponían como objetivo inmediato políticas comunes en economía, cohesión social, moneda y medio ambiente. Incluían también una acción continuada para conseguir la igualdad de sexos en el ámbito del trabajo, los derechos sociales y privados, etc. Y terminaban con dos propuestas que, vistas desde hoy, producen cierta melancolía: la eliminación gradual de las desigualdades entre las regiones europeas y la iniciación de un proceso constituyente en torno a cinco sujetos: Parlamento Europeo, Parlamentos Nacionales, Consejo Europeo, Comisión Europea y los Pueblos de Europa.

¿Qué ocurre a partir de ese momento? ¿Cuál es el camino que toman los países europeos para tener hoy la realidad que tenemos, muy distante de esas ideas primeras?

La respuesta, en 1992, se llamó Tratado de la Unión Europea de Maastricht. Este tratado, de una singular influencia hasta el día de hoy, vertebró la construcción europea en torno a dos ejes: la moneda única y el llamado Pacto de Estabilidad y Crecimiento. Por el primer acuerdo, la prioridad hacia él era absoluta y en detrimento de otros objetivos como la cohesión económica y social. Mientras, el Pacto de Estabilidad fue el comienzo del dogal que hoy aprieta a bastantes países de la Unión, especialmente a los del Sur.

Y a partir de ahí, cuatro directrices marcaron el rumbo que desde entonces se mantendría. Por la primera se prohibía la monetización del déficit, es decir que los estados deberían financiar sus descubiertos con deuda sin apelar al banco emisor. La segunda prohibía la financiación pública privilegiada y, en consecuencia, los Gobiernos ya no podrían recurrir a sus Bancos Centrales sino a la banca privada que, naturalmente presta con intereses más altos; hoy sufrimos las consecuencias de esto. Por la tercera directriz, cada Estado era responsable de su propia deuda sin que pudiera solicitar ayuda a la Comunidad, en concreto al Banco Central Europeo (BCE). Y por último, se aprobó la prohibición de déficit por encima del 3%

del PIB y además con tendencia al déficit 0 e incluso a superávit; la Deuda pública no podía pasar del 60% del PIB.

Es decir, que hace 21 años se dejaron atrás las ideas de una Unión Europea política, social y económica, y se optó sólo por esta última en un camino que nos ha conducido hasta la realidad actual...

Y además se hizo de manera inexorable. Ya en 1993, la Comisión de Asuntos Institucionales del Parlamento Europeo, descontenta con el tratado, puso en marcha a través del diputado del PP Marcelino Oreja, la redacción de un Proyecto de Constitución Europea que superase los déficits democráticos de Maastricht. Y fue en 1994 cuando el Partido Popular Europeo y el Partido Socialista Europeo, actuando al unísono, impidieron que ni siquiera se tomara en consideración ese proyecto y fue rechazado.

Un año más tarde, en 1995, tocaba revisar el tratado de Maastricht y a tal fin se convocó la Conferencia Intergubernamental de Turín. Pero en la convocatoria se advertía que la política monetaria, los criterios de convergencia y el Pacto de Estabilidad (el 85% del Tratado) no entraban en la discusión de la reunión.

Y a partir de aquí, los Tratados de Amsterdam (1997), Niza (2000) etc. no hicieron sino seguir hasta hoy la línea marcada y reforzada después en el Tratado de Lisboa del 2007.

Podemos ver así que, desde entonces, la moneda única y el Pacto de Estabilidad, en detrimento de otros objetivos, han sido los que se han constituido en la esencia de la Unión Europea.

Pero, en todo esto, ¿qué fue de la idea de una Política Exterior común?

Si echamos una mirada a la Historia sobre este aspecto, veremos que el Tratado de Maastricht hizo una redacción sobre la Política Exterior y de Seguridad Común (PESC) que quiero reproducir literalmente. Ese texto dice que la Unión se dotará de una PESC "*... que incluirá, en el futuro, la definición de una política de defensa común, que podrá conducir en su momento, a una defensa común*". El genial Cantinflas no lo hubiera superado.

Y no podía ser de otra forma porque en 1991 en Roma, reunidos los Jefes de Estado y de Gobierno de la OTAN, Bush (padre) había dejado claro que la Defensa Europea corría a cargo de EEUU y la OTAN. Así que en 1995, cuando se estaba celebrando la Conferencia Intergubernamental de Turín, la Asamblea de la OTAN reunida en Viena acordó que Europa debía tener una cierta autonomía en Defensa pero "*en el marco de la OTAN*".

Desde entonces nada ha cambiado salvo la creación por el Tratado de Lisboa en el 2007 de la Agencia Europea de Armamento, que fija la obligatoriedad de invertir en material bélico. Y además, la constitución de una nueva OTAN en 1999 con nuevas misiones, nuevos ámbitos de actuación y con autonomía de la ONU, puso punto final al sueño *europeísta* de una Política Exterior y de Seguridad Común propia.

El caso es que la Unión Europea ha seguido adelante hasta hoy. Y mientras otros objetivos quedaron en el camino, sí que alcanzó su proyecto de moneda única: el euro.

Sí, de hecho, siguió adelante el proyecto real, no el que constantemente se expresaba en discursos, campañas, propaganda y editoriales. Mira, el 7 de diciembre del 2000 en Niza, el Parlamento Europeo, el Consejo de la Unión Europea y la Comisión Europea aprobaron con gran pompa la Carta de Derechos Fundamentales de la Unión Europea. En el artículo 15 y bajo el epígrafe de "Libertades profesionales y derecho a trabajar" había dos artículos: el primero afirmaba que toda persona tiene derecho a trabajar (no al trabajo) y ejercer libremente una profesión libremente elegida o aceptada; en el segundo apartado, se decía textualmente que *"Todo ciudadano de la Unión tiene libertad de buscar empleo, de trabajar, de establecimiento, de prestar servicios en cualquier Estado miembro"*.

Esta redacción se hacía en aquellos años de vacas gordas, sin vislumbre de crisis alguna; quien quiera compararla con la Declaración de la ONU de 52 años antes tendrá la exacta medida de lo que se avecinaba.

Cuando en los últimos años de la década de los noventa se discutía acerca de la moneda única, apareció una teorización llamada de la OCA por sus iniciales de *Optimun Currency Areas* (Zonas Monetarias Óptimas) en la que se avisaba sobre el intento de crear una moneda única para varios países sin que antes se tomasen determinadas medidas. A saber: un Presupuesto Europeo de mayor entidad que el de entonces (1'29% de PIB europeo), una política fiscal común para los futuros socios de la moneda única, una convergencia de economías, un proceso creciente de convergencia social y una fiscalidad común, etc.

Los autores advertían de que, de no hacerse esto, habría graves desequilibrios entre los países afectados por el futuro euro. Pero el frenesí europeísta y sus turiferarios pasaron por alto la advertencia y aquí estamos hoy. El 20 de mayo del 2012, en el diario *El País*, Felipe González decía que, cuando construyeron la moneda única, *"se les olvidó"* exactamente todo eso que ya había sido advertido.

Pero hay más. El corolario de esta involución que en nada se parece a lo prometido a la ciudadanía, es el tratamiento al empleo. La UE viene a decir a los distintos Gobiernos que la componen que la política económica es cuestión de Bruselas pero la política de empleo es de los gobiernos nacionales. Es decir, les da la obligación pero les quita los instrumentos; unos instrumentos además totalmente inexistentes en la medida en que la política de recortes, de ayuda a la banca y de cumplimiento feroz del déficit, les quita validez.

Esta aberración es la que mejor retrata al monstruo que la maquinación de unos, la actitud bobalicona de otros y la indiferencia de los más, ha creado.

Lo que más puede costar creer es cómo esto ha sido posible sin un debate. Porque imaginamos que, frente a los europeístas convencidos de este camino, sí habría quien estuviese en contra, quien manejara datos que advertían de lo que podía pasar, que hubiera opiniones distantes en las propias instituciones...

Lo cierto es que se desató un viento de locura; la ciudadanía fue abducida por sus políticos y éstos por los intereses económicos y las dulzuras del mercado reencarnado en eficacia y crecimiento sostenido. Sindicatos, partidos políticos, formadores de opinión, etc. recibieron a la moneda única y al proceso que la precedió como una promesa mesiánica y las instituciones se convirtieron en pasarelas de esa nueva moda.

Las pocas personas y los colectivos menores que disentían tenían que soportar burlas, chanzas y epítetos de todo tipo; las hemerotecas y los Diarios de Sesiones del Congreso de los Diputados son testigos de aquello. Pero lo grave es que no querían escuchar ni siquiera a los que, viniendo de sus propias filas, hacían algún que otro comentario en entrevistas o en momentos de descuido. Y de ello podemos ver frases, comentarios y reflexiones de personalidades y de alguna que otra corporación al respecto.

En el año 1995, cuando el país y la mayoría de fuerzas políticas y sindicales vivían en el éxtasis europeísta, el Círculo de Empresarios de Madrid publicaba una sesuda revista dedicada a estos temas. Los articulistas eran catedráticos, economistas, exministros, empresarios, financieros, periodistas especializados en economía y, en general, personas interesadas en la marcha de los acontecimientos. En ese año, Juan Velarde Fuertes afirmaba que *"Maastricht convertido en reforma constitucional tiene una trascendencia enorme (...) Va a premiar políticas económicas razonables y castigar políticas económicas absurdas, incluso con una dureza que aún no percibimos".* Ni que decir tiene que las políticas *razonables* a las que se refería el profesor Velarde eran las que se contenían en el Tratado de Maastricht.

Sí que se hablaba y se publicaba entonces sobre lo que podía ocurrir, sobre la "dureza" de sus consecuencias...

Sí, hay más ejemplos de ello. En 1996 Antonio Argandoña decía al referirse a la influencia de Maastricht sobre la Seguridad Social que el sistema de protección no debía ser demasiado generoso: otra cosa es lo que diga la Constitución (que en todo caso no es un modelo de racionalidad económica).

Y Lorenzo Bernaldo de Quirós, también en 1996, anunciaba que el Pacto de Estabilidad *constitucionalizaba* una cultura de estabilidad macroeconómica. Juan Antonio García Díez escribía en el mismo año que el Pacto de Toledo podía entenderse *"como un mecanismo de pacificación social (...) aunque ésta no era la reforma que necesitamos".* Argandoña insistía en 1996 que *"La Carta Social Europea... tendría un impacto muy negativo sobre la competitividad, el crecimiento y el empleo".* Un año más tarde, en 1997, José María Cuevas pontificaba que *"La Reforma* (del mercado laboral consecuencia de Maastricht) *debe suponer el que las Magistraturas no intervengan en decisiones estrictamente empresariales".*

Pues bien, este florilegio de citas es una muestra de lo que en círculos empresariales se entendía como lo acertado de la política europea.

Pero había también informes como el que manejaba el primer Ministro de Francia Edouard Balladur en 1994 donde se decía: *"Se trata de fabricar allí donde es menos caro y vender donde existe poder de compra. Hoy existe un divorcio entre el interés de la empresa y el interés de la nación".* En el año 2000, Alain Minc asesor del Presidente Chirac, afirmaba que *"El capitalismo es el estado natural de la sociedad; la Democracia no".*

El Ministro de Economía de Chile en un foro europeo decía: *"La globalización plantea la existencia de fuerzas que nadie puede ya controlar".* El diario El Mundo en enero del 2000 señalaba que *"apelar al argumento de la nacionalidad para defender una opción empresarial sobre otra resulta sencillamente absurdo".*

En 1995, Hans Tietmeyer, Presidente del Bundesbank, ya alertaba de que si no había convergencia económica y social el euro sería una fuente de problemas y terminaba con una perla: *"Los políticos deben acostumbrase a obedecer los dictados de los mercados".* Y no menos proféticas fueron en 1999 las palabras de Gerhard Schroeder, canciller de Alemania: *"El euro traerá más paro".*

Podríamos seguir con Josep Stiglitz, premio Nobel de Economía, Paul Krugman, también premio Nobel... y entre los españoles, Pedro Montes, economista extrabajador del Banco de España o Juan Francisco Martín Seco, ex Interventor General del Estado.

A pesar de esas advertencias, lo que parece indudable es que la situación de España, como la de cualquier otro país de la UE, es la de no retorno del camino emprendido. Es prácticamente imposible salir de esa espiral. Y de salir, ¿la opción estaría en construir una Europa sin moneda única?

No seré yo quien niegue las dificultades de salirse de la zona euro, que no de la Unión Europea. Pero, el problema estriba en si continuando de esta manera hay perspectiva alguna de remontar la situación de paro, precariedad, desahucios de las viviendas, pérdida de futuro para la juventud, cierre de empresas, etc.

Toda la propuesta que venimos haciendo se hace desde el convencimiento de que estamos en un estado de excepción generalizado; de que hemos sido introducidos en un camino que lleva a donde lleva. El discurso oficial lleva años anunciando que todo esto pasará cuando la economía se recupere, haya crecimiento y, en consecuencia, empleo. Pero en otras ocasiones ha habido crecimiento y no se ha creado empleo.

El discurso oficial pone el acento en el más que dudoso crecimiento y debo ponerlo en el reparto. La historia de que la tarta debe crecer para repartir está gastada; hay que repartir ya. La política de recortes –que no de austeridad– está conduciendo a una fortísima caída de la demanda agregada; la gente no puede gastar más que lo indispensable, cuando tiene para gastar. Por mucho que nos condicione la permanencia en la zona euro, más nos está condicionando, y hasta determinando, la continuidad en la misma.

Por eso la opción inevitable está entre dos situaciones complejas. Una ya la conocemos; la otra depende de la capacidad que tengamos como pueblo, como sociedad, para afrontarla.

La cuestión de si es posible construir una Europa unida sin moneda única tiene fácil respuesta: la moneda única es el corolario, el acto final de una unión económica, social y política. Se ha empezado la casa por el tejado y ese es el problema. En una situación como la actual, sin haberse puesto en marcha el proceso de convergencia económica y social, la moneda única es fuente de desequilibrios. ¿Cómo pueden tener una moneda común economías tan dispares como la de España y la de Alemania?

Los alemanes lo saben perfectamente porque ya han vivido en su historia algo similar. En 1834 no existía Alemania sino la Confederación Germánica compuesta por 39 estados; el 1 de enero de aquel año entró en vigor una unión aduanera, –*Zollverein*– que consiguió la integración de bastantes estados y el rechazo de Austria y algunos más. Quienes sabían a donde querían llegar, potenciaron también el proceso de integración económica y social entre los que aceptaron la unión. En 1871, Alemania estaba unida.

Por tanto, tu idea se basaría en recuperar la unión política y social de los distintos países de Europa. ¿Se trataría de una Federación de Estados Europeos?

Creo que, o bien Europa, que es más que los actuales veintisiete miembros de la UE, termina siendo una federación o el sueño europeo de tanta gente durante tanto tiempo no será posible. Pero es algo más que concretar un sueño; es una necesidad.

El planeta camina inexorablemente hacia una unidad. Y esa unidad, o la hace el mercado o la hace la política. Y si la hace el mercado no será tal unidad porque las bases sobre las que se asienta son los desequilibrios entre países y la subordinación de la política. Esa es la opción. No se puede permanecer más tiempo así. Iniciado el camino, o se avanza o se retrocede y el conjunto se atomiza. No es ninguna casualidad que desde la orientación económica que marca el Acta Única Europea en 1986 y subraya Maastricht después, vayan configurándose subconjuntos en la UE: eurozona, no eurozona, países PIGS, UE a 27, y desde un tiempo acá, la Europa de varias velocidades.

Pero por mucho sueño europeo que compartamos, por mucha necesidad de una Europa unida y federal, nosotros debemos dar prioridad, desde la apuesta por la III República, a volcar la mayor parte de nuestros esfuerzos en lo inmediato, en lo cercano. Y en ese sentido, la apuesta por la III República es poner en marcha tres grandes reformas: la Reforma de la Política Económica, la Reforma de la Política y la Reforma del Estado que implica, entre otras cosas, la reforma de su política de relaciones internacionales.

Y en esta propuesta de la III República, ¿cómo se plasma esa última cuestión respecto a las relaciones internacionales?

Cualquier estado por el hecho de existir tiene unos compromisos, unas servidumbres que, aunque hayan sido adquiridos con anterioridad, comprometen y condicionan la acción inmediata. Pero ello debe constituir un acicate para perfilar y diseñar una estrategia que, a medio y largo plazo, signifique una inversión en las preferencias y en las opciones de política internacional.

La III República, caso de que seamos capaces de construirla, pertenecerá a la UE, no sólo por compromiso adquirido sino también por la posibilidad de que en un hipotético cambio de concepción y desarrollo podamos incidir con nuestra visión de una Europa Federal y Solidaria; cambio, por otra parte, que será también consecuencia de lo que nosotros hagamos por él. Que salgamos de la eurozona o abordemos la cuestión de la Deuda en el sentido de su legitimidad y plazos de pago, no es sino una muestra de visión alternativa de Europa perfectamente compatible con nuestras necesidades que, además, son prioritarias en su atención. La UE es un proyecto perfectible, manifiestamente mejorable y contingente.

Y en todo ello, las relaciones y alianzas internacionales son producto de varias circunstancias: necesidad, oportunidad y correlación de fuerzas nacionales e internacionales. La III República no puede ligarse de manera exclusiva y excluyente a la UE. Primero porque ésta no es el proyecto acorde con la necesidades, anhelos y visión de futuro que dieron origen al sueño europeo; y en segundo lugar, porque necesitamos de otros y también otros necesitan de nosotros y nuestras potencialidades, en otros lugares y en otras coordenadas económicas y culturales.

Buscar en otras coordenadas las relaciones internacionales significa abrirnos a otros países, ¿o quizás recuperar relaciones que siempre estuvieron ahí?

Nosotros necesitamos curarnos del *eurocentrismo* y sus anteojeras unidimensionales; necesitamos proyectar energías, capacidades e inventivos a donde sean necesarias y necesitamos otros horizontes que además nos hagan reencontrarnos con una parte de nuestra Historia. Aunque sea para asumirla autocríticamente: necesitamos a Iberoamérica.

La oportunidad de este proyecto puede calificarse de única. Después de haber pasado la crisis de la deuda que ahora nos toca vivir y padecer en Europa, los países iberoamericanos, a través de procesos complejos y muchas veces incomprendidos desde el Viejo Continente, y también mediante formas y contenidos de impecable factura democrática, están demostrando su capacidad para ser ellos y nadie más que ellos, los protagonistas de su presente y su futuro. La savia caliente que recorre Iberoamérica nos convoca a bañarnos en estas experiencia que tienen la fuerza que en otros siglos tuvimos los europeos. El momento es único. No podemos perder la oportunidad de engancharnos activamente en este tren de futuro. Y lo decimos con todas las connotaciones que pueden derivarse de la expresión.

En el planeta se están operando unos cambios en las relaciones internacionales que pueden, a medio y corto plazo, transformarse en una mutación del orden internacional vigente. Del llamado Nuevo Orden Internacional surgido tras la desaparición de la URSS y caracterizado por la unipolaridad, se está llegando a una situación de multilateralidad no prevista en ningún plan de Geopolítica. Es una multilateralidad que no descansa sobre los actores clásicos relacionados con la tríada de los años 90: EEUU, UE y Japón. Los actores de esta nueva situación son los antaño desahuciados y menospreciados países que hoy se conocen como países BRIC; aunque esas siglas hayan sido superadas en cuanto a la cantidad de integrantes.

Así, la identidad de la lengua, la afinidad de las culturas, el énfasis en lo positivo de una historia y la denuncia de lo negativo constituyen un bagaje sobre el que construir una relación de Área Común de Proyecto.

Pero a la vista de la realidad internacional, ese proyecto común con Iberoamérica debería sustentarse en unas relaciones económicas sólidas que lo hicieran posible como motor de nuestro propio futuro...

Desde luego, si no queremos pecar de ilusos, eso debería ser así. Y a tenor de esto conviene fijar los criterios que la III República debiera tener sobre ello. Porque debe estar meridianamente claro que la visión de Iberoamérica como el nuevo El Dorado debe quedar totalmente desterrada.

Las circunstancias nos ofrecen un proyecto y no una aventura guiada por el enriquecimiento, fácil y rápido. A tal efecto las relaciones económicas y los planes de colaboración deben ser protagonizados por los gobiernos. En las decisiones que éstos tomen se inserta la política empresarial. Y no al revés.

Las relaciones económicas y culturales y de cualquier otro tipo deben, por parte de la República, ayudar a que el sueño de Bolívar de conseguir la unidad política de Iberoamérica sea factible. De la misma manera que apoyamos y formamos parte de la UE como uno de los pasos previos para conseguir la unidad global planetaria, así debemos ayudar y colaborar para que le región iberoamericana sea una unidad política. En todo caso, eso será una decisión de los países implicados. Lo que queremos decir es que la República no colaborará expresa o tácitamente en abortar o impedir cualquier iniciativa tendente a ese fin.

Y por supuesto, todo lo anterior conlleva una reestructuración profunda y reflexiva de la diplomacia de la República. Los organismos, institutos y asociaciones de carácter público o semipúblico gozarán de un tratamiento específicamente favorable y potenciador de sus tareas.

Ese horizonte marcaría una nueva perspectiva de España como puente entre Europa e Iberoamérica, como nexo potenciador de relaciones internacionales basadas en la cohesión social y también económica. El proyecto es ambicioso...

Sí. Se trata, en definitiva, de consolidar la cohesión de una zona intercontinental. Y no es esa una labor menor ya que Iberoamérica es actualmente un vocablo que engloba a cuatro o cinco subconjuntos perfectamente diferenciados incluso por su propia Historia. Tampoco los países que componen la UE y los que aspiran a estar en ella, constituyen un conjunto homogéneo.

Pero esta apertura de horizontes y de proyección internacional debe dejar a un lado toda aquella literatura de propaganda política puramente *sentimentaloide* que hablaba de la *madre patria* pero que se quedaba en esto o poco más.

La III República debe ser, entre otras cosas, una búsqueda creativa de realidades en expectativas de serlo.

XIII
EL PROCESO CONSTITUYENTE

Llegados a este punto, analizadas las anteriores experiencias republicanas, el devenir de la Historia de España y cada uno de los ejes esenciales sobre los que se basa la propuesta de la III República que hace Anguita, es el momento de abordar cómo conseguir la realización de este proyecto, cuál es la hoja de ruta que él propone y con qué elementos irrenunciables se debe contar, a la vista de lo aprendido en su análisis anterior... La pregunta, así pues, ahora es: ¿cómo se deben dar los pasos para llegar a la III República?

No se trata de la formulación de una receta, sino de hacer una exploración en torno a cómo se puede hacer posible ese nuevo diseño y ver qué condiciones son necesarias, qué acopio de fuerzas es preciso y, sobre todo, qué proyecto es el que puede galvanizar voluntades y concitar una serie de apoyos tal que lo hagan posible en un horizonte más o menos cercano.

Al hablar de República en España no debemos olvidar nunca las dos experiencias anteriores, cómo surgieron, cómo se desarrollaron, cuáles fueron sus enemigos, además de cuáles y cuántos fueron sus aciertos y errores, que también los hubo.

Por eso, hasta aquí hemos intentado primero, explicar las razones que, a nuestro juicio abonaban la necesidad de la III

República; después, hemos venido desarrollando cada uno de los siete ejes que a nuestro parecer, deberían constituir la estructura medular del proyecto republicano. Y ahora toca proponer el proceso que lo ponga en marcha y lo desarrolle. Es decir, debemos afrontar lo que hemos denominado Proceso Constituyente.

Pues bien, en este sentido, quiero recordar que el 6 de diciembre del 2003 apareció publicado en el diario *El País* un "*Manifiesto por la III República*" que, en nombre de Unidad Cívica por la República, hacía un llamamiento a la ciudadanía para sumarse a esta propuesta. Al final del texto se decía:

"*Para nosotros y nosotras la ruptura democrática que preludia la III República española es un proceso de creación de redes ciudadanas en el que los valores republicanos, anteriormente subrayados, se incardinen en una actitud personal y colectiva de ejercicio consecuente de Derechos y Deberes.*

Por ello, nuestra propuesta de proceso constituyente republicano debe ir indisolublemente ligada a una serie de compromisos y líneas programáticas que desarrollen consecuentemente las tres generaciones de Derechos Humanos para todas las personas que habiten en el territorio de la República sin distinción de sexo, raza, religión o diversidad étnica".

En ese manifiesto que has citado me llama la atención el uso de dos conceptos: ruptura y proceso. ¿Cuáles son sus significados en tu propuesta? Y ¿qué correspondencia tienen entre sí?

En realidad *ruptura* significa un salto cualitativo, una mutación. Y no es para menos denominar así a la sustitución de una monarquía de origen franquista por una forma de estado que retoma la legitimidad debelada en 1936.

Lo que ocurre es que la palabra ruptura tiene, para determinadas mentalidades, connotaciones de violencia, sobresalto o radicalidad subversiva. No tiene por qué ser así. Ruptura es abandonar una legalidad y poner en su lugar otra que además, restituya el hilo conductor del proceso democrático. En consecuencia, y en este caso, el proceso de construcción de la alternativa republicana, por su propia condición de acumulación de voluntades en torno a los contenidos de la III República, es un período de tiempo imposible de prever porque depende del arraigo que la propuesta logre y de la cantidad y calidad de los impulsores del mismo.

¿Podría eludirse la referencia al término *ruptura*? Podría pero, a la luz de lo ocurrido en la Transición, no sería conveniente porque si no, se prestaría a dar por buena cualquier salida que recordara a aquella situación de claroscuro, indefinición y consenso (en el peor de los sentidos) que nos ha traído este estado de cosas actual: corrupción, parálisis democrática y postración ciudadana.

Hay quien pudiera señalar que tu precisión, tu rigurosidad, en la definición de los términos y conceptos que utilizas, como en este caso, roza la obsesión. ¿No puede resultar excesivo tal ajuste en la definición de tu propuesta?

Aquí hay dos cuestiones que dilucidar: una, el proyecto que se somete a discusión, a participación, a debate; y dos, el resultado final, si es que lo hay. Nadie que intente poner en marcha algo que implique participación democrática en el más amplio sentido del concepto, puede asegurar que al final del proceso la propuesta inicial salga tal cual fue presentada al inicio del mismo. Pero sí hay algo que debe ser exigido a quien lanza una idea, una propuesta o una convocatoria. Y es una claridad meridiana en la exposición de contenidos, objetivos, métodos y resultados buscados. Es un contrato en el que, al menos por mi parte, no se puede dejar resquicio alguno a la duda.

En estos momentos en los que la rumorología va sembrando la idea de una posible abdicación del monarca, hay un alto riesgo de sustituir lo fundamental por algún sucedáneo. Y es que la última línea de resistencia del monarquismo vergonzante (que es el más abundante) asienta su táctica en poner el acento en el cambio que la abdicación supone y obviar que, lo esencial, la monarquía, continúa. En este caso, la alusión a la famosa frase del Príncipe de Salina en *El Gatopardo* es más que justificada: *"Es preciso que todo cambie para que todo siga exactamente igual"*.

Cuando se habla de República, se hace con todas las consecuencias. Y ello supone que nos vemos en la obligación de hacer una serie de precisiones y reflexiones antes de entrar a exponer qué es el Proceso Constituyente y cómo vemos su desarrollo.

Si volvemos la mirada al panorama social actual, parece evidente que en estos tiempos se ha incrementado el número de ciudadanos y colectivos que se definen como republicanos y que depositan en el advenimiento de la República sus esperanzas de lograr una situación mejor y más justa que la que vivimos...

No te puedo negar esto porque es verdad. Pero precisamente es ahí donde puede radicar el malentendido que me gustaría aclarar. El agitar y flamear de banderas republicanas en manifestaciones, actos de protesta y demás expresiones del estado de ánimo de una parte de la sociedad, puede inducir a pensar que la República está en los umbrales del presente y que su instauración es cosa sólo de un esfuerzo más en esa misma línea de actuación. Yo creo que eso es un error de apreciación, cuando no un velo de autocomplaciente ensoñación.

Para empezar, no es lo mismo, al hablar de la República, utilizar la expresión *advenimiento* que *instauración*; como tampoco es lo mismo decir *"cuando venga la República"* que *"cuando construyamos la República"*. La República no vendrá sola, no se aparecerá ni se presentará, sino que será fruto de un esfuerzo colectivo consciente y voluntario. Si muchas de las personas que se reclaman del republicanismo se instalan en la actitud de que al final de los tiempos la República advendrá por sí sola, puede que la vean instalada en España, pero estoy seguro de que no les gustará esa República.

Que no descarte nadie que, ante la falta de perspectivas para la continuidad del dominio de los intereses imperantes, éstos cambien de caballo en el último instante y nos sirvan cocinada y aderezada una República a su hechura. *"¿No queríais República? Pues aquí la tenéis"*. Pero si esto es así, nos servirán en un envase nuevo el vino de siempre.

Porque la cuestión que habría que plantear es si la República es en sí el objetivo, sea cual fuere su color, o bien los objetivos estarán contenidos en la República que se construya...

Claro, la pregunta a la que se debe responder es esa. La República ¿para qué? ¿Es un fin en sí misma o el mejor de los marcos y estructuras políticas para conseguir determinados fines?

Los partidarios de la monarquía en general y de la *juancarlista* en particular, nunca dicen que ella es un bien en sí misma, sino el mejor de los sistemas para conseguir una serie de objetivos. Sería una lástima que lo que los monárquicos tienen claro no lo esté tanto para los integrantes de filas autodenominadas republicanas.

Hay un sector del republicanismo que, con su práctica, su lenguaje y su activismo político, asimila República a *Izquierda*. El problema radica en que no se ha reflexionado en torno a una cuestión previa. Y es sobre la República como concepto que encierra un significado profundo de igualdad o la República como forma de Estado sin más, sin contenidos específicos, sin diferencias sustantivas con la monarquía.

Si nos dejamos llevar por esta última opción estamos al albur de que, en nombre de la República, nos vendan contrabando político y mercancías ideológicas de matute. De ahí nuestra preocupación de dotar de contenido específico a este proyecto de III República. Por eso es urgente, que el movimiento republicano, tan variado, busque la manera de sintonizar en una propuesta concreta.

Este libro surge con voluntad de propuesta que, en el contraste con otras visiones y contenidos, haga entrar al movimiento republicano en una fase de construir República como alternativa real.

Una vez definido el modelo de República con unos contenidos determinados, sigue en el aire la pregunta ¿Cómo construirla?

A mi juicio, el Proceso Constituyente para construir el estado republicano tiene, en principio, tres momentos o fases: la creación de redes, los Estados Generales de la República y la Constitución Republicana.

En primer lugar, al hablar de la creación de redes, debemos identificar los sujetos que las constituyen, desarrollan y extienden. El movimiento republicano, en estos momentos, es un conjunto abigarrado, múltiple, heterogéneo y bastante disperso de ateneos, asociaciones, clubes, centros culturales, etcétera. Resulta preocupante que todavía no haya sido capaz de establecer una mínima plataforma de entendimiento o de puesta en común de ideas, proyectos, movilizaciones o acciones de cualquier tipo, o al menos yo carezco de información sobre ello.

Desde mi punto de vista, esta característica se debe a dos males que aquejan al movimiento republicano: el sentido de guardianes de las esencias y el refugio en la nostalgia. Por el primero, determinadas asociaciones y colectivos que a trancas y barrancas mantuvieron la llama republicana durante la noche franquista se han refugiado en las esencias republicanas de 1931 y, como si del Santo Grial se tratase, custodian y transmiten entre iniciados los saberes y tradiciones que les dieron origen. La otra posición, la del refugio en la nostalgia, con frecuencia entreverada con la primera, ha hecho del republicanismo una sempiterna conmemoración de la II República y su martirio a manos del dictador.

Sin embargo, por su dedicación a la causa, su sentido de la militancia y su irreductible posición antimonárquica, los convierten en fuerza básica para iniciar el proceso constituyente. Creo, en este sentido que, conforme el debate en torno propuestas y contenidos de la futura constitución republicana avance, irán comprendiendo poco a poco que el mejor homenaje a la II República es construir otra nueva para el siglo XXI.

Para mí constituye un factor de esperanza observar la tricolor en multitud de manos jóvenes que la enarbolan como símbolo de protesta, de cambio y de sentido colectivo identitario. Esa energía proyectada hacia la concreción de valores alternativos a lo establecido es un valor de primera magnitud si se consigue ese giro hacia la realidad a transformar. Estos, cuyo mañana es más que incierto, pueden y deben ligar la construcción de su futuro al marco político-social que lo haga posible.

Pero además de quienes hoy se integran en colectivos que se definen como republicanos, ¿no crees que existen muchas otras personas que se identifican con los valores expuestos para esta III República?

Desde luego, hay también otros activos que en este estado de excepción económico, social, ético y político que nos asfixia serán pieza fundamental en la construcción de la República. Son aquéllos y aquéllas que confiaron en la Transición como una operación modélica capaz de realizar de manera balsámica lo que buscaron en la Ruptura Democrática. Su desencanto, su frustración, deben transformarse en compromiso esperanzado y renovador de antiguas ilusiones para depositarlas ahora en la capacidad propia y ajena de elaborar las líneas maestras y los contenidos de una constitución republicana.

La II República fue posible porque, entre otras razones, una parte de la sociedad española, la del pensamiento, la cultura y la ciencia, crearon las bases de una dimensión alternativa a la monarquía *alfonsina* y su anquilosado pensamiento enraizado en la sempiterna alianza entre el trono y el altar como cariátides, ambos, del edificio oligárquico. Hoy, hombres y mujeres de la ciencia, la técnica, la enseñanza, la sanidad, las artes, el funcionariado, los servicios y personas de la ética cívica hecha cotidianeidad, pueden rememorar aquella época y ayudar a construir otra semejante en torno a lo que diría Antonio Gramsci: *"Una fantasía concreta"*, que permite a un pueblo desilusionado y postrado, encontrar las energías necesarias para construir su propio futuro.

Creo que, si a la inmensa mayoría de hombres y mujeres que todavía militan en sindicatos, alguien hace quince años les hubiera descrito la realidad laboral del presente, lo hubieran motejado de agorero o de catastrofista. Sin embargo, aquí está la evidencia, no hace falta describirla, la conoce todo el mundo.

Pero la gravedad de la situación no estriba en sus características y consecuencias, sino en el convencimiento de que así, con las *medidas* que se están tomando, no hay salida posible. El que el lenguaje económico-político oficial sea ya una fábula con ribetes de esoterismo no hace sino abundar en ello. Y es que en pocos momentos anteriores la opción ha sido tan perentoria: consumirse en la inacción u organizar la reconstrucción del Estado de Derecho.

Estas últimas palabras tuyas se pueden traducir en una verdadera convocatoria a la ciudadanía para que inicie el camino hacia la III República...

Es cierto, lo hago adrede. Una propuesta concreta como la que se ha venido desarrollando a lo largo de estas conversaciones, necesita de una cierta dosis de emotividad cuando se llega al punto de describir la propuesta de cómo se puede hacer realidad el objetivo; sin que con ello se pierda rigor o concreción.

Y sin que se pierda el rumbo del camino elegido. Considero que el Proceso Constituyente debiera comenzar con una autoconvocatoria de las organizaciones o colectivos republicanos. Es una necesidad que los tiempos reclaman, independientemente de la motivación que el proceso constituyente conlleve. Este impulso inicial pudiera trasladarse también a aquellos colectivos, movimientos y organizaciones que llevan tiempo reclamando y convocando el proceso constituyente, aunque no lo hayan ligado, en principio, a la consecución de la III República.

Una autoconvocatoria se prepara desde los encuentros informales previos, desde la difusión de la misma por parte de cualquiera. El primer obstáculo a salvar es no hacer cuestión de gabinete la prioridad en la convocatoria; mal se empezaría si estas cuestiones se erigen en obstáculos insalvables. La III República exige y exigirá en el futuro la renuncia a muchos narcisismos.

Y junto a ello, es muy importante que el comienzo de esta iniciativa consiga el apoyo de personalidades e instituciones como los ayuntamientos. La existencia de una organización llamada *Ayuntamientos por la III República* avala lo que venimos manteniendo.

No hay que olvidar que el Proceso Constituyente se vertebra en torno a dos cuestiones clave: una, la concreción del programa y los presupuestos éticos-políticos que informarán la futura Constitución; y dos, la organización del proceso que recabe para el proyecto el mayor respaldo ciudadano organizado, no solo para la instauración de la República sino para constituirse como garantía cívica de que el proyecto seguirá funcionando más allá de su implantación.

La organización de ese respaldo ciudadano es la clave inicial del proceso para contar con las máximas garantías de éxito. Y los siguientes pasos, ¿en qué se centrarían?

Conforme se va constituyendo esa masa crítica que, no nos engañemos va a exigir ductilidad, flexibilidad y práctica democrática permanente, se deberán preparar lo que podríamos denominar Estados Generales de la República. El nombre se ha escogido de la terminología de la Francia revolucionaria de 1789. Y, como su nombre indica, es una Asamblea Constituyente encargada de redactar, aprobar e impulsar el proceso político constitutivo de la III República.

Obviamente, en la sesiones de los Estados Generales, permanentemente constituidos –lo cual no significa presencia personal continua sino estructura constitutiva en funcionamiento perenne–, los fundamentos éticos-políticos y los contenidos de la Constitución deben ser discutidos y aprobados.

Y queda una última cuestión que he dejado a propósito para el final. El Proceso Constituyente es una rebelión permanente ininterrumpida y sostenida *programáticamente* contra el determinismo económico. Los mercados o las mal llamadas leyes *objetivas* y *científica*s de la economía no pueden ser los demiurgos de una voluntad que escapa a las decisiones de los humanos y que se manifiesta en su visión trinitaria: mercado, crecimiento sostenido y competitividad.

O la libertad no existe o, lo que es peor, la hemos enajenado en una alienación, la de ser servidores sumisos de algo que fue concebido y desarrollado como instrumento y nunca como fin: la ciencia económica. Tal superchería sólo es desmontable en la medida en la que acercándonos al saber concreto, descubrimos que esa inexorabilidad científica no es nada más que una opción como otra cualquiera; o mejor, como otra cualquiera no, como la que favorece a una minoría en detrimento de una inmensa mayoría. Por eso, el Proceso Constituyente así concebido es fundamentalmente, una senda de concienciación y de libre ejercicio de la voluntad, iluminada por el conocimiento. La Democracia, en suma.

A partir de ahí, llegados a la fase de Estados Generales de la República, se desarrollará una mayor concreción de los siguientes pasos de este camino. Pero eso será ya fruto del debate conjunto y de la libertad para convenir el modelo de estado que la ciudadanía desea.

Hasta aquí, querido lector, querida lectora, una propuesta que formulada hace diez años no ha tenido hasta ahora tiempo y lugar para difundirse con la amplitud que lo hace un libro. A lo largo de los años, en conferencias y sesiones de trabajo en las que este proyecto fue ponencia para formaciones políticas y asociaciones republicanas, el texto se ha ido enriqueciendo y concretando. Sólo espero de él una cosa: que sirva para ayudar a impulsar el proceso constituyente que desemboque en un modelo de estado capaz de afrontar los retos que la sociedad tiene: la III República.

ANEXO 1

DECLARACIÓN UNIVERSAL DE LOS DERECHOS HUMANOS

Adoptada y proclamada por la Asamblea General en su resolución 217 A (III), de 10 de diciembre de 1948

PREÁMBULO

Considerando que la libertad, la justicia y la paz en el mundo tienen por base el reconocimiento de la dignidad intrínseca y de los derechos iguales e inalienables de todos los miembros de la familia humana,

Considerando que el desconocimiento y el menosprecio de los derechos humanos han originado actos de barbarie ultrajantes para la conciencia de la humanidad; y que se ha proclamado, como la aspiración más elevada del hombre, el advenimiento de un mundo en que los seres humanos, liberados del temor y de la miseria, disfruten de la libertad de palabra y de la libertad de creencias,

Considerando esencial que los derechos humanos sean protegidos por un régimen de Derecho, a fin de que el hombre no se vea compelido al supremo recurso de la rebelión contra la tiranía y la opresión,

Considerando también esencial promover el desarrollo de relaciones amistosas entre las naciones,

Considerando que los pueblos de las Naciones Unidas han reafirmado en la Carta su fe en los derechos fundamentales del hombre, en la dignidad y el valor de la persona humana y en la igualdad de derechos de hombres y mujeres; y se han declarado resueltos a promover el progreso social y a elevar el nivel de vida dentro de un concepto más amplio de la libertad,

Considerando que los Estados Miembros se han comprometido a asegurar, en cooperación con la Organización de las Naciones Unidas, el respeto universal y efectivo a los derechos y libertades fundamentales del hombre, y

Considerando que una concepción común de estos derechos y libertades es de la mayor importancia para el pleno cumplimiento de dicho compromiso,

La Asamblea General

Proclama la presente

Declaración Universal de Derechos Humanos como ideal común por el que todos los pueblos y naciones deben esforzarse, a fin de que tanto los individuos como las instituciones, inspirándose constantemente en ella, promuevan, mediante la enseñanza y la educación, el respeto a estos derechos y libertades, y aseguren, por medidas progresivas de carácter nacional e internacional, su reconocimiento y aplicación universales y efectivos, tanto entre los pueblos de los Estados Miembros como entre los de los territorios colocados bajo su jurisdicción.

Artículo 1

Todos los seres humanos nacen libres e iguales en dignidad y derechos y, dotados como están de razón y conciencia, deben comportarse fraternalmente los unos con los otros.

Artículo 2

Toda persona tiene los derechos y libertades proclamados en esta Declaración, sin distinción alguna de raza, color, sexo, idioma, religión, opinión política o de cualquier otra índole, origen nacional o social, posición económica, nacimiento o cualquier otra condición.

Además, no se hará distinción alguna fundada en la condición política, jurídica o internacional del país o territorio de cuya jurisdicción dependa una persona, tanto si se trata de un país independiente, como de un territorio bajo administración fiduciaria, no autónomo o sometido a cualquier otra limitación de soberanía.

Artículo 3

Todo individuo tiene derecho a la vida, a la libertad y a la seguridad de su persona.

Artículo 4

Nadie estará sometido a esclavitud ni a servidumbre; la esclavitud y la trata de esclavos están prohibidas en todas sus formas.

Artículo 5

Nadie será sometido a torturas ni a penas o tratos crueles, inhumanos o degradantes.

Artículo 6

Todo ser humano tiene derecho, en todas partes, al reconocimiento de su personalidad jurídica.

Artículo 7

Todos son iguales ante la ley y tienen, sin distinción, derecho a igual protección de la ley. Todos tienen derecho a igual protección contra toda discriminación que infrinja esta Declaración y contra toda provocación a tal discriminación.

Artículo 8

Toda persona tiene derecho a un recurso efectivo, ante los tribunales nacionales competentes, que la ampare contra actos que violen sus derechos fundamentales reconocidos por la constitución o por la ley.

Artículo 9

Nadie podrá ser arbitrariamente detenido, preso ni desterrado.

Artículo 10

Toda persona tiene derecho, en condiciones de plena igualdad, a ser oída públicamente y con justicia por un tribunal independiente e imparcial, para la determinación de sus derechos y obligaciones o para el examen de cualquier acusación contra ella en materia penal.

Artículo 11

1. Toda persona acusada de delito tiene derecho a que se presuma su inocencia mientras no se pruebe su culpabilidad, conforme a la ley y en juicio público en el que se le hayan asegurado todas las garantías necesarias para su defensa.

2. Nadie será condenado por actos u omisiones que en el momento de cometerse no fueron delictivos según el Derecho nacional o internacional. Tampoco se impondrá pena más grave que la aplicable en el momento de la comisión del delito.

Artículo 12

Nadie será objeto de injerencias arbitrarias en su vida privada, su familia, su domicilio o su correspondencia, ni de ataques a su honra o a su reputación. Toda persona tiene derecho a la protección de la ley contra tales injerencias o ataques.

Artículo 13

1. Toda persona tiene derecho a circular libremente y a elegir su residencia en el territorio de un Estado.

2. Toda persona tiene derecho a salir de cualquier país, incluso el propio, y a regresar a su país.

Artículo 14

1. En caso de persecución, toda persona tiene derecho a buscar asilo, y a disfrutar de él, en cualquier país.

2. Este derecho no podrá ser invocado contra una acción judicial realmente originada por delitos comunes o por actos opuestos a los propósitos y principios de las Naciones Unidas.

Artículo 15

1. Toda persona tiene derecho a una nacionalidad.

2. A nadie se privará arbitrariamente de su nacionalidad ni del derecho a cambiar de nacionalidad.

Artículo 16

1. Los hombres y las mujeres, a partir de la edad núbil, tienen derecho, sin restricción alguna por motivos de raza, nacionalidad o religión, a casarse y fundar una familia; y disfrutarán de iguales derechos en cuanto al matrimonio, durante el matrimonio y en caso de disolución del matrimonio.

2. Sólo mediante libre y pleno consentimiento de los futuros esposos podrá contraerse el matrimonio.

3. La familia es el elemento natural y fundamental de la sociedad y tiene derecho a la protección de la sociedad y del Estado.

Artículo 17

1. Toda persona tiene derecho a la propiedad, individual y colectivamente.

2. Nadie será privado arbitrariamente de su propiedad.

Artículo 18

Toda persona tiene derecho a la libertad de pensamiento, de conciencia y de religión; este derecho incluye la libertad de cambiar de religión o de creencia, así como la libertad de manifestar su religión o su creencia, individual y colectivamente, tanto en público como en privado, por la enseñanza, la práctica, el culto y la observancia.

Artículo 19

Todo individuo tiene derecho a la libertad de opinión y de expresión; este derecho incluye el no ser molestado a causa de sus opiniones, el de investigar y recibir informaciones y opiniones, y el de difundirlas, sin limitación de fronteras, por cualquier medio de expresión.

Artículo 20

1. Toda persona tiene derecho a la libertad de reunión y de asociación pacíficas.

2. Nadie podrá ser obligado a pertenecer a una asociación.

Artículo 21

1. Toda persona tiene derecho a participar en el gobierno de su país, directamente o por medio de representantes libremente escogidos.

2. Toda persona tiene el derecho de acceso, en condiciones de igualdad, a las funciones públicas de su país.

3. La voluntad del pueblo es la base de la autoridad del poder público; esta voluntad se expresará mediante elecciones auténticas que habrán de celebrarse periódicamente, por sufragio universal e igual y por voto secreto u otro procedimiento equivalente que garantice la libertad del voto.

Artículo 22

Toda persona, como miembro de la sociedad, tiene derecho a la seguridad social, y a obtener, mediante el esfuerzo nacional y la cooperación internacional, habida cuenta de la organización y los recursos de cada Estado, la satisfacción de los derechos económicos, sociales y culturales, indispensables a su dignidad y al libre desarrollo de su personalidad.

Artículo 23

1. Toda persona tiene derecho al trabajo, a la libre elección de su trabajo, a condiciones equitativas y satisfactorias de trabajo y a la protección contra el desempleo.

2. Toda persona tiene derecho, sin discriminación alguna, a igual salario por trabajo igual.

3. Toda persona que trabaja tiene derecho a una remuneración equitativa y satisfactoria, que le asegure, así como a su familia, una existencia conforme a la dignidad humana y que será completada, en caso necesario, por cualesquiera otros medios de protección social.

4. Toda persona tiene derecho a fundar sindicatos y a sindicarse para la defensa de sus intereses.

Artículo 24

Toda persona tiene derecho al descanso, al disfrute del tiempo libre, a una limitación razonable de la duración del trabajo y a vacaciones periódicas pagadas.

Artículo 25

1. Toda persona tiene derecho a un nivel de vida adecuado que le asegure, así como a su familia, la salud y el bienestar, y en especial la alimentación, el vestido, la vivienda, la asistencia médica y los servicios sociales necesarios; tiene asimismo derecho a los seguros en caso de desempleo, enfermedad, invalidez, viudez, vejez y otros casos de pérdida de sus medios de subsistencia por circunstancias independientes de su voluntad.

2. La maternidad y la infancia tienen derecho a cuidados y asistencia especiales. Todos los niños, nacidos de matrimonio o fuera de matrimonio, tienen derecho a igual protección social.

Artículo 26

1. Toda persona tiene derecho a la educación. La educación debe ser gratuita, al menos en lo concerniente a la instrucción elemental y fundamental. La instrucción elemental será obligatoria. La instrucción técnica y profesional habrá de ser generalizada; el acceso a los estudios superiores será igual para todos, en función de los méritos respectivos.

2. La educación tendrá por objeto el pleno desarrollo de la personalidad humana y el fortalecimiento del respeto a los derechos humanos y a las libertades fundamentales; favorecerá la comprensión, la tolerancia y la amistad entre todas las naciones y todos los grupos étnicos o religiosos; y promoverá el desarrollo de las actividades de las Naciones Unidas para el mantenimiento de la paz.

3. Los padres tendrán derecho preferente a escoger el tipo de educación que habrá de darse a sus hijos.

Artículo 27

1. Toda persona tiene derecho a tomar parte libremente en la vida cultural de la comunidad, a gozar de las artes y a

participar en el progreso científico y en los beneficios que de él resulten.

2. Toda persona tiene derecho a la protección de los intereses morales y materiales que le correspondan por razón de las producciones científicas, literarias o artísticas de que sea autora.

Artículo 28

Toda persona tiene derecho a que se establezca un orden social e internacional en el que los derechos y libertades proclamados en esta Declaración se hagan plenamente efectivos.

Artículo 29

1. Toda persona tiene deberes respecto a la comunidad, puesto que sólo en ella puede desarrollar libre y plenamente su personalidad.

2. En el ejercicio de sus derechos y en el disfrute de sus libertades, toda persona estará solamente sujeta a las limitaciones establecidas por la ley con el único fin de asegurar el reconocimiento y el respeto de los derechos y libertades de los demás, y de satisfacer las justas exigencias de la moral, del orden público y del bienestar general en una sociedad democrática.

3. Estos derechos y libertades no podrán en ningún caso ser ejercidos en oposición a los propósitos y principios de las Naciones Unidas.

Artículo 30

Nada en la presente Declaración podrá interpretarse en el sentido de que confiere derecho alguno al Estado, a un grupo o a una persona, para emprender y desarrollar actividades o realizar actos tendientes a la supresión de cualquiera de los derechos y libertades proclamados en esta Declaración.

ANEXO 2

LA CARTA DE LA TIERRA

PREÁMBULO

Estamos en un momento crítico de la historia de la Tierra, en el cual la humanidad debe elegir su futuro. A medida que el mundo se vuelve cada vez más interdependiente y frágil, el futuro depara, a la vez, grandes riesgos y grandes promesas. Para seguir adelante, debemos reconocer que en medio de la magnífica diversidad de culturas y formas de vida, somos una sola familia humana y una sola comunidad terrestre con un destino común. Debemos unirnos para crear una sociedad global sostenible fundada en el respeto hacia la naturaleza, los derechos humanos universales, la justicia económica y una cultura de paz. En torno a este fin, es imperativo que nosotros, los pueblos de la Tierra, declaremos nuestra responsabilidad unos hacia otros, hacia la gran comunidad de la vida y hacia las generaciones futuras.

La Tierra, nuestro hogar

La humanidad es parte de un vasto universo evolutivo. La Tierra, nuestro hogar, está viva con una comunidad singular de vida. Las fuerzas de la naturaleza promueven a que la existencia sea una aventura exigente e incierta, pero la Tierra ha brindado las condiciones esenciales para la evolución de la vida. La capacidad de recuperación de la comunidad de vida y el bienestar de la humanidad dependen de la preservación de una biosfera saludable, con todos sus sistemas ecológicos, una rica variedad de plantas y animales, tierras fértiles, aguas puras y aire limpio. El medio ambiente global, con sus recursos finitos, es una preocupación común para todos los pueblos. La protección de la vitalidad, la diversidad y la belleza de la Tierra es un deber sagrado.

La situación global

Los patrones dominantes de producción y consumo están causando devastación ambiental, agotamiento de recursos y una extinción masiva de especies. Las comunidades están siendo destruidas. Los beneficios del desarrollo no se comparten equitativamente y la brecha entre ricos y pobres se está ensanchando. La injusticia, la pobreza, la ignorancia y los conflictos violentos se manifiestan por doquier y son la causa de grandes sufrimientos. Un aumento sin precedentes de la población humana ha sobrecargado los sistemas ecológicos y sociales. Los fundamentos de la seguridad global están siendo amenazados. Estas tendencias son peligrosas, pero no inevitables.

Los retos venideros

La elección es nuestra: formar una sociedad global para cuidar la Tierra y cuidarnos unos a otros o arriesgarnos a la destrucción de nosotros mismos y de la diversidad de la vida. Se necesitan cambios fundamentales en nuestros valores, instituciones y formas de vida. Debemos darnos cuenta de que, una vez satisfechas las necesidades básicas, el desarrollo humano se refiere primordialmente a ser más, no a tener más.

Poseemos el conocimiento y la tecnología necesarios para proveer a todos y para reducir nuestros impactos sobre el medio ambiente. El surgimento de una sociedad civil global, está creando nuevas oportunidades para construir un mundo democrático y humanitario. Nuestros retos ambientales, económicos, políticos, sociales y espirituales, están interrelacionados y juntos podemos proponer y concretar soluciones comprensivas.

Responsabilidad Universal

Para llevar a cabo estas aspiraciones, debemos tomar la decisión de vivir de acuerdo con un sentido de responsabilidad universal, identificándonos con toda la comunidad terrestre, al igual que con nuestras comunidades locales. Somos ciudadanos de diferentes naciones y de un solo mundo al mismo tiempo, en donde los ámbitos local y global, se encuentran estrechamente vinculados. Todos compartimos una responsabilidad hacia el bienestar presente y futuro de la familia humana y del mundo viviente en su amplitud. El espíritu de solidaridad humana y de afinidad con toda la vida se fortalece cuando vivimos con reverencia ante el misterio del ser, con gratitud por el regalo de la vida y con humildad con respecto al lugar que ocupa el ser humano en la naturaleza.

Necesitamos urgentemente una visión compartida sobre los valores básicos que brinden un fundamento ético para la comunidad mundial emergente. Por lo tanto, juntos y con una gran esperanza, afirmamos los siguientes principios interdependientes, para una forma de vida sostenible, como un fundamento común mediante el cual se deberá guiar y valorar la conducta de las personas, organizaciones, empresas, gobiernos e instituciones transnacionales.

PRINCIPIOS

I. RESPETO Y CUIDADO DE LA COMUNIDAD DE LA VIDA

1. Respetar la Tierra y la vida en toda su diversidad.

a. Reconocer que todos los seres son interdependientes y que toda forma de vida independientemente de su utilidad, tiene valor para los seres humanos.

b. Afirmar la fe en la dignidad inherente a todos los seres humanos y en el potencial intelectual, artístico, ético y espiritual de la humanidad.

2. Cuidar la comunidad de la vida con entendimiento, compasión y amor.

a. Aceptar que el derecho a poseer, administrar y utilizar los recursos naturales conduce hacia el deber de prevenir daños ambientales y proteger los derechos de las personas.

b. Afirmar, que a mayor libertad, conocimiento y poder, se presenta una correspondiente responsabilidad por promover el bien común.

3. Construir sociedades democráticas que sean justas, participativas, sostenibles y pacíficas.

a. Asegurar que las comunidades, a todo nivel, garanticen los derechos humanos y las libertades fundamentales y brinden a todos la oportunidad de desarrollar su pleno potencial.

b. Promover la justicia social y económica, posibilitando que todos alcancen un modo de vida seguro y digno, pero ecológicamente responsable.

4. Asegurar que los frutos y la belleza de la Tierra se preserven para las generaciones presentes y futuras.

a. Reconocer que la libertad de acción de cada generación se encuentra condicionada por las necesidades de las generaciones futuras.

b. Transmitir a las futuras generaciones valores, tradiciones e instituciones, que apoyen la prosperidad a largo plazo, de las comunidades humanas y ecológicas de la Tierra.

Para poder realizar estos cuatro compromisos generales, es necesario:

II. INTEGRIDAD ECOLÓGICA

5. Proteger y restaurar la integridad de los sistemas ecológicos de la Tierra, con especial preocupación por la diversidad biológica y los procesos naturales que sustentan la vida.

a. Adoptar, a todo nivel, planes de desarrollo sostenible y regulaciones que permitan incluir la conservación y la rehabilitación ambientales, como parte integral de todas las iniciativas de desarrollo.

b. Establecer y salvaguardar reservas viables para la naturaleza y la biosfera, incluyendo tierras silvestres y áreas marinas, de modo que tiendan a proteger los sistemas de soporte a la vida de la Tierra, para mantener la biodiversidad y preservar nuestra herencia natural.

c. Promover la recuperación de especies y ecosistemas en peligro.

d. Controlar y erradicar los organismos exógenos o genéticamente modificados, que sean dañinos para las especies autóctonas y el medio ambiente; y además, prevenir la introducción de tales organismos dañinos.

e. Manejar el uso de recursos renovables como el agua, la tierra, los productos forestales y la vida marina, de manera que no se excedan las posibilidades de regeneración y se proteja la salud de los ecosistemas.

f. Manejar la extracción y el uso de los recursos no renovables, tales como minerales y combustibles fósiles, de forma que se minimice su agotamiento y no se causen serios daños ambientales.

6. Evitar dañar como el mejor método de protección ambiental y cuando el conocimiento sea limitado, proceder con precaución.

a. Tomar medidas para evitar la posibilidad de daños ambientales graves o irreversibles, aun cuando el conocimiento científico sea incompleto o inconcluso.

b. Imponer las pruebas respectivas y hacer que las partes responsables asuman las consecuencias de reparar el daño ambiental, principalmente para quienes argumenten que una actividad propuesta no causará ningún daño significativo.

c. Asegurar que la toma de decisiones contemple las consecuencias acumulativas, a largo término, indirectas, de larga distancia y globales de las actividades humanas.

d. Prevenir la contaminación de cualquier parte del medio ambiente y no permitir la acumulación de sustancias radioactivas, tóxicas u otras sustancias peligrosas.

e. Evitar actividades militares que dañen el medio ambiente.

7. Adoptar patrones de producción, consumo y reproducción que salvaguarden las capacidades regenerativas de la Tierra, los derechos humanos y el bienestar comunitario.

a. Reducir, reutilizar y reciclar los materiales usados en los sistemas de producción y consumo y asegurar que los desechos residuales puedan ser asimilados por los sistemas ecológicos.

b. Actuar con moderación y eficiencia al utilizar energía y tratar de depender cada vez más de los recursos de energía renovables, tales como la solar y eólica.

c. Promover el desarrollo, la adopción y la transferencia equitativa de tecnologías ambientalmente sanas.

d. Internalizar los costos ambientales y sociales totales de bienes y servicios en su precio de venta y posibilitar que los consumidores puedan identificar productos que cumplan con las más altas normas sociales y ambientales.

e. Asegurar el acceso universal al cuidado de la salud que fomente la salud reproductiva y la reproducción responsable.

f. Adoptar formas de vida que pongan énfasis en la calidad de vida y en la suficiencia material en un mundo finito.

8. Impulsar el estudio de la sostenibilidad ecológica y promover el intercambio abierto y la extensa aplicación del conocimiento adquirido.

a. Apoyar la cooperación internacional científica y técnica sobre sostenibilidad, con especial atención a las necesidades de las naciones en desarrollo.

b. Reconocer y preservar el conocimiento tradicional y la sabiduría espiritual en todas las culturas que contribuyen a la protección ambiental y al bienestar humano.

c. Asegurar que la información de vital importancia para la salud humana y la protección ambiental, incluyendo la información genética, esté disponible en el dominio público.

III. JUSTICIA SOCIAL Y ECONÓMICA

9. Erradicar la pobreza como un imperativo ético, social y ambiental.

a. Garantizar el derecho al agua potable, al aire limpio, a la seguridad alimenticia, a la tierra no contaminada, a una vivienda y a un saneamiento seguro, asignando los recursos nacionales e internacionales requeridos.

b. Habilitar a todos los seres humanos con la educación y con los recursos requeridos para que alcancen un modo de vida sostenible y proveer la seguridad social y las redes de apoyo requeridos para quienes no puedan mantenerse por sí mismos.

c. Reconocer a los ignorados, proteger a los vulnerables, servir a aquellos que sufren y posibilitar el desarrollo de sus capacidades y perseguir sus aspiraciones.

10. Asegurar que las actividades e instituciones económicas, a todo nivel, promuevan el desarrollo humano de forma equitativa y sostenible.

a. Promover la distribución equitativa de la riqueza dentro de las naciones y entre ellas.

b. Intensificar los recursos intelectuales, financieros, técnicos y sociales de las naciones en desarrollo y liberarlas de onerosas deudas internacionales.

c. Asegurar que todo comercio apoye el uso sostenible de los recursos, la protección ambiental y las normas laborales progresivas.

d. Involucrar e informar a las corporaciones multinacionales y a los organismos financieros internacionales para que actúen transparentemente por el bien público y exigirles responsabilidad por las consecuencias de sus actividades.

11. Afirmar la igualdad y equidad de género como prerrequisitos para el desarrollo sostenible y asegurar el acceso universal a la educación, el cuidado de la salud y la oportunidad económica.

a. Asegurar los derechos humanos de las mujeres y las niñas y terminar con toda la violencia contra ellas.

b. Promover la participación activa de las mujeres en todos los aspectos de la vida económica, política, cívica, social y cultural, como socias plenas e iguales en la toma de decisiones, como líderes y como beneficiarias.

c. Fortalecer las familias y garantizar la seguridad y la crianza amorosa de todos sus miembros.

12. Defender el derecho de todos, sin discriminación, a un entorno natural y social que apoye la dignidad humana, la salud física y el bienestar espiritual, con especial atención a los derechos de los pueblos indígenas y las minorías.

a. Eliminar la discriminación en todas sus formas, tales como aquellas basadas en la raza, el color, el género, la orientación sexual, la religión, el idioma y el origen nacional, étnico o social.

b. Afirmar el derecho de los pueblos indígenas a su espiritualidad, conocimientos, tierras y recursos y a sus prácticas vinculadas a un modo de vida sostenible.

c. Honrar y apoyar a los jóvenes de nuestras comunidades, habilitándolos para que ejerzan su papel esencial en la creación de sociedades sostenibles.

d. Proteger y restaurar lugares de importancia que tengan un significado cultural y espiritual.

IV. DEMOCRACIA, NO VIOLENCIA Y PAZ

13. Fortalecer las instituciones democráticas en todos los niveles y brindar transparencia y rendimiento de cuentas en la gobernabilidad, participación inclusiva en la toma de decisiones y acceso a la justicia.

a. Sostener el derecho de todos a recibir información clara y oportuna sobre asuntos ambientales, al igual que sobre todos los planes y actividades de desarrollo que los pueda afectar o en los que tengan interés.

b. Apoyar la sociedad civil local, regional y global y promover la participación significativa de todos los individuos y organizaciones interesados en la toma de decisiones.

c. Proteger los derechos a la libertad de opinión, expresión, reunión pacífica, asociación y disensión.

d. Instituir el acceso efectivo y eficiente de procedimientos administrativos y judiciales independientes, incluyendo las soluciones y compensaciones por daños ambientales y por la amenaza de tales daños.

e. Eliminar la corrupción en todas las instituciones públicas y privadas.

f. Fortalecer las comunidades locales, habilitándolas para que puedan cuidar sus propios ambientes y asignar la responsabilidad ambiental en aquellos niveles de gobierno en donde puedan llevarse a cabo de manera más efectiva.

14. Integrar en la educación formal y en el aprendizaje a lo largo de la vida, las habilidades, el conocimiento y los valores necesarios para un modo de vida sostenible.

a. Brindar a todos, especialmente a los niños y los jóvenes, oportunidades educativas que les capaciten para contribuir activamente al desarrollo sostenible.

b. Promover la contribución de las artes y de las humanidades, al igual que de las ciencias, para la educación sobre la sostenibilidad.

c. Intensificar el papel de los medios masivos de comunicación en la toma de conciencia sobre los retos ecológicos y sociales.

d. Reconocer la importancia de la educación moral y espiritual para una vida sostenible.

15. Tratar a todos los seres vivientes con respeto y consideración.

a. Prevenir la crueldad contra los animales que se mantengan en las sociedades humanas y protegerlos del sufrimiento.

b. Proteger a los animales salvajes de métodos de caza, trampa y pesca, que les causen un sufrimiento extremo, prolongado o evitable.

c. Evitar o eliminar, hasta donde sea posible, la toma o destrucción de especies por simple diversión, negligencia o desconocimiento.

16. Promover una cultura de tolerancia, no violencia y paz.

a. Alentar y apoyar la comprensión mutua, la solidaridad y la cooperación entre todos los pueblos tanto dentro como entre las naciones.

b. Implementar estrategias amplias y comprensivas para prevenir los conflictos violentos y utilizar la colaboración en la resolución de problemas para gestionar y resolver conflictos ambientales y otras disputas.

c. Desmilitarizar los sistemas nacionales de seguridad al nivel de una postura de defensa no provocativa y emplear los recursos militares para fines pacíficos, incluyendo la restauración ecológica.

d. Eliminar las armas nucleares, biológicas y tóxicas y otras armas de destrucción masiva.

e. Asegurar que el uso del espacio orbital y exterior apoye y se comprometa con la protección ambiental y la paz.

f. Reconocer que la paz es la integridad creada por relaciones correctas con uno mismo, otras personas, otras culturas, otras formas de vida, la Tierra y con el todo más grande, del cual somos parte.

EL CAMINO HACIA ADELANTE

Como nunca antes en la historia, el destino común nos hace un llamado a buscar un nuevo comienzo. Tal renovación es la promesa de estos principios de la Carta de la Tierra. Para cumplir esta promesa, debemos comprometernos a adoptar y promover los valores y objetivos en ella expuestos.

El proceso requerirá un cambio de mentalidad y de corazón; requiere también de un nuevo sentido de interdependencia global y responsabilidad universal. Debemos desarrollar y aplicar imaginativamente la visión de un modo de vida sostenible a nivel local, nacional, regional y global. Nuestra diversidad cultural es una herencia preciosa y las diferentes culturas encontrarán sus propias formas para concretar lo establecido. Debemos profundizar y ampliar el diálogo global que generó la Carta de la Tierra, puesto que tenemos mucho que aprender en la búsqueda colaboradora de la verdad y la sabiduría.

La vida a menudo conduce a tensiones entre valores importantes. Ello puede implicar decisiones difíciles; sin embargo, se debe buscar la manera de armonizar la diversidad con la unidad; el ejercicio de la libertad con el bien común; los objetivos de corto plazo con las metas a largo plazo. Todo individuo, familia, organización y comunidad, tiene un papel vital que cumplir. Las artes, las ciencias, las religiones, las instituciones educativas, los medios de comunicación, las empresas, las organizaciones no gubernamentales y los gobiernos, están llamados a ofrecer un liderazgo creativo. La alianza entre gobiernos, sociedad civil y empresas, es esencial para la gobernabilidad efectiva.

Con el objeto de construir una comunidad global sostenible, las naciones del mundo deben renovar su compromiso con las Naciones Unidas, cumplir con sus obligaciones bajo los acuerdos internacionales existentes y apoyar la implementación de los principios de la Carta de la Tierra, por medio de un instrumento internacional legalmente vinculante sobre medio ambiente y desarrollo.

Que el nuestro sea un tiempo que se recuerde por el despertar de una nueva reverencia ante la vida; por la firme resolución de alcanzar la sostenibilidad; por el aceleramiento en la lucha por la justicia y la paz y por la alegre celebración de la vida.

ÍNDICE